JOSTEIN
GAARDER

苏 菲 的 世 界 系 列

奇迹之书 ｜ 永葆幽默乐观和好奇心

纸 牌 的 秘 密
The Solitaire Mystery

[挪威]乔斯坦·贾德 **著**

李永平 **译**

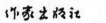
作家出版社

尽管有时候我们会觉得自己渺小琐碎，但是，且莫忘了，我们每个人的肌肤下面都隐藏着一小块黄金：曾经，在这个世界上，我们是一个洁净无尘、心如明镜的赤子……

目 录

红心8

······面对如此神妙的奇迹，我们不知道该笑还是该哭······

红心9

······世上的人还没有成熟到，可以聆听佛洛德扑克牌的故事······

红心10

······地球上永远游荡着一个绝不会被岁月摧残的小丑······

红心J

······因为我没守秘密······

红心Q

······突然，一位老太太走出那家古老的酒馆······

红心K

······往事渐渐飘离它的创造者，愈飘愈遥远······

每个人心里都活着一个小丑

——致中文版读者

最近这几年来，每回去逛书店，我们这群对哲学有兴趣的人总会感受到一种暧昧的乐趣。看到那一堆堆陈列在亮丽"新时代""另类哲学"下的新书，我们都会忍不住买上几本。另类哲学一本本展示在我们眼前，任由我们挑选，确实令人兴奋，但我们同时也期盼这家书店能供应更多"真正的"哲学书。我们在书架间兜来兜去，找了老半天，终于不得不面对一个事实：在偌大的一家书店，要买一本真正的哲学书还真不容易呢。

这个现象马上就要改变了。我们正面临一个强劲的哲学复兴运动。也许，我们对那些"另类玩意"已经感到餍足。这一类书，有些的确很有趣，但也掺杂着太多糟粕。

说穿了，另类哲学不啻是一种哲学式的春宫——或许我们可以管它叫"速成哲学"。打开书本，一晃眼你就被引进一个哲学奇境，如同春宫电影或色情小说"瞬间"把你吸入情欲世界。可是，大部分"另类哲学"跟真正的哲学压根儿扯不上半点关系；同样的，春宫电影呈现的并不是真诚的爱情。哲学和爱情都需要时间来培养、深化。追求智慧和爱情，是不能抄近路走捷径的。

哲学兴起于古希腊城邦的市集，今天，哲学同样可以兴起于小孩子就读的幼儿园。这几年来，我一直鼓吹将哲学带回到最早的两个根源——市场和学校。我愿借此机会，向中文版读者说明，在《纸牌的秘密》一书中，我是如何将哲学带回到人类的童年。我的另一本书《苏菲的世界》，强调的则是哲学和集市之间的密切关系。这两本书其实是姊妹篇，相辅相成。

《纸牌的秘密》这部小说的主角，是一个叫汉斯·汤玛士的小男孩。他跟随父亲，展开一趟漫长的穿越整个欧洲的旅程，进入"哲学的故乡"。我想通过这样一个故事，表达我对欧洲文化传统和历史的一些看法。我的最大企图，是以年轻人觉得有趣的方式，向读者们提出一连串有关生存的根本问题。

前往雅典的旅途中，在巧妙的机缘安排下，汉斯·汤玛士获赠一本奇异的小书。那本书把他带到公元1790年发生的一场海难。故事的主人翁是个名叫佛洛德的水手。船沉没后，他漂流到加勒比海的一座荒岛上，独居五十二年；陪伴他度过漫长岁月、帮助他排遣寂寞的，就是随身携带的一副扑克牌。说也奇怪，后来这五十三张纸牌竟然变成了五十三个有血有肉、活蹦乱跳的侏儒。这群小矮人在岛上建立一座村庄，环绕着佛洛德。除了一个侏儒外，他们都无法解释自己究竟是谁、来自何方。唯一知道奥秘的侏儒，就是扑克牌中的那张"丑角牌"。

在《纸牌的秘密》这本书中，小丑象征"圈外人"——他能够看到别人看不到的人生真相。最重要的是，他能够体认人生是场有趣的冒险。所以，在岛上那些日子，他不断向同胞们提出有关人生的新问题。

在人生的纸牌游戏中，我们每个人一生下来就是小丑。可是，随着年龄增长，我们渐渐变成红心、方块、梅花、黑桃。但这并不意味着我们心中的小丑从此消失无踪。我们不妨摊开一副扑克牌，看看那些红心图案或方块图案底下，是不是隐藏着一个丑角呢？

这让我想起古老的羊皮纸文件。欧洲人使用这种羊皮纸，往往会刮掉上面原有的文字，重新写上其他东西。于是，当我们翻阅中古世纪的一本账簿，浏览当时五谷和鱼货的价目时，揉揉眼睛，仔细一瞧，会赫然发现，那些羊皮纸记载的，竟是古罗马的一出喜剧。同样的，我们对世界的好奇，也深深隐藏在每个人心中。在那儿，我们找到一群群耍把戏、变魔术、插科打诨逗观众发笑的家伙，也看到许多小精灵、侏儒、仙女和妖魔鬼怪，甚至还跟随爱丽丝漫游奇境，陪伴王后一块喝下午茶。

各位读者想必会注意到，《纸牌的秘密》中的小丑是一个侏儒。他是永恒的小孩，永远都不会完全长大，永远都不会对人生失去好奇。就这一点来说，他称得上古往今来所有伟大哲学家的亲属。在古希腊，苏格拉底就是他那个时代的一副扑克牌中的丑角牌。少年时期，他没事就跑到雅典的市集，随便抓个人问问题！苏格拉底曾说："雅典就像一匹没精打采的马儿。我将扮演'牛虻'的角色，狠狠咬它一口，让它飞腾跳跃起来。"而我们的"牛虻"却在干什么呢？

我们每个人心中都活着一个小丑。这也是苏格拉底的看法。身为哲学家，苏格拉底其实并不具备特殊的"资历"；他只是一个助产士而已。接生婆帮助产妇生下孩子，苏格拉底帮助人们"生下"人生的智慧。这种比喻当然是老调，但这个古老的接生婆象征却具有另一层含意，值得我们深思：需要被接生出来的，实际上是我们每个人心中的那个孩子。

几千年来，人类总是遭受一连串重大问题困扰，而四处却找不到现成的答案。结果，我们被迫面对两种选择：我们可以欺骗自己，假装我们知道一切值得知道的事情，或者，我们索性闭上眼睛，拒绝面对人生根本问题，乐得逍遥度日，摆脱烦恼。今天的人类基本上分成这两大族群。我们若不是趾高气扬，自以为通晓人间事理，就是干脆承认自己无知，不去过问自认为不懂的事情。这种现象就如同把一副扑克牌分成两堆，红的放在一边，黑的摆在另一边。可是，每隔一阵子，那张丑角牌就会从牌堆中探出脸来。它既不是红心和方块，也不是梅花和黑桃。

在雅典城，苏格拉底就是这么一个丑角——既不桀骜，也不冷漠。他只知道一件事：人世间有很多事情他并不懂。这个念头时时折磨他，于是他就去当个哲学家，成为一个永不放弃探寻人生真相、对人生不断提出新问题的人。

在我看来，哲学的最大功能，是帮助我们找出心中隐藏的那个"丑角"，让我们跟他建立更亲密的情谊。哲学家必须扫除覆盖在世界上的那层尘埃，让我们以儿童的清澈眼光，重新观看和感受这个世界。人生原本是一则美妙的童话故事，而长大后变得"世故"的我们，竟然剥去它那袭神秘的外衣，把它看成一个枯燥无味的"现实"。但我们每个人都还有复活的希望，因为我们全都是丑角的后裔。我们内心深处，都有一个活蹦乱跳、睁着一双大眼睛、对人生充满好奇的孩子在活着。尽管有时候我们会觉得自己渺小琐碎，但是，切莫忘了，我们每个人的肌肤下面都隐藏着一小块黄金：曾经，在这个世界上，我们是一个洁净无尘、心如明镜的赤子……

当年，我们被带进一则童话故事中——这个童话比我们在孩提时代听过的童话都要美妙动听——可是，没多久，我们就把周围的一切视为当然，不再好奇。如今我们甚至不会注意到，我们家中那张新买的婴儿床上，有一件神奇的事正在发生。就在那儿——婴儿床的栏杆后面——世界正被创造。

而世界永远不会衰老；衰老的是我们。只要婴儿不断出生，只要新人不断来到世上，我们的世界就会永葆清新，新得就跟上帝创世第七天时一模一样。孩子现在刚刚进入这则伟大的童话故事；他睁着清澈澄净的眼睛，责备我们把这个世界看成"现实"，离它愈来愈远。

"妈，天使为什么会有翅膀呢？……星星为什么会眨眼睛呢？……鸟儿为什么会飞呢？……大象的鼻子为什么那样长呢？"

"哎呀，我怎么晓得呀！乖，现在该闭上眼睛睡觉啰，否则的话，妈可就要生气啰！"

说来诡谲，孩子丧失对世界的这种积极的、充满活力的感受时，正巧是他开始学说话的时候。所以，孩子们需要神话和童话。大人们也需要神话和童话，因为它能帮助我们紧紧抓住儿时的经验，不让它流失。

我觉得，十九或二十岁才开始接触哲学书籍，实在已经太迟了。最近欧洲流行婴儿游泳，因为父母们觉得，游泳是人类与生俱来的本能，但这种本能必须加以呵护。对人生好奇并不是学来的，而是我们自己遗忘掉的本能。

我们总爱夸夸其谈，大谈"人生的奥秘"。要亲身体验这个奥秘，我们就得摆脱世故的矫情，让自己再当一次孩子。想当孩子，就得往后退一步——也许，退了一步后，我们会发现眼前豁然出现一个美妙的世界。就在那一刻，我们目击世界的创造过程。朗朗晴空下，一个崭新的世界嗖地冒了出来……

而居然有人说他们觉得人生挺无聊！

在这个故事中你会见到：

汉斯·汤玛士　　在前往哲学家的故乡途中，阅读"小圆
　　　　　　　　面包书"。

爸爸　　　　　德国兵的私生子，在挪威艾伦达尔镇长
　　　　　　　大，后来离家出走，到船上当水手。

妈妈　　　　　投身时装界，迷失了自己。

丽妮　　　　　汉斯·汤玛士的祖母。

爷爷　　　　　德国兵，1944年被派往东线战场作战。

侏儒　　　　　送汉斯·汤玛士一个放大镜。

胖女人　　　　杜尔夫村酒馆侍应生。

老面包师　　　请汉斯·汤玛士喝一瓶汽水，又送他四
　　　　　　　个放在纸袋里的小圆面包。

算命的妇人　　有个非常美丽的女儿。

此外，你还会见到希腊时装模特儿经纪人、苏格拉底、俄狄浦斯、柏拉图和一个喋喋不休的侍者。

在"小圆面包书"中你也会见到：

卢德维格　　　1946年，翻越崇山峻岭，来到瑞士杜
　　　　　　　尔夫村。

艾伯特　　　　母亲逝世后，就成为一个孤儿。

面包师傅汉斯　1842年，从荷兰鹿特丹前往纽约途
　　　　　　　中，遭遇海难。后来定居在瑞士杜尔
　　　　　　　夫村，经营一家面包店。

佛洛德　　　　1790年，从墨西哥前往西班牙途中，
　　　　　　　他那艘运载大批白银的船中途沉没。

史蒂妮　　　　佛洛德的未婚妻。佛洛德前往墨西哥
　　　　　　　时，她已经怀孕。

安德烈　　　　一个农夫。

艾尔布烈赫特斯　店铺老板。

五十二张扑克牌　包括红心幺、方块J、红心K。

丑角　　　　　他看得太多、太深。

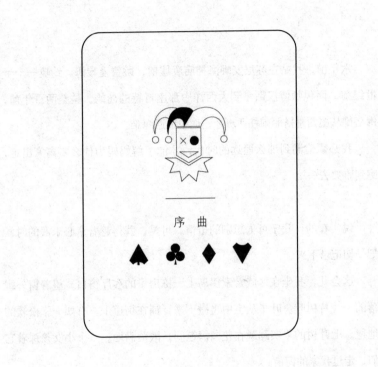

序 曲

六年前，我站在苏尼安岬海神庙废墟前，眺望爱琴海。约莫一个半世纪前，面包师傅汉斯来到大西洋中那座奇特的岛屿。整整两百年前，佛洛德从墨西哥搭船前往西班牙，途中遭遇海难。

我必须追溯到那么遥远的时代，才能了解妈妈为什么要离家出走，跑到雅典去……

说实在的，我宁可去想别的事情。可是，我得趁着童心未泯的时候把一切记录下来。

这会儿，我坐在挪威希索伊岛上一栋房子的客厅窗口，望着窗外飘落的一片片树叶。叶子从空中飞撒下来，铺在街道上，有如一张松软的地毯。七叶树的果实蹦跳在花园篱笆间，散落满地。一个小女孩踩着它们，走过我家的窗前。

人世间的一切，仿佛都出了差错。

每回想起佛洛德的那副扑克牌，我就觉得，整个世界都分崩离析了。

第 一 部

黑 桃 牌

♠

黑桃 A

……妈妈出走寻找"自我"，我无时无刻不在寻找她……

这趟伟大的旅程，将带我们进入诸多哲学家的故乡。旅程是从艾伦达开始的，那是挪威南部海岸的一个古老城镇，航运业十分兴盛。我们搭乘渡轮"西班牙舞曲"号，从挪威的克欣桑出发，来到丹麦的赫绍尔斯镇。穿越丹麦和德国的那段旅途，我不想多说，因为除了乐高游乐场和汉堡的码头船坞之外，一路南下，我们看见的只不过是高速公路和农庄。直到我们抵达阿尔卑斯山时，才真正开始发生一些事情。

爸爸和我有个协议：路上我得乖乖坐车，有时为了赶路我们得在车上度过一整天，也不许抱怨。他则答应不在车上抽烟，烟瘾发作时，就在路旁停下来抽它两口。抵达瑞士前，一路上我最难忘的，就是停车让爸爸抽两口烟的那些时刻。

"抽两口"之前，爸爸总爱感叹一番，把开车时心中所思所想一股脑儿抒发出来（爸爸一路开车，我就待在后座，看漫画书或自个儿玩纸牌解闷）。他那一番感叹，往往跟妈妈有关。要不然，就是让他困惑和着迷了一辈子的其他一些事情。

爸爸结束水手生涯返回陆地后，就一直对机器人抱着莫大的兴趣。

这本身也许无可厚非，但爸爸的兴趣似乎有点过了头。他一口咬定，总有一天科学家会制造出一批"人造的人"。他所说的人造人，可不是那些眼睛闪烁着红绿光芒、喉咙发出空洞声响、神情举止非常呆笨的金属机器人。哦，不，爸爸说的不是那种东西。爸爸相信，科学家早晚会创造出跟我们一样会思考的人类。他的想法还有更古怪的呢。他相信，本质上我们人类也是人造的、虚假的物体。

"我们只不过是有生命的玩具娃娃。"他总是这么说。

每天只要两杯黄汤下肚，这句话就会蹦出来。

我们在乐高游乐场时，爸爸静静地站在一旁，眼睛瞪着那些乐高玩具发呆。我问他是不是在想妈妈，他只摇了摇头。

"汉斯·汤玛士，"爸爸叫我的名字，"想想看，如果这群玩偶突然站起来，绕着这些塑胶房子蹦蹦跳跳走动，那我们该怎么办呢？"

"爸爸，你瞎说！"我只能这样回答他。我总觉得，带孩子到乐高游乐场游玩的父亲，不该对孩子这样讲话。

我正想开口向爸爸要钱，买冰淇淋吃。你瞧，我已经学到一招诀窍：开口向父亲要东西之前，先让他发表一些怪论。我知道，偶尔父亲会为自己在儿子面前大发怪论感到愧疚，而当一个人感到愧疚时，他就会变得比较慷慨大方。我正要开口向爸爸要冰淇淋，他却说："本质上，我们只不过是有生命的乐高玩偶罢了。"

我知道冰淇淋跑不掉了，因为爸爸开始谈论起人生的哲理。

我们一路南下，驱车直奔雅典城，但我们可不是去度假的。在雅典——或至少在希腊某个地方——我们父子俩打算去寻找妈妈。我们没把握能找到她，就算找到她，我们也没把握她会跟我们回到挪威的家。

但是，爸爸说，无论如何我们都要试试，因为我们都觉得，家里没有她，我们父子俩今后的日子不知要怎样过下去。

我四岁那年，妈妈离家出走，抛弃了我和爸爸。也许就是这个缘故，到今天我还管她叫"妈妈"。我们父子俩相依为命彼此了解日深，如同一对朋友。有一天我终于决定不再唤他"爹地"。

妈妈跑到外面的世界寻找"自我"。当时我和爸爸都觉得，身为四岁小孩的母亲，她确实也应该寻找她的自我了。我只是不明白，寻找自我一定要离家出走吗？为什么不待在家里——在艾伦达尔镇这儿——把事情理出一个头绪来呢？如果还不满意，可以到邻近的克欣桑走一遭，散散心呀。奉劝想寻找自我的各位仁兄仁姊：一动不如一静，乖乖待在家吧，否则，不但自我没找到，反而从此迷失了自己啊。

妈妈离开我们那么多年，我现在连她长什么样都不记得了。我只知道她比别的女人都漂亮。至少，爸爸向来都是这么说的。爸爸也认为，愈是漂亮的女人，愈不容易找到自我。

妈妈出走后，我无时无刻不在寻找她。每回走过艾伦达尔镇的市集广场，我总觉得妈妈会突然冒出来，出现在我眼前。每次到奥斯陆探访祖母，我都会跑到卡尔约翰街寻找她。可是，我一直没碰见妈妈，直到有一天爸爸从外头带回一份希腊时装杂志。封面的女郎，不就是我妈妈吗？内页也有她的照片。从照片看，妈妈显然还没找到她的自我；她在镜头前摆出的姿势和装出来的神情，一看就知道是在刻意模仿别人。我和爸爸都为她感到难过极了。

爸爸的姑妈到希腊克里特岛玩了一趟，带回这本杂志。在克里特，封面印着妈妈照片的杂志挂在书报摊上，满街都是。你只消丢几个铜板到柜台上，那本杂志就是你的了。一想到这点，我就觉得很滑稽。这些年来，我们父子俩一直在寻找她，而她却出现在克里特岛的街头，摆个姿势，向路人展露她的笑靥。

"她到底跑到哪儿去了？她到底鬼混些什么？"爸爸气得直搔他的头皮。但是气归气，他还是把杂志上的照片剪下来，贴在卧室墙上。他说，照片中的女人虽然不能肯定就是妈妈，但看起来跟妈妈总有几分相像。

就是在这个时候，爸爸决定带我去希腊寻找妈妈。

"汉斯·汤玛士，咱们父子俩去希腊一趟，把她给拖回家来。"爸爸对我说，"否则的话，我担心她会溺死在时装业的神话世界里。"

当时我不懂他这句话的意思。我只知道，当你穿太大的衣服时，样子就会被衣服淹没掉，但从来没听说过，一个人会溺死在神话世界里。现在我明白了。原来，神话真会溺死人的，每个人都应该格外当心。

一路驱车南下，当我们在汉堡郊外的高速公路停下车，让爸爸抽两口烟时，爸爸开始谈论起他的父亲。其实，这些事情我早就听过很多次了，但如今站在公路旁，看着一辆辆汽车呼啸而过，耳边听着祖父的故事，感觉就完全不同。

你晓得吗？我爸爸是一个德国士兵的私生子哩。提到这件事，我不会再感到尴尬，因为现在我知道私生子跟其他孩子一样有出息。这话说起来容易，毕竟，我没经历过我爸爸那种惨痛的成长经验，被迫在保守的挪威南部小镇长大。

也许是因为我们踏上了德国的国土，父亲触景生情，开始诉说起祖父和祖母之间的情缘。

大家都知道，第二次世界大战期间，食物非常匮乏。有一天，我祖母丽妮骑上单车，到一个名叫佛洛兰的地方去摘一些越橘。那时她才十七岁，路上她出了事情：她那辆脚踏车的轮胎漏了气。

祖母那次摘越橘之旅，是我生命史上值得大书特书的事件。乍听之下，这话说得有点奇怪——我生命中最重大的事件，怎会发生在我出生前三十多年呢？但是想想看，那天我祖母的轮胎若没漏气，她肚子里就不会怀上我爸爸。这个世界没我爸爸，当然就不会有我啰。

事情是这样发生的：祖母在佛洛兰摘了满满一篮越橘，正要赶路回家，轮胎忽然漏了气。当然，她身上没带修车工具，但就算她身上有一千零一套修车工具，她也修不好那辆脚踏车的。

就在祖母束手无策的时候，乡间小路上出现一个骑着脚踏车的德国兵。他虽然是德国兵，却不像一般德国军人那样雄赳赳气昂昂的。这个德国兵温文尔雅，对待一个在回家路上遭遇困难的年轻姑娘，礼节十分周到。巧的是，他身上带有一套修车工具。

那个时候，挪威的德国兵，如果真的像一般人想象的那样，都是大坏蛋的话，事情就不会发生，因为我祖父就不会理睬路上受难的姑娘。当然，重点不在这里。当时我祖母实在应该保持矜持的态度，严词拒绝一个德国兵提供的任何帮助。

问题是，这个德国兵渐渐喜欢上这个受难的姑娘。这一来可就惨啰。不过，那是几年以后的事……

每回讲到这个节骨眼，爸爸就点一根烟来抽。

更糟的是，祖母也喜欢上那个德国兵。这是她犯下的最大错误。德国兵帮她修理脚踏车，她不只说声谢谢而已，居然还陪他一路走到艾伦达尔镇。这个大姑娘实在太不知检点了。要命的是，她竟然答应再跟这个名叫盎特菲德威伯·卢德维格·梅斯纳的德国兵见面。

如此这般，祖母就成了德国兵的情人。爱情这档子事固然是盲目的，选择权不在我们手里，可是，在爱上那个德国兵之前，祖母总可以选择不再跟他见面呀。当然，她没这么做，到头来可就有苦头吃啰。

祖母和祖父一直偷偷会面。她跟德国人交往的事，一旦被镇民发现，她在艾伦达尔镇就待不下去了。挪威老百姓对抗德国占领军只有一个方法，那就是不跟他们打交道。

1944年，卢德维格·梅斯纳被匆匆调回德国，参加第三帝国东部疆界保卫战。他压根儿没有机会向我祖母道别。他在艾伦达尔火车站搭上火车，从此音讯全无，整个人消失不见了。战后祖母到处打听他的下落，但过了一段日子，她也不得不相信，她的情人在东部战场上被俄国兵杀死了。

若不是祖母怀了孕，佛洛兰脚踏车之旅和接着发生的事，早就被人们给遗忘了。祖父随部队开拔到东线前夕，和祖母一夕欢好，但直到好几个星期后，祖母才知道自己有了身孕。

依爸爸的说法，接着发生的事彻底暴露出人的邪恶——每次讲到这里，他就会再点一根烟来抽。1945年5月挪威解放前不久，爸爸离开娘胎，呱呱坠地。德军一投降，祖母就被挪威民众抓起来。挪威百姓最恨跟德国兵交往的挪威姑娘，不幸的是，这种女孩还真不少，但下场凄惨的是那些跟德国兵生下孩子的姑娘。事实上，祖母跟祖父交往是因为她爱他，而不是因为她信仰纳粹主义。祖父自己也不是纳粹党徒。他被抓上火车，强行遣返德国之前，就跟祖母商量好，找个机会两人结伴穿过边界，双双逃到瑞典去。不巧，那阵子有谣言说，瑞典边防军奉命射杀穿越边界的任何德国逃兵，因此祖父和祖母不敢贸然成行。

艾伦达尔镇民使用粗暴的手段对待我祖母，他们剃光她的头，在她身上拳打脚踢，也不管她刚刚生下孩子。老实说，德国兵卢德维格·梅斯纳比这些挪威百姓文明多了。

顶着一颗光溜溜的头颅，祖母逃到奥斯陆，投奔她的舅父崔格维和舅母英格丽。如果她继续待在艾伦达尔，恐怕连命都会送掉。那时正好是春天，但祖母还得戴上呢绒帽，因为她的头秃得像七八十岁的老头子。她母亲留在艾伦达尔，祖母直到五年后，才带着她儿子——也就是我爸爸——回到故乡。

祖母和我爸爸都不想为发生在佛洛兰的事辩白。他们只想知道，他们母子究竟要受多少惩罚？一桩罪行，到底要株连几代人？当然，未婚怀孕是难以原谅的事，而在这点上，祖母也从不推卸责任。她只是不明白，为什么人们连无辜的小孩子也不放过。

这件事，我想了很久。爸爸是由于人的堕落才来到这个世界，但我们不都是亚当和夏娃的子孙吗？我知道这个比拟有点牵强。亚当和夏娃的故事围绕着苹果进行，而我祖父和祖母那档子事，却牵涉到越橘。但是，像月下老人似的将祖父和祖母牵引在一起的脚踏车轮胎，看起来，还真有点像诱惑亚当和夏娃的那条蛇。

不管怎样，身为母亲的女人都知道，你不能为了一个已经出生的孩子，一辈子自怨自艾。更重要的是，你不能把气出在孩子身上。我也相信，德国兵的私生子也有权享受幸福的生活。在这一点上，我和爸爸的看法并不完全一致。

童年时期的爸爸，不但是个私生子，而且还是个敌人留下的孽种。在艾伦达尔镇，尽管成年人不再对"通敌者"拳打脚踢，孩子们却不肯放过那些可怜的私生子。儿童模仿起大人的恶行来，往往青出于蓝。这一来，小时候的爸爸可就尝尽了苦头。他忍气吞声，直到十七岁那年他决定离开心爱的艾伦达尔镇，到海上去讨生活。七年后他回到故乡。那时，他已经在克欣桑结识了我妈妈。他们搬进希索伊岛上一栋古老的房子，而我就是在那儿出生的，时间是1972年2月29日。当然，从某种角度来看，在佛洛兰发生的那档子事，我也是难辞其咎。这就是大家所说的"原罪"啦。

　　爸爸身为德国兵的私生子，有个很不快乐的童年，长大后又在海上讨了好几年的生活，难免沾染上喝酒的习惯，没事就喜欢喝上一两杯。但我发现，爸爸岂止是为了忘掉往事。事实上，只要两杯黄汤下肚，他就开始谈论起祖父和祖母，开始诉说起自己身为德国兵私生子的悲惨遭遇。说着说着，有时他不免悲从中来，放声大哭。我发现，在酒精的刺激下，他的回忆变得更加清晰，犹如泉涌。

　　在汉堡市郊高速公路上，再一次告诉我他生命中的际遇后，爸爸说："然后你妈妈失踪了。当时你上托儿所，她找到第一份工作，当舞蹈老师。接着她改行当模特儿，三天两头往奥斯陆跑，有时还到斯德哥尔摩去。有一天，她忽然不回家了。她只留下一封信。信上说，她在国外找到一份工作，不知什么时候才能回来。人们说这种话时，往往表示他们只在外头待一两个星期就会回来，但你妈妈一去就是八年多……"

　　这段话我已听过多次，但这回爸爸特别添加几句："我们家族总是有人失踪，有人消失不见。汉斯·汤玛士，我想那是家族诅咒啊。"

听爸爸提起"诅咒"，我感到不寒而栗。我坐在车子里思索这个问题，觉得爸爸的话未尝没有道理。

我们这对父子，一个失去父亲和妻子，一个失去祖父和母亲。爸爸心中一定还有其他失去的亲人，只是没讲出来。祖母小时候，她父亲被一株倒下的树木压死。因此，在成长的过程中，她身边也没有一个呵护她、管教她的父亲。难怪，她后来会跟一个马上就要上战场送死的德国兵厮混，生下一个儿子，也难怪，这个儿子长大后会娶一个婚后离家出走、跑去雅典寻找"自我"的女人。

♠

黑桃 2

……上帝坐在天堂上哈哈大笑，因为世人不信服他……

在瑞士边界，我们把车子开到一间修车加油站停下来。加油站上只有一个加油器，看样子已经荒废。一个男子从绿色的屋子走出来，他个子很小，模样儿像个侏儒。爸爸拿出一张很大的地图问他，翻越阿尔卑斯山前往威尼斯，要怎么走才最便捷。

那个矮子伸出手来指着地图，尖声回答。他只会讲德语。通过父亲的翻译，我知道他劝我们今晚到一个叫杜尔夫①的小村庄，借宿一夜。

矮子一面跟爸爸说话，一面不停地瞄着我，那副神情仿佛头一次看见儿童似的。我感觉得出来，他对我有一种特殊的好感，大概是因为我们身高差不多吧。我们正要开车离去，他手里拿着一枚放大镜，匆匆忙忙走过来。那枚放大镜很小，装在一个绿色的罩子里。

"送给你！"他说，（爸爸替我翻译）"有一回，我发现一只受伤的獐鹿，肚子上嵌着一块古老的玻璃。这枚放大镜就是用那块玻璃做的。在杜尔夫村，你会用得到它。相信我，孩子。听着：我第一眼看到你，就

---

① 杜尔夫：Dorf，此字与英文dwarf谐音，dwarf意为矮人、侏儒。

知道这趟旅程你会用到放大镜。"

我不禁纳闷起来。杜尔夫这个村庄，难道真的那么小，需要用放大镜才找得到？但我还是跟那个矮子握了握手，感谢他送我礼物，然后才钻进车子。他的手不但比我的手细小，也冰冷得多。

爸爸摇下车窗，朝矮子挥挥手。矮子伸出两只短小的手臂，使劲朝我们挥了挥。

"你们是从艾伦达尔镇来，对不对啊？"爸爸发动我们那辆菲亚特轿车时，矮子忽然问我们。

"对啊。"爸爸回答他，然后开车离去。

"他怎么晓得我们是从艾伦达尔镇来的呢？"我问爸爸。

爸爸望了后视镜一眼，看看坐在后座的我，问道："你没有告诉他吗？"

"没有啊！"

"哦，一定是你告诉他的！"爸爸一口咬定，"因为我没告诉他呀。"

我没跟那个矮子说过话。就算我告诉他我们来自艾伦达尔镇，他也听不懂的，因为我连一个德文单词都不会讲。

"他的个子怎么会那样小呢？"车子驶上高速公路时，我问爸爸。

"这还用问吗？"爸爸问道，"那个家伙身材特别矮小，因为他是人工制造出来的假人。好几百年前，一个犹太魔法师把他创造出来。"

我当然知道爸爸在说笑，但我还是继续问他："这么说来，他今年有好几百岁啰？"

"这也用得着问吗？"爸爸回答我，"人造的人是不会老的，不像我们真人。这是他们唯一比我们优越的地方，值得他们吹嘘。别小看这点啊，这帮人永远都不死。"

我们继续驱车南下。途中我拿出放大镜。想查看一下爸爸到底有没有头虱。他没有头虱，可是脖子背后却有几根样子很难看的毛发。

车子穿过瑞士边界后，我们看到了杜尔夫村的路标。转进一条小路，一路往上行驶，就进入了阿尔卑斯山区。这一带人烟稀少，偶尔可以看见一两间瑞士农舍，坐落在山脊上林木间。

天色很快就暗下来。我在后座正要沉沉睡去时，忽然被爸爸停车的声音吵醒。

"我得抽根烟了！"爸爸嚷道。

我们钻出车子，深深吸了一口清新的阿尔卑斯山空气。这时天色已经全黑了。我们头顶上，星光满天，有如一张缀饰着无数小电灯泡的地毯。

爸爸站在路旁放尿。放完后，他走到我身边，点根烟，然后伸出手臂指了指天空。

"孩子，我们都是渺小的东西。我们就像那些乐高小玩偶，试图驾驶一辆老旧菲亚特轿车，从挪威的艾伦达尔镇出发，千辛万苦赶到希腊的雅典。哈！我们活在豌豆般大的一个星球上。汉斯·汤玛士，你知道在我们这个小星球之外，还有数以百万计的星群吗？每一个星群，由数以亿计的星球构成。只有上帝才晓得宇宙中究竟有多少星球。"他弹弹烟灰，继续说，"孩子，我们并不孤独。我相信宇宙处处充满生命，只是我们从不曾接到别处生命传来的讯息。宇宙中的星群就像一座座荒凉的岛屿，岛和岛之间并没有渡轮通航。"

爸爸的个性固然有它的缺点，但听他说话，你永远不会感到无聊。机械工的职业，实在太委屈他了。若是有朝一日我大权在握，我一定委任他为"国家哲人"。他自己也有这个意愿。他曾说,在我们政府里头,各种各样的部门都有,独缺"哲学部",连那些大国的政府都以为,治国并不需要哲学这玩意儿。

身为我爸爸的儿子,在遗传的影响下,我自然也对哲学产生兴趣。每次爸爸停止谈论妈妈,开始抒发他的人生哲理时,我都想加入讨论。这回,我对爸爸的宇宙观提出了异议:"尽管宇宙大得不得了,可是,这并不意味着我们的地球小得只有一颗豌豆那样大呀。"

爸爸耸耸肩膀,把烟蒂扔到地上,再点一根烟。他谈论人生和宇宙时,压根儿听不进别人的意见。他太过沉溺于自己的观点,没工夫听别人的。

"汉斯·汤玛士,你知道我们人是打哪儿来的吗?你想过这个问题没有?"爸爸没回应我刚才提出的意见,反而对我提出这样的问题。

这个问题我想过很多次,但我知道爸爸不会对我的看法感兴趣,所以,我就索性不打岔,让他自个儿滔滔不绝说下去。我们这对父子相依为命那么些年,早就把对方的个性摸透了。我懂得怎样应付他。

"你知道吗?你奶奶有一回这么说过:上帝坐在天堂上哈哈大笑,因为世人不信服他。她说这是她在《圣经》上读到的。"

"为什么呢?"我问道。提出问题毕竟比回答问题容易得多。

"听着,"爸爸开始解释,"如果真有上帝,而这个上帝创造了我们,那么他一定会把我们看成虚假的东西。我们成天说话、争论、吵架,然后诀别、死亡。你明白吗?我们自以为聪明绝顶,会制造原子弹,会用火箭把人送上月球。可是,从没有人问过,我们到底是打哪儿来的。我们认为只是碰巧活在地球上,如此而已。"

"所以上帝就笑我们啰?"

"对!汉斯·汤玛士,如果我们自己也创造一个假人,而这个假人开始说话,成天谈论股市行情、赛马这类玩意儿,却从来不问一个最简单可也最重要的问题——万物到底从何处来——那么,我们会觉得非常好笑,对不对?"

说着,爸爸果然哈哈大笑起来。

"孩子呀,我们实在应该多读一点《圣经》。上帝创造亚当和夏娃后,成天在伊甸园逡巡徘徊,窥探这对男女的行为。我这么说,绝对没有夸张。他躲在树叶里头,监视亚当和夏娃的一举一动。你明白吗?他已经被自己创造的东西迷住了,一刻都舍不得离开他们。我不怪他,因为我太了解他的心态了。"

爸爸把香烟摁灭,准备继续赶路。我心里想,尽管旅途劳顿,但在抵达希腊之前,爸爸在路上会停个三四十次,抽抽香烟,而我有幸会在这个时候聆听他的人生哲理,也未尝不是一件值得庆幸的事情。

上车后,我拿出那个怪矮子送我的放大镜。我决定用它来探索大自然的奥秘。如果我趴到地上,仔细观察一只蚂蚁或一朵花,也许我能发现隐藏在自然界的一些秘密。然后,圣诞节来临时,我会把观察所得向爸爸报告,作为一种心灵礼物。

我们的车子一路往上行驶,进入阿尔卑斯山区。时间一分钟一分钟过去。

"汉斯·汤玛士,你睡着了吗?"过了一会儿,爸爸问道。

我正要进入梦乡,爸爸这一问把我给惊醒过来。我不想骗爸爸,只好老老实实地回答，我还没睡着。这一下我的睡意全都被赶跑了。

"孩子，"爸爸说，"我开始怀疑那个矮子在耍我们。"

"这么说来，放大镜并不真的是在獐鹿的肚子里找到的？"我含含糊糊地说。

"你太累了，汉斯·汤玛士。我说的是路程，不是放大镜。那个矮子为什么把我们打发到这么荒凉的地方？高速公路也穿过阿尔卑斯山呀。我们最后看到的屋子，是在四十公里外，而最后看到的一家旅馆，现在离我们更远呢。"

我困得没有力气回答。我心里想，我应该算得上是全世界最爱父亲的儿子。我爸爸不该当个机械工，他应该在天堂上，跟天使一块探讨人生的奥秘。爸爸曾告诉我，天使比凡人聪明得多。他们的智慧虽然不能跟上帝相比，但是，凡人能理解的事物，他们不必思索就能洞悉。

"那个矮子劝我们到杜尔夫村投宿，究竟打什么主意呢？"爸爸还在那里嘀咕，"我跟你打赌，他一定是把我们打发到一个侏儒村去。"

进入梦乡前，我最后听到的就是爸爸这句话，结果我做了个梦，梦见我们来到一个居民全是侏儒的村庄。他们都非常友善，七嘴八舌，抢着跟我们说话。可是，这些侏儒都不知道他们来自何方，现在身居何地。

模模糊糊中，我感觉到爸爸把我挽出车子，然后把我抱到床上去。我仿佛闻到空气中有一股蜂蜜的味道，耳边听到一个妇人操着德语说："好，好，没问题，先生。"

♠

黑桃 *3*

……用石头装饰森林的地面，不是有点奇怪吗……

第二天早晨一觉醒来，我才发现我们已经抵达杜尔夫村。爸爸躺在我旁边的床铺上，睡得正熟。八点多钟了，但我知道爸爸还会再睡一会儿，因为不管多晚，就寝前他总要小喝一两杯。只有他才管它叫"小喝"，事实上，他一喝酒，不喝到痛快是不肯罢休的。

从窗口望出去，我看到一个辽阔的湖泊。我匆匆穿上衣服，跑下楼去。一个肥胖的妇人迎上前来，态度和蔼可亲。她想跟我搭讪，却又不会说挪威话。

她一连唤了我的名字"汉斯·汤玛士"好几次。昨晚，爸爸把睡梦中的我抱到楼上的房间时，一定向她介绍过我。其他事情我就不晓得了。

我从湖滨的草坪穿过去，来到一架秋千前。这架阿尔卑斯山式的秋千，可以荡得很高，高到几乎超过屋顶。我一面荡秋千，一面享受这座阿尔卑斯山小村庄的景色，荡得愈高，眺望得愈远。

我开始热切期望爸爸赶紧睡醒。我敢打赌，他一看到大白天的杜尔夫村，马上就会迷上它。杜尔夫村看起来简直就像童话世界里的村庄。村中只有几条狭窄的街道，散布着几间小店铺。街道两旁是一座座高耸入云、终年积雪的高山。我把秋千荡到天空中，感觉上，就像从乐高玩偶世界俯瞰脚下的一座小村庄。旅馆是一栋三层楼高的白色屋子，窗户漆成粉红色。许多彩色小玻璃窗，点缀着整个屋面。

我独个儿荡秋千，渐渐感到无聊，这时候爸爸走了过来，叫我进去吃早餐。

我们用餐的那间餐室，可能是全世界最小的，里头只摆得下四张桌子，而我们父子俩是仅有的客人。餐厅隔壁有一间很大的餐馆，但这会儿还没有开门营业。

我看得出来，爸爸因为睡过头而感到愧疚，因此，吃早点时，我乘机要求他让我喝一杯汽水（平时我是喝牛奶的）。他立刻答应我的要求，同时为自己叫了一杯叫viertel（意为"四分之一"）的饮料。这个名称听起来怪怪的，但爸爸把它倒进杯子时，我却怀疑它是一种红葡萄酒。这一来我心里就有数了：爸爸今天不打算开车上路，等明天再继续我们的行程。

爸爸说，我们现在住宿的是一间Gasthaus，意思是"客栈"。除了窗户之外，这家客栈看起来跟其他旅馆没啥两样。这家客栈名叫"华德马旅舍"，而前面那个湖就叫做"华德马湖"。我猜，这间客栈和这个湖都是以华德马这个人命名的。

"我们被他耍了！"爸爸喝了几口酒后，忽然说道。

我一听，就知道他是在说我们路上遇到的那个矮子。看来，他就是这个名叫华德马的人了。"我们是不是兜了个圈子呀？"我问道。

"可不是！矮子那儿离威尼斯，以公里来计算，跟这儿离威尼斯一样远。换句话说，咱们向他问路之后所走的路程，全都是白走的啊。"

"妈的，他敢耍我们！"我脱口而出。跟爸爸一块生活这么些年，耳濡目染，我学会了他的一些水手三字经。

"我的假期只剩下两个星期了，"爸爸继续说，"何况谁也不敢保证，我们一到雅典就会遇见你妈妈。"

"那我们今天为什么不上路呢？"我忍不住问道。我也跟爸爸一样急着找妈妈呀。

"你怎么知道我们今天不上路？"

我懒得回答他这个问题，只伸手指了指他那杯名叫"四分之一"的玩意儿。

爸爸哈哈大笑。他笑得那么大声、那样惊天动地，连那个胖太太也忍不住跟着笑起来，虽然她压根儿不知道我们父子俩在谈什么。

"孩子，我们今天凌晨一点多钟才赶到这儿呀！"爸爸说，"你总该让我休息一天嘛。"

我耸耸肩膀。其实，我早就厌倦了天天赶路，巴不得在路旁城镇停留个一两天。我只是不相信，爸爸会利用这难得的机会好好休息。我担心，他又会把这一天的时间浪费在酒精里头。

爸爸在车里翻找了一会儿，搬出几件行李来。我们午夜抵达这儿时，他只带着一支牙刷进入客栈。

爸爸把车子收拾整齐后，决定带我去远足。客栈那位胖太太告诉我们，附近有一座山，景色十分优美，只是现在已近中午，我们恐怕不会有足够的时间爬上山去，然后走下来。

灵机一动，爸爸想出了一个绝妙的主意。如果你只想从一座高山上走下来，不想费劲爬上去，那你应该怎么办？当然，你会问人家，有没有大路通到山顶上去。客栈的胖太太告诉我们，确实有一条大路通到山顶上，可是，如果我们开车上去，走下山后，是不是又要爬上山去拿车子呢？

"我们可以雇一部计程车载我们上山，然后走下来呀。"爸爸说。我们决定这么办。

胖太太帮我们叫一辆计程车。司机还以为我们神经不正常，但看到爸爸掏出几张瑞士法郎钞票，在他眼前挥了挥之后，立刻答应载我们上山。

显然，胖太太比那个小矮子更熟悉这一带的地形。尽管我们来自多山的挪威，但是，爸爸和我从来没见过如此壮观、如此迷人的山景。

从高山之巅俯瞰，杜尔夫村只是一簇小斑点，而华德马湖则变成一个小池塘。现在正是仲夏时节，山上的风却冰寒蚀骨。爸爸说，我们现在所在的位置，比家乡挪威任何一座山的海拔都高出许多。我不觉肃然起敬。但爸爸看起来却很失望。他悄悄对我说，他上山来的目的是想看看地中海，没想到根本看不见。我知道，他甚至幻想可以看到在希腊的妈妈。

"在海上谋生时，我看到的是完全不同的景观。"爸爸说，"我成天站在甲板上，好久好久没看到陆地。"

我试图想象那是怎样的一幅情景。

"我比较喜欢那样的生活，"爸爸仿佛猜到我心中正在想什么，"看不到海，我心里就会觉得很憋。"

我们开始走下山去。小径两旁长着一些高大茂盛的树木。我依稀闻到蜂蜜的香味。

途中，我们在一块田地上停下来歇歇脚。我拿出小矮子送的放大镜，而爸爸则坐在一旁抽烟。我看到一只蚂蚁在一根小树枝上爬动，但它一直不肯停下来，因此我没法子用放大镜观察它。于是我只好摇一摇树枝，把它抖落，然后把放大镜伸到树枝上观察。放大数倍后的树枝，看起来固然美妙迷人，但并不能增进我对树的了解。

　　突然，树叶间响起窸窸窣窣的声音。爸爸以为山上有土匪出没，吓得赶紧跳起身来，仔细一瞧，原来是一只天真无邪的獐鹿受到惊吓。此后，我心中一直将爸爸想象成一只獐鹿，但从不敢当他的面讲出来。

　　虽然吃早点时，爸爸喝了一杯酒，但整个早晨他的精神很好。我们父子俩一路跑下山，直到猛然瞧见树林中一堆堆排列得整整齐齐的白色石头，才猛然刹住脚步。这些石头圆润光滑，总共好几百颗，没有一颗比方糖大。

　　爸爸呆呆站着，一个劲搔他的脑勺。

　　"这些石头是长出来的吗？"我问道。

　　爸爸摇摇头，说道："汉斯·汤玛士，我想是人弄的。"

　　"在远离人群的山中，用石头装饰森林的地面，不是有点奇怪吗？"我说。

　　爸爸没马上回答，但我知道他同意我的看法。

　　爸爸一辈子最不能忍受的，就是不能对他经历的事情提出合理的解释。这种个性，有点像英国神探福尔摩斯。

　　"这儿看起来像一座坟场。每一颗小石头分配到几平方厘米大的空间……"

　　我还以为爸爸会说，杜尔夫村的居民把乐高的小玩偶葬在这儿，但回头一想，爸爸不会那么幼稚。

"也许是孩子们把甲虫埋葬在这儿吧。"爸爸百思不得其解，只好提出这么一个看法。

"可能吧!"我蹲下身去，把放大镜伸到一颗石头上，"可是甲虫搬不动那些石头呀。"

爸爸急促地笑起来。他伸出胳臂，揽住我的肩膀。于是我们父子俩依偎着走下山去，步伐比先前缓慢了一些。

不久，我们来到一间小木屋前。

"你想有人住在这儿吗?"我问道。

"当然!"

"你怎么那样确定?"

爸爸伸出手来，指了指屋顶上的烟囱。我看见一缕炊烟袅袅上升。

屋外有一条小溪，一根水管从水中伸出来。我们把嘴巴凑在水管上，喝了几口水。爸爸把这根水管称作抽水机。

♠

黑桃 4

……小圆面包里藏着一本火柴盒般大小的书……

我们回到杜尔夫村时，已经是傍晚时分了。

"现在，我们该好好吃一顿晚餐了！"爸爸说。

大餐馆已经开门营业，因此我们不必钻进小餐室用餐。好几个本地人围绕一张椅子坐着，桌面上放着几大杯啤酒。

我们吃香肠和瑞士泡菜。餐后甜点则是一种苹果饼，上面涂着泡沫奶油。

吃完晚餐后，爸爸留在餐馆"品尝阿尔卑斯山的白兰地"——这可是他自己说的。看他喝酒很无聊，于是，我叫来一杯汽水，喝完就回到楼上的房间。我拿出那几本已经看过十几二十遍的挪威漫画书，看最后一次。接着我开始玩单人纸牌。我玩的是七张牌的游戏，但两次发牌都不顺当，于是我就走下楼，回到餐馆里。

我本想趁着爸爸还没喝醉——他一喝醉，就会开始讲当年在海上讨生活的故事——把他弄上楼去休息，但他显然还没尝够阿尔卑斯山的白兰地酒。这会儿，他正操着德语，跟餐馆里的本地客人攀谈呢。

"你自个儿去散散步，在镇上四处逛逛吧。"爸爸对我说。

我一听他不陪我去走走，心中自是生气。可是，今天回想起来，我倒庆幸那天晚上自己单独出门。我觉得我的命比爸爸好得多。

"到镇上四处逛逛"只需五分钟，因为这个镇子委实太小了。它只有一条大街，名字就叫做华德马街。杜尔夫的居民实在没什么创意。

爸爸只愿跟本地人厮混，大口大口地喝阿尔卑斯山白兰地，完全不理我，我怎能不气呢？"阿尔卑斯山的白兰地！"说起来比烈酒好听一点。爸爸有一回说，戒酒会危害他的健康。我反复念诵他这句话，思索了很久才明白他的意思。一般人都说，喝酒会危害健康。爸爸却偏偏与众不同，他毕竟是德国兵的私生子。

村中的店铺全都打烊了。一辆红色厢型车驶到一间杂货店前，卸下车上的货品。一个瑞士女孩面对着砖墙，独个儿在玩球；一个老人孤零零地坐在大树下的长凳上，抽着烟斗。这就是街上的景致了！虽然村中有许多美得像童话的房子，但在我的感觉上，这个阿尔卑斯山区小村庄却沉闷得让人难受。我不明白，在这种地方，放大镜到底能派上什么用场。

幸好，明天一早我们就会驱车上路，继续我们的行程。午后或傍晚时分，我们就会抵达意大利。从那儿，我们可以一路开车穿越南斯拉夫，去到希腊，我们也许能够找到妈妈。一想到这点，我不由得精神大振。

我穿过街道，走到一间小面包店门前。只有这家铺子的橱窗我还没浏览过。在一盘蛋糕旁边摆着一个玻璃缸，里头孤零零养着一条金鱼。玻璃缸的上端有一个缺口，约莫跟小矮子送我的放大镜一般大小。我从口袋掏出放大镜，脱去罩子，仔细比对，发现它比玻璃缸的缺口仅仅小一些而已。

那条橘黄色的小鱼，在玻璃缸里不停地游来游去。它大概是靠蛋糕屑维生。我猜，以前曾经有一头獐鹿想吃掉这条金鱼，结果却咬了玻璃缸一口，将碎片吞下肚去。

黄昏的太阳突然照射进小窗,玻璃缸一下子亮了起来。刹那间,橘色的金鱼染上了红、黄和绿的色彩。玻璃缸里的水,在金鱼的游动下,也变得瑰丽缤纷起来,仿佛调色盘中的颜料给一股脑儿倒进缸里似的。我只顾注视着金鱼、玻璃和水,浑然忘记自己身在何方。恍惚间,我觉得自己变成了缸里的金鱼,而真正的金鱼却在缸外注视着我。

我正在凝视着玻璃缸里的金鱼,突然发现面包店里,有一个白发苍苍的老头子站在柜台后面。他看了看我,朝我挥挥手,示意我走进店中。

已经晚了,这家面包店还没打烊,我心里不免感到疑惑。我回头望了望华德马客栈,看看爸爸究竟喝完了酒没有,却没看见爸爸的踪影,于是我把心一横,推开面包店的前门,走了进去。

"赞美上帝!"我用德语说。我会说的瑞士德语,就只有这么一句而已。

我一眼就看出,这个面包店老板是个和善的人。

"挪威人!"我拍拍胸脯,表示我不会讲他的语言。

老头从宽阔的大理石柜台后面倾下身子来,直瞪着我的眼睛。

"真的?"他说,"我在挪威住过,很多很多年以前啰。现在我的挪威话几乎全忘光了。"

他转过身子,打开老旧的冰箱,拿出一瓶饮料,打开瓶盖,把瓶子放在柜台上。

"你喜欢喝汽水,对不对?"老头说,"拿去喝吧,孩子。这瓶汽水挺好喝啊。"

我拿起瓶子,凑上嘴巴,一气喝了几大口。果然比华德马客栈的汽水好喝,有一种梨子味。

白发老头又从大理石柜台后面倾过身子来,悄声问道:"好不好喝，嗯?"

"很好喝。"

"好!"他又压低嗓门说，"这瓶汽水挺不错，但是，杜尔夫这儿还有更好喝的汽水，是不公开贩卖的。你明白吗?"

我点点头。老头一劲儿压低嗓门说话，我不免感到心里发毛。可是，我抬头一看他那双慈蔼的蓝色眼睛，就知道他不是个坏人。

"我是从艾伦达尔镇来的，"我说，"爸爸开车带我去希腊找我妈妈。我妈妈很可怜，她在时装界迷失了。"

老头睨了我一眼："孩子，你说你来自艾伦达尔? 你妈妈迷失了? 也许别的人也有相同的遭遇啊。我也在格林姆镇住过几年，那儿的人已经把我给忘了。"

我仰起头来望望老头。他真的在格林姆镇住过吗? 那是我们家附近的一个市镇呀。每年夏天，爸爸总会带我搭船到那儿度假。

"那儿离……离艾伦达尔不远。"我结结巴巴地说。

"不远，不远。我知道，那儿的一个年轻人总有一天会到杜尔夫村来，领取他的珍宝。这个珍宝，如今可不是我一个人的啰。"

突然我听到爸爸呼唤我。从他的声音我听得出来，他已经灌下好几杯阿尔卑斯山的白兰地了。

"谢谢您请我喝汽水，"我说，"我得走了! 我爸爸在叫我。"

"哦，你父亲在叫你，当然当然。你稍等一下，刚才你在这儿看金鱼的时候，我正好把一盘小圆面包放进烤箱。我看见你手上有一枚放大镜，就知道你是那个年轻人了。孩子，你会明白的，你会明白的……"老头走进铺子后面一个阴暗的房间。过了约莫一分钟，他走出来，手里拿着一个纸袋，里头装着四个刚出炉的小圆面包。他把纸袋递到我手里，板起脸孔对我说："你得答应我一件事，挺重要的啊。你必须把最大的一个小圆面包藏起来，到最后才吃。记住，没别人在身边时才可以吃！这件事你不可以对任何人提起，知道吗？"

"知道，"我说，"谢谢。"

我匆匆走出面包店。事情发生得太突然，我心中一片茫然，直到从面包店走到华德马客栈的半路中遇见爸爸，我才渐渐回过神来。

我告诉爸爸，一个从格林姆镇移民到这儿开面包店的老头，请我喝一瓶汽水，还送我四个小圆面包。爸爸显然不相信我的话，但在回客栈的路上，他还是吃了一个小圆面包。我吃了两个，最大的一个我藏在纸袋里。

爸爸一躺到床上，就呼呼大睡。我睡不着，心中只管想着面包店那个老头子和那条金鱼。想着想着，我感到肚子饿起来，便爬下床，拿出纸袋里的最后一个小圆面包。在漆黑的房间中，我坐在椅子上，一口一口咬着小圆面包。

忽然，我咬到一个硬硬的东西。我撕开小圆面包，发现里头藏着一个如同火柴盒那般大小的东西。爸爸躺在床上，呼噜呼噜打着鼾。我打开椅子旁的一盏灯。

我手里握着的是一本小书。封面上写着《彩虹汽水与魔幻岛》。

我随手翻这本书。它有一百多页，上面密密麻麻写着极细的小字。我打开第一页，设法阅读那些细微的字母，却连一个字也辨认不出来。忽然，我想起小矮子送我的放大镜，连忙从牛仔裤口袋里掏出来，放到第一页上面。字体还是很小，但当我倾身向前，透过放大镜阅读时，发现字体的大小刚好能配合我的眼力。

♠

黑桃5

……总有一天你会出现在我门前，向我领取珍宝……

亲爱的孩子：

请允许我这样称呼你。此刻，我坐在这儿撰写我的生平传记，因为我知道有朝一日你会到这个村庄。说不定，你会走到华德马街的面包店，在门口驻足片刻，观看橱窗里摆着的金鱼缸。你根本不晓得你来这儿的目的，但我知道，你前来杜尔夫村，是为了承续"彩虹汽水与魔幻岛"的传奇。

这本传记是在1946年1月撰写的。那时我还是个年轻人。三四十年以后你遇见我时，我已经是个白发苍苍的老头子。这部传记是为将来你我见面的那一天而写的。

我犹未晤面的孩子，让我告诉你：现在我用来撰写传记的纸张，就像是一艘救生艇。一艘救生艇总是随风漂流，然后航向远方的海洋。但是，有的救生艇却恰恰相反。它航向充满希望、代表未来的陆地，从此再也不回头。

我怎么知道你就是承续这个故事的人呢？孩子，当你出现在我眼前时，我自然就会知道。你身上会有标志。

我用挪威文撰写传记，一来是要让你看得懂，二来是要防止杜尔夫村的居民偷读矮子的故事。他们一旦知道这个故事，魔幻岛的秘密就会变成一则耸人听闻的新闻，而新闻的寿命是很短暂的。新闻吸引人们的注意力，但隔天人们就会把它遗忘。矮子的故事决不能淹没在新闻的短暂光芒中。与其让众人遗忘它，不如只让一个人知道矮子的秘密。

惨烈的第二次世界大战结束以后，许多人纷纷逃亡，寻找一个可以安身立命的新家园。我就是其中之一。那时，大半个欧洲变成了难民营。世界各地的老百姓流离失所，四处迁徙。我们不仅仅是政治难民而已；我们是一群茫然迷失、四处寻找自我的灵魂。

我也被迫离开德国，到别的地方建立新生活，但是，对纳粹第三帝国的一个士兵来说，逃亡可不是件容易的事。

战后，我带着一颗破碎的心，从北方的一个国度回到残破的祖国。我周遭的世界全都崩溃了。

我不能再待在德国，可也不能回到挪威。结果，我翻山越岭来到瑞士。

在茫然无助的状态下，我四处漂泊，好几个星期后才在杜尔夫村结识了老面包师艾伯特·克拉格斯。

那时，我已经流浪了很多天，又饿又累，正从山上走下来，忽然看到一个小村庄。在饥饿驱使之下，我拔腿跑过茂密的树林，如同一只被猎人追捕的动物。最后我再也支撑不住，整个人瘫倒在一间老旧的小木屋前。恍惚中，我依稀听见蜜蜂嗡嗡嗡的叫声，闻到牛奶和蜂蜜甜美的香味。

事后回想，一定是那个老面包师把我搀扶进小木屋里。醒来时，我发现自己躺在靠墙的一张小床铺上，看见一个白发老人坐在摇椅上抽着烟斗。他看见我睁开眼睛，赶忙走过来，坐在我身边。

"你回家了，孩子。"老人安慰我，"我早就知道，总有一天你会出现在我门前，向我领取珍宝。"

然后我又昏昏沉沉睡着了。醒来后，发现自己孤零零一个人躺在小木屋里。我爬下床来，走到屋前台阶上，看见老人倾着上身坐在一张石桌旁。厚重的桌面上摆着一个美丽的玻璃缸，一条五彩斑斓的金鱼悠游其中。

我看得呆了，心中感到纳闷：来自远方的一条小金鱼，竟然能够在欧洲中部一座高山上存活。瞧它在玻璃缸中游来游去的逍遥劲儿！海洋的生命被带到了瑞士阿尔卑斯山上。

"赞美上帝！"我向老人打招呼。

他回过头来，慈蔼地端详我。

"我叫卢德维格。"

"我是艾伯特·克拉格斯。"老人回答。

他起身走进屋里，过了一会儿，手里拿着面包、奶酪、牛奶和蜂蜜，又走进屋外灿烂的阳光中。

他伸出手臂，指了指山下的村庄告诉我说，那个村子名叫杜尔夫，他在那儿开一家小面包店。

我在老人家里住了几个星期。很快，我就当起面包店的助手来。艾伯特教我烘焙各式各样的面包、点心和蛋糕。我早就听说瑞士师傅做的面包和糕点最棒。

最让艾伯特开心的是，现在总算有人来帮他搬运、堆叠一袋袋的面粉了。

我想结识村子的其他居民，于是，收工后，我有时会到华德马客栈的酒馆去喝两杯。

我感觉得出来，本地人对我有相当的好感。尽管他们知道我当过德国兵，但从不追问我的过去。

一天晚上，酒馆里有人开始谈论起艾伯特这个老面包师。

"这老头脾气很古怪。"农夫安德烈说。

"以前那个面包师也是怪怪的。"村中一间店铺的老板艾尔布烈赫特斯说。

我问他们，此话怎讲，最初他们都闪烁其词，顾左右而言他。我已经灌下好几杯酒，火气开始上升。

"你们若不敢据实回答，就请把刚才的恶言恶语收回去！你们怎么可以诬蔑做面包给你们吃的人呢？"我忍不住训斥他们一顿。

那天晚上，没有人再谈论艾伯特，但几个星期后，安德烈又把话扯到老面包师身上："你们知道他从哪里弄来那些金鱼吗？"他问大伙儿。我发现，村里的本地人都对我特别感兴趣，因为我跟老面包师住在一块。

"我只知道他有一条金鱼，"我说的是实话，"大概是从苏黎世的宠物店里买来的吧。"

听我这么一说，农夫和店铺老板却呵呵大笑起来。

"他的金鱼不止一条，有很多啊！"农夫说，"有一回我父亲到山里打猎，回家时，在路上看见艾伯特从屋里搬出所有金鱼，放在阳光下，让它们透透气。面包店的小伙子，请你相信我，他的金鱼绝对不止一条啊。"

"他一辈子都没离开过杜尔夫村呢，"店铺老板接口说，"我跟他年纪差不多，据我所知，他从没踏出杜尔夫村一步。"

"有人说他是个巫师，"农夫压低嗓门悄声说，"他们说，他不但会做面包和蛋糕，还会做金鱼呢。他家里那些金鱼绝对不是在华德马捕捉的。"

连我也不免开始怀疑，难道艾伯特真的隐藏着一个大秘密？我初见他时对我说的那番话，不断在我耳际响起："你回家了，孩子。我早就知道，总有一天你会出现在我门前，向我领取珍宝。"

我不想向老面包师转述村民们讲的闲话，免得他伤心难过。如果真的隐藏一个秘密，时机成熟时，他自然会告诉我的。

最初我以为，村民们之所以喜欢在老面包师背后讲他的闲话，完全是因为他个性孤傲，一个人住在山上的屋子里，远离村庄。但是，渐渐地，我发现这间屋子本身也有耐人寻味的地方。

一踏进屋子，迎面就是一间带壁炉的大客厅，角落里有一个厨房。客厅开着两扇边门，一扇通到艾伯特的卧室，一扇通到另一间比较小的客房，也就是我来到杜尔夫村后艾伯特让我住的那间。这些房间的天花板都不特别高，可是，我从外面观看整栋屋子时，却发现屋顶显然有一间很大的阁楼。站在屋后的山丘顶端向下望，我更清清楚楚看到，石瓦铺成的屋顶上开着一扇小窗。

奇怪的是，艾伯特从没向我提过这间阁楼，他自己也似乎从没上去过。因此，每当村民们谈起艾伯特，我就不由自主地想起这间阁楼来。

一天晚上，我从杜尔夫村回来，听见老面包师在阁楼上踱步，来来回回地走动。我吓了一大跳，心里着实有点害怕，连忙跑到屋外去抽水机处喝点水。我缓步回到屋里时，看见艾伯特坐在摇椅里，悠闲地抽着烟斗。

"你今天回来晚了。"他说。但我感觉得出来，他心里正想着别的事情。

"你跑到阁楼上干什么？"我脱口而出，问道。

他一听，整个人仿佛沉陷进摇椅里。过了一会儿，他抬起头来望着我。他那张脸庞还是十分慈祥。好多个月前，我精疲力竭瘫倒在他家门前时，看到的就是这张慈祥的脸孔。

"卢德维格，你累不累?"

我摇摇头。今天是星期六。明天早晨我们可以一直睡到日上三竿再起床。

他站起身来，把几块木头丢进火炉里。

"今晚，我们就坐在一块聊聊吧!"他说。

♠

黑桃 6

……你觉得自己已经成熟到可以保守一个秘密了吗……

我拿着放大镜，阅读那本藏在小圆面包里的小书，眼皮渐渐沉重起来，几乎快要睡着了。我知道，我正在阅读一个伟大童话故事的开头部分，虽然那时我还没想到，这个故事和我会有什么关系。我从纸袋上撕下一小片纸，当作书签，夹在那本小书里。

在艾伦达尔镇市场的"丹尼森书店"，我曾看见过类似的小书。那种童话故事集，装在一个盒子里。和我这本小书不同的是，它的字体很大，因此每一页最多只能印二十个字。当然，由于字数有限，你也就不能期望这本童话书讲述一个伟大的故事了。

我合上书本时，已经是凌晨一点多钟。我把放大镜塞进牛仔裤的一个口袋，把小书藏在另一个口袋，然后趴到床上睡觉。

第二天一大早爸爸就叫我起床。他说，我们得赶紧上路，否则一辈子都到不了雅典。他看到地板上散布着我昨晚留下的面包屑，脸色顿时沉了下来，有点不高兴。

面包屑！我心中一动：那本小圆面包书果然是真实的，我并不是在做梦。我穿上牛仔裤，感觉到两个口袋塞着东西，鼓鼓的、硬硬的。我告诉爸爸，昨天半夜我肚子突然很饿，于是就爬起床来吃掉最后一个小圆面包。我没开灯，所以才会让许多面包屑掉落在地板上。

我们匆匆收拾行囊，装进车子里，然后冲进餐室吃早餐。我望了望隔壁那间空荡荡的餐馆，心里想道：当年卢德维格就坐在那儿，跟他的朋友们喝酒抬杠。

早餐后，我们向华德马客栈道别。车子驶过华德马街两旁的店铺时，爸爸伸出手臂指了指面包店，仿佛问我，昨晚的小圆面包是不是那家店买的。我还没来得及回答，店里就走出一个白发苍苍的老面包师，站在门前的台阶上，朝我挥手。他也向爸爸挥了挥，而爸爸也挥手回礼。

不久我们又回到高速公路上，一路驱车南下。我悄悄从牛仔裤口袋拿出放大镜和小圆面包书，开始阅读。爸爸一连问了两三次，我到底在干什么。第一次我回答说，我在查看后座有没有跳蚤和虱子，第二次我干脆说，我在想妈妈。

艾伯特又在摇椅上坐下来。他打开一个老旧的柜子，拿出一些烟草塞进烟斗中，点上火。

"1881年，我出生在杜尔夫村。"他开始讲述他的生平，"我家有五个孩子，我排行老幺。我跟母亲最亲，一天到晚跟在她身边。在杜尔夫村，通常男孩在七八岁前会跟母亲待在家里，但是，一满八岁，他们就得到田里去，跟父亲一块干活。我永远忘不了那些快乐的日子——我蹦蹦跳跳跟在母亲裙子后面，在厨房里走动不停。全家人只在星期天相聚。那一天，我们全家结伴去远足，黄昏回来吃一顿丰盛的晚餐，晚上一家大小聚在一块玩骰子游戏。

"不幸，这种快乐的日子并不能维持长久。我四岁那年，母亲患了肺痨，往后多年，我们一家就生活在疾病的阴影下。

"当然，那时我还小，不完全明白家中发生的事，但我记得，母亲时常坐下来休息，然后她就成天躺在床上。有时我会坐在她床边，讲自己编造的故事给她听。

"有一天，我发现母亲趴在厨房的长凳上，一直咳嗽。当我看见她咳出鲜血时，我感到十分愤怒，忍不住发起脾气来，拿起厨房里的东西——杯子、碗碟、玻璃杯——一件件砸得粉碎。我终于领悟到，母亲快要死了。

"我也记得，一个星期天早晨，其他的家人都还没睡醒，一大早父亲就走进我房间来，对我说：'艾伯特，我们得谈一谈，因为你妈在世的日子不多了。'

"我一听就发狂似的叫嚷起来：'她不会死！她不会死！你骗人！'父亲并没有骗我。我和母亲只剩下几个月的相聚时间。尽管那时我年纪很小但已经习惯在死亡的阴影下过日子，看着死神一步一步逼近。我眼睁睁看着母亲脸色一天比一天苍白，身体一天比一天消瘦，动不动就发高烧。

"葬礼的情景，我永远不会忘记。我两个哥哥和我的丧服，是向村中亲友借的。家人中，只有我没哭。我恨母亲抛下我们独自离去，我连一滴眼泪都不肯掉下来。往后，我常常想，治疗内心伤痛的最好药方就是愤怒……"

说到这儿，老人抬起头来望了望我。他仿佛看出，我内心中也有一股深沉的伤痛。

"母亲过世后，父亲就得独力抚养五个子女了，"他继续讲述他的故事，"最初几年，我们还熬得过去。我们家有一小块田地，父亲除了耕种之外也兼个差，充当村里的邮递员。那时，整个杜尔夫村居民不过两三百人。母亲过世时，我大姊才十三岁，就得负起管理家庭的责任。其他兄姊都在农庄上干活。只有身为老幺的我，在农庄上帮不了什么忙，成天一个人乱跑乱逛，没人看管。烦恼时，我就跑到母亲坟上放声大哭，但心里还是一直恨她离弃我们，不肯原谅她。

"没多久，父亲就开始喝酒了。最初他只在周末喝酒，渐渐变成每天都喝。邮递员的差使很快就丢掉，不久农庄也荒废了。我两个哥哥还没成年，就跑到苏黎世去讨生活。我呢，还是跟以往一样，成天独个儿四处乱逛乱跑。

"随着年龄的增长，我变成了村民们戏谑的对象，因为我父亲是大家口中的'烂酒鬼'。每回他在外面喝得烂醉如泥，村民们总会把他弄回家去睡觉，而我却得接受惩罚。我常觉得，我得为母亲的死不断付出代价。

"幸好，我结交了一位好朋友，面包店师傅汉斯。他是个满头白发的老人，在村里经营面包店已经二十多年，但由于他不在杜尔夫村出生长大，村民们都把他当成外地人。他的个性又很沉静，不喜欢跟人打交道，因此村民们都摸不清他的底细。汉斯当过水手。在海上度过多年后，他来到杜尔夫村定居，改行当起面包师来。偶尔，他身上只穿汗衫，在面包店里走动。那时我们就会看到他臂膀上的四幅巨大刺青。除了汉斯，杜尔夫村的男人身上都没有刺青。光凭这点，就足以让我们觉得汉斯这个人充满神秘感。

"我记得挺清楚，其中一幅刺青画着一个女人坐在船锚上，下面写着'玛莉亚'。关于这位玛莉亚，村里流传着很多故事。有人说，她是汉斯的情人，还不到二十岁就得肺结核死了。又有人说，汉斯曾经杀害一个名叫玛莉亚的德国女人，为了逃亡，才跑到瑞士来定居……"

说到这儿，艾伯特停顿下来，意味深长地看了我一眼。他似乎看出，我也是为了女人才逃亡到瑞士。难道他以为我杀了她？

艾伯特随即又说："也有些人说，玛莉亚只是船的名字。汉斯在那艘船上当过水手，后来它在大西洋遭遇海难，沉没了。"

他站起身来，从厨房拿出一大块奶酪和几片面包，然后又拿出两个杯子和一瓶酒。

"卢德维格，我的故事是不是很无聊？"他问道。

我使劲摇了摇头。于是这个老面包师又继续讲他的故事。

"我是个没有母亲的'孤儿'，常常站在华德马街面包店门口。我老是感到肚子饿，所以常常去那家店铺，观看橱窗里的面包和蛋糕，过过眼瘾。有一天，汉斯招手叫我走进店里，拿出一大块葡萄干蛋糕请我吃。从此我有了一个朋友，而我的故事到这个时候才真正开始。

"此后，我几乎每天都去面包店看望汉斯。他很快就看出我很孤独，无人照顾。我肚子饿时，他会拿出一大片刚出炉的面包或蛋糕，递到我手里，有时还会开一瓶汽水请我喝。为了报答他，我开始帮他跑腿，做点杂事；还不到十三岁，我就在面包店当起学徒来。那是母亲死后多年的事。我变成了面包师傅汉斯的干儿子。

"那一年，父亲过世。他简直就是喝酒喝死的。临终时他说，他盼望跟我妈在天堂重聚。我两个姊姊嫁人了，夫家离杜尔夫村很远。至于我那两个哥哥，离家后就音讯全无，整个地消失掉了……"

说到这儿，艾伯特拿起酒瓶，在我们杯里添满酒，然后走到壁炉前，敲敲烟斗，倒掉烟灰，重新装满烟草，点上火。他大口大口吸着烟，把浓浓的烟雾吐到客厅中。

"面包店师傅汉斯不但是我的友伴，而且还一度是我的保护者。有一回，四五个男孩纠集在面包店门口欺侮我。我记得挺清楚，他们把我绊倒在地上，对我拳打脚踢。我早就学会逆来顺受，因为我知道，我之所以会受这种惩罚，完全是由于我妈早死而我爸是个酒鬼。可是，那一天，汉斯像疯了似的从面包店冲出来，狠狠教训这帮小太保一顿，把他们一个个揍得鼻青脸肿，抱头鼠窜。卢德维格，我永远忘不了那幅景象！汉斯教训那几个男孩，下手也许重了些，但从此以后，杜尔夫村再也没有人敢动我身上一根汗毛了。

"如今回想起来，这场架可以说是我生命中重大的转折点，在许多方面影响我往后的一生。赶走小太保后，汉斯把我拖进店里。他拂掉白色外套上沾着的尘埃，打开一瓶饮料，放在大理石柜台上，对我说：'喝吧！'我遵命喝下，心中感到一阵畅快——今天总算出了一口气了。在我喝下第一口时，汉斯就迫不及待问道：'好不好喝？'我说：'好喝，谢谢你。'汉斯高兴得差点颤抖起来：'还有更好喝的呢！我向你保证，改天我会请你喝一种比这好喝千倍的饮料。'

"当时我以为他只是说着玩，但我一直没有忘记他的承诺。他许下这个诺言时，刚在街上打完架，一张脸涨得通红，神情十分严肃。况且，他这个人平日是不随便开玩笑的……"

说着，艾伯特忽然激烈地咳嗽起来。我还以为他的喉咙被烟呛到，但仔细观察，才发现他只是过于激动。他睁开他那双深棕色的眼睛，瞅着坐在桌子对面的我。

"孩子，你困了吧？我们改天再聊好不好？"

我拿起酒杯呷了一口酒，摇摇头。

"那时，我只不过是十二岁大的男孩，"他的声音低沉而哀伤，"那场架之后，日子和以往一样一天天过去，只是从此没有人胆敢再动我一根汗毛。我常到面包店看望汉斯。有时我们一块聊天，有时他把一块蛋糕递到我手里，打发我回家。村民们都说汉斯个性孤僻，沉默寡言；其实，只要打开话匣子，他就会滔滔不绝，告诉你当年他在海上讨生活的故事。从他口中，我认识了许多国家的风土人情。

"平常，我总是到面包店探望汉斯。别的地方是找不到他的。一个寒冷的冬日，我独自坐在结冰的华德马湖畔，朝湖面扔石头玩。汉斯突然出现在我身边，对我说：'艾伯特，你快要长大啰。'

"我回答：'今年二月我就满十三岁了。'

"'唔，十三岁，也不算小了。告诉我，你觉得自己已经成熟到可以保守一个秘密了吗？'

"'我会保守你告诉我的任何秘密，直到我死。'

"我相信你，孩子，我得把这个秘密告诉你，因为我在世上的日子所剩不多了。'

"我一听就着急起来：'不，不，你还有好多年好多年可以活。'

"刹那间，我感到自己的身子冰冷得像周遭的冰雪。在我短短十三年生命中，第二次，有人告诉我他快要死了。

"汉斯仿佛没听见我的哀叫。他说：'艾伯特，你知道我住在什么地方。今天晚上你到我家来一趟吧。'"

♠

黑桃 7

……一个神秘的星球……

我拿着放大镜,一个字一个字阅读小圆面包书里这长长的一段描述,眼睛都看得疼痛起来。这本书的字体是那么细小,以至于在阅读的过程中,我有时会停下来问自己,我到底有没有弄清楚书中的意思。说不定有一小部分是我凭空编造的呢。

我合上书本,坐在车子后座,呆呆望着公路两旁的高山,心里头一劲想着艾伯特。他跟我一样失去母亲。他跟我一样,父亲很爱喝酒。

车子在路上行驶了一会儿,爸爸说:"我们马上就要进入圣哥达隧道了。它直直穿过前面那座高耸的山脉。"

爸爸告诉我,圣哥达隧道是全世界最长的公路隧道,全长超过十六公里,前几年才通车。在那之前的一百多年间,山脉两边交通依靠一条铁路隧道。铁路修建前,来往意大利和德国两地的僧侣和商旅,得从圣哥达隘口穿过阿尔卑斯山。

"在我们之前,已经有很多人到过这里啰。"爸爸下了这么个结论。

我们的车子驶进了长长的隧道。

穿过这条隧道,几乎花了我们十五分钟。驶出隧道后,我们经过一个名叫爱洛罗的小镇。

"欧罗里亚（Oloria）。"我说。我穷极无聊时就会在车上玩这种游戏，看到的城镇名称和交通标志，都把它们的字母倒过来念，看看里头究竟隐藏着什么秘密。有时果然会发现一些有趣的意思。譬如，Roma（罗马）倒过来念就成了amor（爱）。这不是挺好玩的吗？

"欧罗里亚"这个名字也很别致。它使我们想起童话里的国家。只要稍闭起眼睛，这一刻，我们就仿佛在开车穿过这样一个童话国家。

车子往下行驶，进入一个散布着小农庄和石墙的山谷，然后渡过一条名叫提齐诺的河流。爸爸一看到河水，情不自禁地眼泪掉了下来。自从我们父子俩在汉堡码头散步之后，爸爸就没再掉眼泪。

他突然踩刹车，把车子开到路旁停下，然后跳出驾驶座，伸出手臂，指着那条蜿蜒流淌在两座峭壁之间的河流。

我冲出车子时，爸爸已经掏出香烟，点上火。

"孩子，我们终于来到海边啦！我已经嗅到海藻的味道了。"

爸爸常说出这种莫名其妙的话，但这回我担心他真的神经错乱了。最让我觉得不祥的是，他说完那句话，就闭上嘴巴不吭声了，仿佛他心里头只记挂着海洋似的。

我知道，这一刻我们身在瑞士，而瑞士这个国家并没有海岸线。虽然我对地理不甚了解，但是眼前那一座座高山却是活生生的证据，证明我们现在距离海洋很远。

"您累了吗？"我问爸爸。

"不累！"说着他又指那条河流，"我大概还没告诉你中欧地区的航运状况吧？我现在就告诉你。"爸爸看到我一副目瞪口呆的模样，马上补充说，"别紧张，汉斯·汤玛士。这儿不会有海盗的。"他指了指周遭的崇山峻岭，继续说，"我们刚穿过圣哥达断层块。欧洲的大河，有许多从这里发源。莱茵河的第一滴水是在这儿形成，隆河的源头也在这一带。提齐诺河从这儿发源，然后汇合壮阔的波河，流经意大利北部，注入亚得里亚海。"

我现在才明白，爸爸为什么突然谈起海洋。但我还没来得及把刚才那番话想清楚，紧接着他又说："我刚说过，隆河的源头在这里。"他又指了指眼前的山脉。"这条河流经日内瓦，进入法国，在马赛西边数里的地方注入地中海。莱茵河在这儿发源后，一路流经德国和荷兰，最后注入北海。欧洲还有许多河流，在阿尔卑斯山上喝下它们的第一口水呢。"

"有船在这些河上航行吗？"我问爸爸。

"当然有啦，孩子。这儿的船不单航行在河上，它们还航行在河与河之间呢。"

爸爸又点一根香烟。这时，我又担忧起来，说不定爸爸真的神经错乱了。有时我怀疑，酒精已经侵蚀了他的大脑。

"比方说，"爸爸开始解释，"你驾驶一艘船沿着莱茵河航行，或沿着欧洲其他重要河流航行——隆河啦，塞纳河啦，罗亚尔河啦——你就能够抵达北海、大西洋和地中海的任何一个大商港。"

"可是，不是有高山阻隔这些河流吗？"我提出疑问。

"有是有，但是，只要你能在山与山之间航行，高山也就不会成为障碍了。"

"你到底在讲什么呀？"我打断爸爸的话。我最恨爸爸不好好讲话，一个劲地打哑谜。

"我在说运河呀，"爸爸终于揭穿谜底，"你知道吗？利用运河，我们可以从欧洲北部的波罗的海，一直航行到欧洲南部的黑海，不必经过大西洋和地中海。"

我还是不明白，只好拼命摇头。

"你甚至还可以航行到里海，直抵亚洲的心脏地带呢！"爸爸压低嗓门兴奋地说。

"真的吗？"

"真的！就像圣哥达隧道一样真实。不可思议啊。"

我站在路旁，望着山中的河流，依稀闻到了海藻的浓浓气味。

"汉斯·汤玛士，你在学校到底学了些什么呀？"爸爸忽然问我。

"学会乖乖坐着，"我回答，"一动也不动静静坐着，可不容易啊，我们花了很多年才学会呢。"

"唔。如果老师在课堂上跟你们讲欧洲的航运线，你们会乖乖坐着听讲吗？"

"我想会吧。"

爸爸过足了烟瘾，而我们父子之间的谈话也告一个段落。我们回到车上，沿着提齐诺河继续往南行驶。路上经过的第一个城镇叫贝林左纳，城中有三座中古时期遗留下来的巨大碉堡。抚今追昔，爸爸开始讲述起十字军的事迹来，讲着讲着，他忽然改变话题："汉斯·汤玛士，你知道吗？我对外太空很感兴趣，尤其是对星球。那些拥有生命的星球最吸引我了。"

我没答腔。我们父子都知道他对那种玩意儿一向很有兴趣。

"你知道吗？"爸爸说，"最近有一个神秘的星球被发现，它上面住着数以百万计具有智慧的高等生物。他们用两条腿行走，成天无所事事，手里拿着望远镜四处闲荡窥望。"

这对我来说倒是一件挺新鲜的事。

"这个小星球上面，满布着错综复杂、密如蛛网的道路。那些聪明的家伙驾驶着五颜六色的车子，成天在这些道路上奔驰。"

"真有这么个星球?"

"有的! 在这个星球上，那群神秘的生物还建造了巨大的房屋，有一百多层楼高呢。在这些建筑物下面，他们挖掘很长的隧道，铺上铁轨，然后驾驶电动车在隧道里头奔驰，快得像闪电一样。"

"爸爸，你没骗我吧?"

"决不骗你，孩子。"

"可是……为什么我从来没听过这个星球呢?"

"唔，一来是因为它最近才被发现，二来嘛，我是唯一知道它存在的人。"

"这个星球到底在哪里呢?"

爸爸忽然踩煞车，把车子开到路旁停下。

"就在这儿!"爸爸伸出手来，拍了拍驾驶座旁的仪表板，"汉斯·汤玛士，咱们的地球就是那个神奇的星球啰，而我们就是那群具有智慧的高等生物，成天开着红色菲亚特轿车，四处乱转。"

原来爸爸在消遣我! 我坐在后座生起闷气来，但转念一想，爸爸说的未尝不是事实，我们的地球的确非常神奇。这么一想，我就原谅了爸爸。

"天文学家若是发现另一个拥有生命的星球，大家都会感到非常兴奋，可是，我们对自己的地球所具有的神奇，却视若无睹。"爸爸下了这么个结论。

　　然后他就默默开车，不再吭声。于是我就利用这个机会，打开那本小圆面包书，继续阅读起来。

　　杜尔夫村的面包师傅有好几个，分辨起来可还真不容易。但不久我就弄清楚：撰写小圆面包书的是卢德维格，而把童年故事以及跟汉斯交往经过告诉他的，是艾伯特这个人。

♠

黑桃8

……成千种滋味纷至沓来，涌到我全身各处……

艾伯特举起酒杯，喝了一大口酒。

我望着他那张苍老的脸孔，实在很难想象，这个人就是当年那个失去母亲、无依无靠的小男孩。他和面包师傅汉斯之间发展出的独特情谊，也让我感到困惑。

刚到杜尔夫村的时候，我跟少年时代的艾伯特一样孤独无助。也许为了这个缘故，他才收留我吧。艾伯特放下酒杯，拿起一根铁棍，拨了拨壁炉里的火，然后继续说下去。

"村里的人都知道，面包师傅汉斯住在杜尔夫村附近山上的一间小木屋。有关这间小木屋的谣言很多，但据我所知，从没有一个人进去过。因此，那天晚上，我踩着路上的积雪前往汉斯的小木屋时，心里又兴奋又害怕。我毕竟是第一个造访神秘面包师的人啊。

"一轮皎洁的明月从东边山脉升上来，星光满天。

"我走上木屋前的小丘时，忽然想起，那天打完架后，汉斯请我喝汽水，然后对我说，有一天他会请我喝一种比汽水好喝千倍的饮料。这种饮料，难道跟他所说的那个大秘密有关系吗？

"我终于来到了坐落在山脊上的小木屋。卢德维格，你想必已经知道，我们现在就坐在这间屋子里。"

我使劲点点头，表示我知道。艾伯特又继续说下去："我走过抽水机，穿过冰雪覆盖的庭院，敲了敲木屋的门。汉斯在屋里应道：'进来吧，我的孩子！'

"我一听，觉得怪怪的，因为那时我毕竟只有十二岁，而我的亲生父亲也还活着，跟我一块儿住在农庄上。被别人当作儿子，总是不太妥当啊。

"我走进屋里，感觉上就像突然进入另一个世界。汉斯坐在一张很深的摇椅里。在他周遭，整个屋子四处摆着玻璃缸，里头养着金鱼。屋子的每一个角落，仿佛都有一道小小的彩虹在跳跃。

"除了金鱼外，屋里还有各种稀奇古怪的东西，让我看得目瞪口呆。经过好多年，我才弄清楚那些东西是什么。

"现在让我一件一件告诉你：装在瓶子里的船舶模型、海螺壳、佛像、宝石、澳洲土人打猎用的回飞棒、木偶、古老的短剑和长剑、各种刀子和手枪、波斯坐褥、南美骆马毛编织的地毯。最吸引我的是一只玻璃做的怪兽。它有一颗尖尖的头颅和六只脚。感觉上，它就像异国吹来的一阵旋风。这些东西，有些我听人家说过，但多年后才看到它们的照片。

"屋子里的气氛和我先前想象的完全不同。我似乎不是在面包师傅汉斯家中做客，而是造访一个年老的水手。屋子四周点着一盏盏油灯，但这些灯跟我们寻常使用的石蜡油灯并不一样。我猜，它们是屋主从船上带回来的。

"汉斯叫我坐在火炉旁边一张椅子上。卢德维格，你现在坐的就是那张椅子。你知道吗？"

我又点了点头。

"坐下之前，我在这间温暖舒适的小屋里走了一圈，看看那些金鱼。有的金鱼是红色、黄色和橘色的；另一些是绿色、蓝色和紫色。这种金鱼我以前只见过一次，那是在汉斯面包店后房的小桌上。汉斯在揉面包的时候，我总是站在玻璃前，看那条金鱼在水中游来游去，好不逍遥。

"观赏完屋子里的金鱼后，我走到汉斯跟前，对他说：'你家里养着好多金鱼啊！你能不能告诉我，你是在哪儿捕捉它们的呢?'

"汉斯格格笑起来：'孩子，别急啊，时机成熟时我自然会告诉你的。告诉我，我离开人世后，你想不想当杜尔夫村的面包师傅啊?'

"那时我虽然只是个孩子，但早就拿定主意将来要当面包师。除了汉斯和他的面包店，我在这个世界上没有其他东西可以依靠。我妈已经过世了，我爸成天只知道喝酒，根本不理会我的死活，而我的哥哥和姊姊们都已经搬到外地去住。

"于是我向汉斯正式表明我的意愿：'我决定从事面包这一行。'

"汉斯点点头：'我也赞成。唔……我离开人世后，你也得帮我照顾这些金鱼啊。你还有一个任务——担任彩虹汽水的守护者，决不能让这个秘密泄露出去!'

"'彩虹汽水是什么东西呢?'

"汉斯扬起他那两道灰白的眉毛，压低嗓门悄声说：'孩子，你尝一口就知道。'

"'它喝起来味道怎样呢?'

"汉斯一个劲摇晃着他那颗白发苍苍的头颅：'普通的汽水只有一个味道，要么橘子味，要么梨子味或草莓味。可是，艾伯特，彩虹汽水可就完全不同啊。这种汽水包含各种各样的味道，你只消喝一口，就能够尝遍天下所有果子的味道，连你以前从没吃过的水果和各种草莓，也都能同时尝到呢。'

"我听了直咽口水：'那一定很好喝了。'

"汉斯打鼻子里哧笑一声：'哈！何止好喝！喝普通的汽水时，你只能用嘴巴品尝它的味道——首先用舌头和上颚，然后用喉咙，如此而已。喝彩虹汽水可就不同了，你可以用鼻子和头脑品尝，然后让它的味道往下蔓延到你的四肢，扩散到你的全身。'

"我摇摇头：'你一定是在哄我，对不对？'汉斯呆了呆，一时不知如何回答。

"'彩虹汽水是什么颜色呢？'

"汉斯笑了起来：'孩子，你的问题真多！问问题固然是好习惯，可是，有些问题实在很难回答啊。我还是把彩虹汽水拿出来，让你亲眼瞧瞧吧。'

"汉斯从摇椅里站起身来，走到通往小卧室的一扇门前，把它推开。房间里摆着一个玻璃缸，里面养着一条金鱼。汉斯从床底抽出一个梯子，架到墙上。我发现天花板上有一个小门，用厚重的挂锁锁起来。汉斯沿着梯子爬上去，然后从衬衫口袋掏出钥匙，打开阁楼的小门。

"他对我说：'孩子，上来吧！五十多年中，只有我曾经上来过。'

"我跟着他爬到阁楼上。月光从屋顶的一扇小窗流泻进来，照射在满布灰尘和蜘蛛网的老旧箱子和船铃上。照亮阁楼的，不只是月光。除了淡蓝色的月光外，阁楼里还闪烁着一股明艳的光芒，有如一道灿烂的彩虹。

"进入阁楼后，汉斯立刻走到一个角落，伸出手来指了一指。在倾斜的屋顶下，一个古老的瓶子矗立在地板上。瓶子散发出无比艳丽的光芒，让我感到一阵目眩，连忙闭上眼睛。那只是一个透明的玻璃瓶，但里头装的东西却五色纷呈，显得十分瑰丽。

"汉斯拿起瓶子，里头的东西登时摇荡闪烁起来，有如液体钻石一般。

"我压低嗓门，怯生生问道：'这是什么东西？'

"汉斯的脸色变得十分凝重。他说：'孩子，这就是彩虹汽水。全世界就只剩下这一瓶了。'

"我伸出手来，指着一个小木盒问道：'这又是什么呢？'盒子里装着的一沓布满灰尘的古老纸牌，已经破旧不堪。最上面的一张牌是黑桃8。我要仔细看，才看得出左上角的那个'8'字。

"汉斯把手指伸到嘴唇上，悄声说：'那是佛洛德的纸牌。'

"'佛洛德是谁呀？'汉斯说：'以后再告诉你吧。现在我们把这个瓶子带到楼下客厅去。'

"汉斯捧着瓶子，穿过阁楼，走到天花板上的那个小门。他那副模样，乍看之下就像一个手里捧着灯笼的老妖怪，只是那盏灯笼放射出来的不是一个光圈，而是千百道五颜六色、跳跃不停的光芒。

"我们回到楼下客厅。汉斯把瓶子安放在壁炉前面的一张桌子上。在瓶子的光芒照射下，屋里所有稀奇古怪的东西都染上一层鲜艳的色彩。佛像变成绿色，老旧的左轮手枪发出蓝光，回飞棒红得像血一样。

"我问：'这是彩虹汽水吗？'

"汉斯答道：'对，最后一瓶。喝完就没有了。这也好，反正这种好东西不适合摆在店里公开出售。'

"他拿来一只小杯子，打开瓶盖，只往杯里倒进两滴水。这两滴水躺在杯底，闪闪发光，宛如两朵雪花。汉斯说：'两滴就够了。'

"我感到有点惊讶：'不能让我多喝一点吗?'

"汉斯这老头子只管摇头：'小尝一口就够了。一滴彩虹汽水的味道，能保持好多个钟头呢。'

"我还不死心：'好吧，我今天喝一滴，明天早上再喝一滴吧。'

"汉斯把头摇得更厉害了：'不行不行！今天喝完这一滴，以后决不许再喝。这种汽水实在太好喝了，你喝了第一滴后，说不定会想把整瓶偷来喝。你离开后，我得把这瓶汽水放回阁楼上，锁起来。改天会告诉你佛洛德纸牌的故事。你知道他的遭遇后，就会明白我的苦心。这种东西实在不能多喝!'

"我好奇地问道：'你自己喝过吗?'

"'喝过一次，那是五十多年前的事情了。'

"汉斯从壁炉旁的椅子里站起身，拿着那瓶活像液体钻石的汽水走进小卧室，把它收藏起来。

"他回到客厅，伸出一双手搭在我的肩膀上，说道：'喝吧! 孩子，这一刻将是你生命中最重大的转折点。你一辈子都忘不了的，但这一刻永远不会再回来。'

"我端起那只小杯子，喝下杯底两滴闪闪发亮的水珠。第一滴汽水碰触到我舌尖的那一刹那，一股强烈的欲望席卷我的全身。最初，我尝到的是以前尝过的各种美好滋味；接着，成千种其他滋味纷至沓来，有如海潮一般涌到我全身各处。

"汉斯说得对——滋味是从舌尖开始的。但我的脚和手臂也能尝到草莓、蕉莓、苹果和香蕉的滋味。透过我的小指尖，我可以尝到蜂蜜；经由我的脚指头，我可以尝到腌梨。我的后腰尝到了糖果店里卖的软冻的滋味。我全身各处都能嗅到我母亲生前的体味。这个味道我已经忘记，虽然，自从母亲过世后，我一直怀念她的体香。

"第一场香味风暴平息后，感觉上，我的身体已经容纳进整个世界——没错，我仿佛就是整个世界。刹那间，我觉得地球上的所有森林、湖泊、山岭和田野已经成为我身体的一部分。虽然我母亲过世多年，但感觉上她仿佛就站在屋子外头……

"我望了望那座绿色的佛像，它仿佛开怀大笑。我瞧了瞧墙上交叉挂着的两把剑，它们仿佛在格斗。我一踏进小木屋就看见的那艘装在瓶子里的船，是摆在一个大橱柜的顶端。恍惚中，我觉得自己站在那艘古老帆船的甲板上，乘风破浪，航向远方一个青翠的岛屿。

"我听到耳边有一个声音说：'好喝吗？'原来是面包师傅汉斯。他俯下身子，伸出手来抚摸我的头发。'唔……'我只能这么回答，因为我不知道该怎么说。

"直到今天，我还是不知道该怎么说。我实在形容不出彩虹汽水的滋味；它尝起来像每一样东西。我只知道，每回想起它那无与伦比的美妙滋味，我的眼泪就忍不住夺眶而出。"

♠

黑桃9

……他总是看到别人看不到的人生异象……

我坐在车子后座阅读小圆面包书的当儿，爸爸一面开车，一面跟我闲聊，但由于"彩虹汽水"那一节写得实在太精彩了，我一直舍不得把书放下。只有在爸爸评论沿途的风景时，我才抬起头来望望窗外，敷衍他一下。

"哇，太美了!"我总是惊叹一声。

我读到汉斯家阁楼的那一段时，爸爸指着窗外对我说，公路两旁的交通标志和城镇名称都是用意大利文写的。这时，我们正穿过瑞士的意大利语区，沿途所见的景观和德语区大不相同。即使在我专心阅读"彩虹汽水"那一节时，我也已经注意到，公路两旁山谷中生长的树木和花卉，应该是属于地中海沿岸的品种。

曾经浪迹世界各地的爸爸，指着路旁的植物如数家珍般告诉我它们的名称："含羞草、木兰、石楠、杜鹃花、日本樱花。"

我们也看到好几株棕榈树，虽然这时我们还没穿过边界，进入位于南欧的意大利。"我们快到卢加诺了。"爸爸说。

我连忙把书放下，向爸爸提议，今晚我们就在卢加诺过夜。但爸爸却一个劲摇头："我们已经说好，穿过边界进入意大利后才要找旅馆住宿。边界就快到了，而且现在时间还早呢，刚过中午没多久啊。"

结果我们采取折中的办法，在卢加诺停留久一点儿。我们在街上闲逛，探访城中各处的花园和公园。我把放大镜带在身边，乘机观察这儿的植物生态，而爸爸则买一份英文报纸，点根烟坐下来阅读。

我发现两株非常奇特的树。一株绽放着巨大的红色花朵，另一株则开满黄色的小花。花的形状也完全不同，但这两株树却显然属于同一个植物家族，因为根据我用放大镜观察的结果，我发现这两株树的叶子，脉络和质地都非常相似，几乎一模一样。

忽然，我们听见夜莺的歌声。它时而啁啾，时而呼啸，时而唧唧叫，时而唧唧喳喳，独个儿鸣唱得好不快乐、好不悦耳。听着听着，我感动得几乎掉下眼泪来。爸爸也听得出神，脸上展露出笑容来。天气实在太热了，连爸爸也受不了，主动让我去买两支冰棒。我企图诱使一只大蟑螂爬上冰棒的棍子，以便用放大镜观察它，但这只蟑螂似乎很害怕"医师"，打死也不肯爬上来。

"气温一上升到三十摄氏度，蟑螂就会倾巢而出。"爸爸告诉我。

"它们一看见冰棒棍，就会落荒而逃。"我说。

回到车上前，爸爸特地去买扑克牌，就像一般人常买杂志。爸爸对打牌并不特别感兴趣；他也不像我那样喜欢一个人玩牌。那他为什么常买纸牌呢？我得解释一下。

爸爸在艾伦达尔镇一家大修车厂当机械工。除了朝九晚五的工作外，他把时间都花在探索永生的问题上。他房里的书架，摆满各种哲学书籍。但他也有个相当普通的嗜好——究竟有多普通，当然得瞧你从哪一个角度来看。

很多人喜欢搜集东西，石头啦，钱币啦，邮票啦，蝴蝶标本啦。爸爸也有搜集东西的嗜好。他搜集的是扑克牌中的"丑角牌"①。我出世前，他就已经养成这个嗜好，那时他还在海上讨生活。他收藏着一整抽屉各式各样的丑角牌。

爸爸搜集丑角牌的主要方式，是直接向正在玩扑克牌的人讨取这张牌。每回看见咖啡馆或码头上有人玩牌时，他就会走上前，对他们说，他生平最大的嗜好是搜集丑角牌，如果他们在牌戏中不需要用到这张牌，能不能送给他做个纪念。通常，玩牌的人会马上抽出丑角牌递给他，但也有一些人仿佛骤然撞见一个疯子似的，只管呆呆望着他。有些人拒绝得很婉转，有的则很不客气。跟在爸爸屁股后面向人讨丑角牌，我常觉得自己像个吉卜赛小孩，被父母强行拉上街头去行乞。

当然，我也感到好奇，爸爸这种独特的嗜好究竟是怎样形成的。在一副扑克牌中，他只搜集一张牌。由此看来，他这个嗜好似乎跟搜集世界各地的明信片如出一辙。但我们也别忘记，丑角牌是整副扑克牌中唯一能搜集的。他总不能冒冒失失，闯进一个正在热烈进行中的牌局，向玩牌的人讨取"黑桃9"或"梅花K"吧。

最重要的是，一副扑克牌中往往有两张丑角牌。我们曾见过附有三张或四张丑角牌的一副扑克牌，但一般都是两张。而且，普遍的牌戏都不会用到丑角牌，即使偶尔用到，一张也就足够了。爸爸对丑角牌特别感兴趣，还有一个更深的理由。

事实上，爸爸自认为是一个丑角。他当然不会公开这么说啦，但这些年来我冷眼旁观，发现他确实把自己看成一副扑克牌中的丑角牌。

① 丑角牌：joker，亦称飞牌，可当任何点数使用，上面通常印着一个弄臣或小丑的图样。

丑角牌跟其他牌完全不同。它既不是梅花、方块、红心或黑桃，也不是8或9，国王或侍从。他是局外人。它跟其他牌一块被摆在一副扑克牌中，但它毫无归属感。因此，它随时可以被抽掉。没有人会怀念它。

我猜，爸爸以德国兵私生子的身份在艾伦达尔镇长大时，就已经感到自己像一张丑角牌。但是，爸爸自视为丑角牌还有一个特殊的原因：他喜欢谈论人生哲理，就像以前宫廷中的那些小丑或弄臣。他常觉得，他总是看到一般人看不到的人生奇异现象。

所以，爸爸在卢加诺购买一副扑克牌时，并不是想拥有整副牌。在某种原因驱使下，他急着想知道这副牌中的丑角长成什么样子。从店家手中接过这副牌后，他立刻拆开来，抽出其中一张丑角牌来看。

"正如我预料的，"爸爸说，"这张牌我以前从没见过。"

他把丑角牌塞进衬衫口袋。现在该轮到我了。

"这副牌给我好吗？"我问道。

爸爸把其他的牌一股脑儿递到我手里。我们父子之间有个不成文的协议：每次爸爸购买扑克牌，他都只保留丑角牌——永远不超过一张——其他的都由我接收。除非我不要，他才会另作处理。这些年来，我总共搜集了将近一百副扑克牌。我是独生子，而母亲又已经离家出走，因此我喜欢玩单人扑克牌游戏，但我不太热中收藏东西。这一百副扑克牌，对我来说已经足够了。有时爸爸买来一副牌后，立刻抽出那张丑角牌，随手就把其他牌全都扔掉，感觉上就像丢掉香蕉皮一样。

"废物！"有时爸爸从一堆"坏牌"中抽中一张"好牌"后，就会咒骂一声，把其他牌丢进垃圾箱里。

不过，他通常会用比较慈悲的方式处理这个"废物"。如果我不想要这副牌，他就会在街上随便找个小孩，一言不发，把整副牌塞到他手里。这些年来，他从玩牌的人手中讨取了太多丑角牌，把整副牌送给陌生的小孩，也算是一种回报吧。事实上，他也没占到什么便宜。

我们上路后，爸爸忽然说这一带的风景实在太美丽，他想兜个圈子看看沿途的风光。他原本打算走高速公路，从卢加诺直奔科摩，但现在改变了主意，转而沿着卢加诺湖滨慢慢行驶。绕过半个卢加诺湖之后，我们驱车穿越边界，进入意大利。

我很快就明白爸爸为什么选择这条路线。离开卢加诺湖之后，我们来到一个更大的湖——科摩湖。湖上船舶往来不绝，交通十分繁忙。从这儿往南行驶，我们穿过一个名叫孟纳吉奥（Menaggio）的小镇，我把这个名字的字母倒过来念，管这个小镇叫欧伊格尼姆（Oigganem）。我们在科摩湖畔行驶了好几里，傍晚时分抵达了科摩。

爸爸一面开车，一面指着路旁的树木，告诉我它们的名字："石松、柏树、橄榄树、无花果树……"

我不晓得爸爸怎会知道这些树木的名字。其中两三种树我听说过，至于其他树木的名字，很可能是爸爸编造出来哄我的。

观赏沿途风景的当儿，我也尽量找机会阅读小圆面包书。我急着想知道，面包师傅汉斯究竟是在哪里取得甜美的彩虹汽水，而那些金鱼又是打哪儿来的。

打开那本书之前，我先把牌发好，假装在玩单人纸牌游戏，免得爸爸起疑，然后才偷偷阅读起来。我答应过杜尔夫村那个和蔼可亲的老面包师，决不把小圆面包书的秘密告诉第三者。

♠

黑桃 10

……星星像遥远的岛屿，小帆船永远到达不了……

"那天晚上，我离开汉斯的小木屋后，彩虹汽水的滋味还一直停留在我身体里头。我的耳朵会突然感受到樱桃的滋味，而薄荷的芬芳会骤然掠过我的手肘，然后，一股辛辣的大黄根味道会钻进我的膝盖。

"月亮虽然已经沉落了，但山上的天空却四处闪烁着明亮的星星，乍看之下，有如一个巨大的盐罐子被打翻了似的。

"我以前觉得自己是地球上一个渺小的人，而如今透过我的整个躯体——彩虹汽水仍在我体内——我却深切地感受到地球是我的家园。

"我已经明白，为什么汉斯说彩虹汽水是危险的饮料。它会在人们心中激起一股永远无法满足的渴望。这会儿，喝了彩虹汽水后，我已经开始有更多的欲求。

"回到华德马街时，我遇见父亲。他正摇摇晃晃地从华德马酒馆走出来。我走到他身边告诉他，我刚去探访了面包店师傅汉斯。他一听顿时大发雷霆，结结实实赏了我一记耳光。

"我原本心情很好，没想到莫名其妙挨了一耳光，一时感到委屈，忍不住放声大哭。父亲看见我哭，也跟着流下泪来。他请求我原谅，但我没理他，只默默地跟在他身后走回家去。

　　"那天晚上睡觉前，父亲对我说，我妈是个心地十分善良的女人，就像天使一样，糟就糟在他抗拒不了魔鬼的诱惑，染上了酒瘾，不能自拔。这是父亲生前对我讲的最后一句话。不久之后，他就被酒精毒死了。

　　"第二天一早，我就到面包店去看望汉斯。我们都刻意不谈彩虹汽水的事。它不属于山下的村庄——它属于另一个完全不同的世界。但心里头我和汉斯都知道，从今以后，我们两人得共同守护一个深深的秘密。

　　"如果汉斯问我能不能守住这个秘密，我想我心里会很不高兴，因为那表示他不信任我。幸而这个老面包师了解我，觉得无须多此一问。

　　"汉斯走进铺子后面的烤房，用油和面做一些点心，而我则坐在一张板凳上，呆呆望着玻璃缸中的金鱼。它那身五彩斑斓的颜色，从来不会让我看腻。瞧它在水中游来游去、蹿上蹿下的活泼劲儿，仿佛心中有一股奇妙的欲望在不断地驱动它。它身上覆盖着灵活的小鳞片。它那双眼睛如同两个漆黑的小圆点，一天到晚都睁开着，从不闭合起来。只有那张小嘴巴不停地开着，合着。

　　"我心里想，每一只小动物都是一个完整的个体。在玻璃缸中游来游去的这条金鱼，只有这一生可以活；当生命走到尽头时，它就从此不再回到世间来。

　　"我正要站起身来走出铺子，到街上去逛逛——通常早上探访过汉斯后，我都会到街上溜达——汉斯突然转过身子对我说：'艾伯特，今天晚上你会到我家来吗？'

　　"我默默地点了点头。

　　"'我还没把小岛的事情告诉你呢！'他说，'我不知道我还有多少日子可活。'

　　"我转过身来，伸出两只胳臂搂住他的脖子。'你不能死！'我忍不住哭

起来，'你千万千万不能死啊！'

"'人老了都会死的，'汉斯紧紧揽住我的肩膀，'最重要的是，老一辈的人走后，年轻一代的人能够继承他们的事业。'

"那天晚上我依约走上山去。汉斯站在屋外的抽水机旁迎接我。

"'我把它收藏起来了。'他说。

"我知道他指的是彩虹汽水。

"'哦，我可不可以再喝一口呢？'我忍不住问道。

"汉斯打鼻子里哼了一声，摇摇头：'绝不可以。'

"他板起脸孔，神情变得十分严肃。但我知道他是为了我好。我明白，这一辈子再也不能尝这种玄秘的饮料了。

"'这瓶汽水会一直收藏在阁楼里，'汉斯告诉我，'半个世纪以后才能再拿下来。那时，会有一个年轻人来敲你的门，而你就得让他尝一尝这瓶甘露。就这样，瓶子里的东西一代一代传承下去。然后，到了那么一天，这一股非比寻常的水流就会流向明日的国度，注入希望的海洋。孩子，你明白吗？你会不会嫌我太唠叨？'

"我告诉汉斯，我明白他的意思。然后，我们一块走进那间摆满世界各地奇珍异宝的小木屋。就像昨晚那样，我们在火炉旁坐下来。桌上放着两个杯子，汉斯拿起一个老旧的玻璃壶，把里头装着的越橘汁倒进杯里，然后开始讲故事——"

1811年1月，隆冬的夜晚，我出生在德国北部的城市卢比克。那时，拿破仑战争正如火如荼地进行着。我父亲是个面包师，就像现在的我一样，但我从小就决定当水手。事实上，我也不得不到海上讨生活。我们家里有八个孩子。父亲那间小面包店，实在喂不饱八张嗷嗷待哺的嘴巴。1827年，我刚满十六岁，就到汉堡投效一家船公司，在一艘大帆船上当起水手来。那是一艘在挪威城镇艾伦达尔注册的远洋船舶，名字叫做玛莉亚。

在往后的十五年中，玛莉亚是我的家，也是我的生命。1842年秋天，这艘船载着货物从荷兰的鹿特丹出发，准备驶往纽约。船上的水手经验都很丰富，但这回却不知怎么搞的，指南针和八分仪都出了毛病，以至于我们离开英吉利海峡后，航线过于偏向南方。我们一路朝向墨西哥湾航行。这种事情怎么会发生？对我来说，至今仍是个谜。

在公海上航行了七八个星期后，照理说我们应该已经抵达港口，但眼前却不见陆地的踪影。这时，我们的位置可能是在百慕大南方某处。一天早晨，风暴来临了。那一整天风势持续加强，最后演变成一场威力十足的飓风。

海难发生的经过，我记不太清楚了，只晓得在飓风的横扫下，船整个翻在海中。事情发生得太快，如今我只有零碎而模糊的记忆。我记得整艘船翻转过来，浸泡在水中；我也记得有一个船员被风浪卷到海里，消失不见。我只记得这些。也不知过了多久，我醒转过来，发现自己躺在一艘救生艇上。大海已回复了平静。

到现在我还不确定，当时我究竟昏迷了多久。可能只是几个钟头，也可能是好几天。在救生艇上苏醒过来后，我的时间意识才逐渐恢复。后来我才知道，我们那艘船整个沉没在海中，没有留下一丝痕迹。我是唯一的生还者。

救生艇上有一支小桅杆。我在船头甲板下找到一块老旧的帆布，于是将它升起来，试图依靠太阳和月亮的方向行驶。我判断，此时我的位置应该是在美国东海岸某处，所以我就一直朝西航行。

我在海上漂流了一个多星期。大海茫茫，我连一片帆影也没看到。这期间，除了饼干和水，我没吃过任何东西。

　　我永远记得在海上的最后一个夜晚。在我头顶上，满天星光闪烁，但那些星星却像遥远的岛屿，是我这艘小帆船永远到达不了的。我忽然想到，此刻的我和远在德国卢比克市的双亲，同处在一个天空下，仰望相同的星星，但彼此却又相距那么遥远。艾伯特，你知道吗？星星永远都不吭声的。它们根本不在乎地球上的人怎样过日子。

　　很快地，父母亲就会接到噩耗：我已随着"玛莉亚"号沉没在大海里。

　　第二天清晨，天气十分晴朗，朝霞染红了大半个天空。突然，我看到远处出现一个黑点。最初我以为那只是我眼中的一粒沙尘，但我使劲揉揉眼睛，那个小黑点依旧存在一动不动。我恍然大悟：原来那是一座小岛。

　　我设法将船导引向那座小岛，但却感觉到有一股强大的海流从岛那边涌过来，阻止我的船向它靠近。我卸下船帆，找出两支坚实的木桨，背向小岛坐着，把桨安放在船舷的桨架上。

　　我使尽全力，不停地划啊，划啊，但船却一动也不动。如果我不能抵达小岛，眼前无边无际的大海就会成为我的葬身之地。船上储备的淡水已经消耗完；我已经一整天没喝过水了。这座小岛是我唯一的生路。我一口气划了好几个钟头，手掌都被桨磨破，流出血来。

　　我又拼命划了几个钟头，然后回头望去，发现小岛已经变得大些，轮廓清清楚楚显露了出来。我看到一个周遭长着棕榈树的礁湖。但我还没有抵达目的地；眼前还有一段艰辛的路程。

　　终于，我的辛劳有了报偿。晌午时分，我把船划进了礁湖，感觉到船首轻轻碰触到岸边。

我爬下船来，将船推到沙滩上。在海上漂流了那么多天，我的脚终于踩到陆地。一时间我还以为自己在做梦呢。

我吃掉最后一份干粮，然后才将船推到棕榈丛中。我急着想知道岛上究竟有没有水。

虽然我终于来到一座热带岛屿，保住了一条命，但前景却不十分乐观。这座岛看起来小得可怜，周遭看不到一点人烟。从我现在站的地方眺望，整座岛几乎一览无遗。

岛上树木不多。突然，我听到一株棕榈树上响起鸟儿的歌声。这个时候听到鸟儿的鸣叫，觉得格外悦耳，因为这表示岛上有生命存在。我当了那么多年水手当然知道这只唱歌的鸟儿并不是一只海鸟。

我把船留在岸边，然后沿着一条小径走到鸟儿唱歌的棕榈树下。愈往里头走，就愈觉得这座岛屿其实并不小。一路上，我看到愈来愈多的树木，也听到愈来愈多的鸟儿唱歌。我也发现，这儿生长的花卉和灌木，跟我以往所见过的大不相同。

从沙滩上眺望，我只看到七八棵棕榈树，但这会儿走在小径上，我却看到两旁长满高大的玫瑰树，而一小丛棕榈就矗立在前方。

我加快脚步，往那一丛棕榈走过去。这样一来我就可以推断出这座岛到底有多大。我走到棕榈树下，发现前面有一片浓密的森林。我转过身子，我刚刚划过的那个礁湖就躺在我的眼前。在我左边和右边，大西洋的粼粼波光闪烁在明艳的阳光下，有如黄金一般。

我现在不愿想太多，只想看看这片森林的尽头究竟在哪里。于是，我拔起腿来跑进树丛中。从森林另一边走出来时，我发现自己被围困在一个深谷里头，再也看不到海了。

♠

黑桃 J

……太多令人讶异的事情，太多隐藏起来的秘密……

途中，我不停地阅读小圆面包书，直看到两眼昏花才停下来。我把这本书藏在后座那沓漫画书底下，然后把视线移到车窗外，呆呆地望着科摩湖的对岸。

我心里在想，这本被杜尔夫村面包师藏在圆面包里头的小书，跟矮子送我的放大镜，两者之间究竟有什么关联呢？我也感到好奇，到底是谁花了那么大的工夫，用那么小的字体写出这本书呢？对我来说，这是一个神秘的谜团。

爸爸开着车子，载着我驶进科摩湖南岸的科摩镇时，太阳已经下山了。时间其实还早，因为每年这个时候，意大利天黑得比我们家乡挪威要早些。我们一路往南行驶，每一天太阳都要早下山一个钟头。

华灯初上，我们驶进这个热闹的城镇。在街上兜风的当儿，我看到路旁有一座游乐场。我打定主意，今晚非得说服爸爸让我逛一逛游乐场不可。

"我们到那边的游乐场去玩吧！"我提出要求。

"待会儿再说。"爸爸想先去找过夜的地方。

"不行!"我坚持,"我们现在就去游乐场玩一玩。"

爸爸终于答应,条件是我们先找到过夜的地方。他也坚持先喝一杯啤酒,这样他就不必开车载我去游乐场了。

幸好,我们找到的旅馆距离游乐场只有一箭之遥。它的名字叫"巴拉德罗迷你旅馆"(Mini Hotel Baradello)。

我倒过来念这间旅馆的名字:"欧勒达拉普·里托·伊宁姆(Olledar-ab Letoh Inim)。"爸爸问我,干吗突然讲起阿拉伯话来。我伸出手来指了指旅馆的招牌。爸爸一看,顿时哈哈大笑。

我们把行李搬到旅馆楼上的房间,让爸爸在大厅喝了一杯啤酒后,就往游乐场走去。途中,爸爸跑进一间小店铺,买了两小瓶烈酒带在身上。

这座游乐场还蛮好玩。在我百般央求下,爸爸总算到"恐怖屋"里逛了一圈,还坐上摩天轮玩了一会儿。我还试了试平淡无奇的云霄飞车。

在摩天轮顶端,我们可以俯瞰整个城镇,甚至可以眺望到科摩湖对岸。有一次我们到达顶端时,摩天轮停止转动,让另一批乘客坐上来。正当我们高踞半空中,在天与地之间摇晃时,我突然看见地面上站着一个身材矮小的男子。他正抬起头来望着我们。

我从座位上跳起身,伸出手来指着那个矮子对爸爸说:"他又出现了!"

"谁啊?"

"那个小矮人……就是那个在路旁修车加油站送我一个放大镜的侏儒呀。"

"别胡扯了。"爸爸虽然这么说,但他还是低下头来望了望地面。

"是他,没错!"我十分笃定,"他还是戴同样的帽子,而且他的身材一看就知道是个侏儒。"

"汉斯·汤玛士啊，欧洲的侏儒可多得很哪！戴帽子的人也很多呢。坐下来吧。"

我相信自己决不会看走眼，而且，我清清楚楚看到他抬头望着我们父子两个。当我们的座位下降到地面上时，我看见他拔腿飞快地蹿到一些摊位后面，转眼消失无踪。

这下我可没心情再玩了。爸爸问我要不要坐无线电操控的车子，我摇摇头："我只想随便走走，到处看看。"

其实我想去寻找那个小矮人。爸爸显然也起了疑心，他一个劲地怂恿我去坐旋转木马，或试试其他好玩的游戏。

我们在游乐场闲逛时，爸爸不时转过身子，背对其他游客，从口袋中掏出他路上买的小瓶烈酒，偷偷喝一口。我知道，他真想把我打发到"恐怖屋"或其他游乐场所去，他一个人待在外面，就能痛痛快快喝上几口酒。

游乐场中央竖立着一个五角帐篷，上面写着"西碧拉"（Sibylla）这个名号。我把这七个字母倒过来念："艾尔莉比丝（Allybis）。"

"你说什么？"爸爸怔了怔。

"你瞧！"我伸出手来，指了指帐篷上的字。

"西碧拉，意思是算命师。"爸爸说，"你想不想让她算算你的命啊？"

我正有这个打算，于是迈步向帐篷走去。

帐篷前面坐着一个容貌姣好、约莫和我同龄的小姑娘。她的头发又长又黑，两只眼睛又黑又亮，看样子很像吉卜赛人。我一时看呆了，心头怦怦乱跳。

让我难过的是，她似乎对我爸爸比较感兴趣。她抬起头来望望我爸爸，操着蹩脚的英文问他："先生，进来算个命好吗？算一次只要五千里拉。"

爸爸掏出几张钞票，递给小姑娘，然后伸出手来指了指我。就在这个时候，一个老太婆从帐篷里探出头来。她就是那个算命师。我有点失望，因为收钱的那个小姑娘并不是替我算命的人。

我被推进帐篷里。帆布帐篷顶上悬挂着一盏红灯。算命的老太婆在一张圆桌前坐下来。桌上摆着一个巨大的水晶球和一个玻璃缸，里头有一条小金鱼游来游去。此外，桌上还放着一副扑克牌。

算命师伸出手来指了指一张板凳，示意我坐下来。我感到有点紧张，幸好爸爸拿着他那瓶酒正站在帐篷外面。

"小伙子，你会讲英文吗？"算命的老太婆问我。

"当然会啦。"我回答。

她拿起桌上的那副牌，随手抽出一张。那是"黑桃J"。她把这张牌放在桌上，然后要我挑选二十张牌。我挑出二十张牌后，她又要我把牌洗一洗，然后把那张黑桃J插进这堆牌里头。接着，她把全部二十一张牌拿过来，排列在桌面上。在这整个过程中，她那双眼一直盯着我的脸庞。

二十一张牌排列成三行，每行七张。她指着顶端那行告诉我，它代表过去，然后又指着底下两行说，中间那行象征现在，最下面那行显示我的未来。黑桃J出现在中间那行。她拿起这张牌，放在丑角牌旁边。

"不可思议！"她悄声说，"这样的组合挺不寻常啊。"

她不再吭声，只管呆呆看着桌上的二十一张牌。过了好一会儿，她才指着中间那张黑桃J，看了看周围的几张牌，对我说："我看到一个还没成年的男孩，远离他的家。"

这简直就是废话嘛。就算你不是吉卜赛算命师，你也看得出我不是本地人。

接着她又说："小伙子，你很不快乐，对吗？"

我没回答。那个算命的老太婆又低头瞧了瞧桌上的牌，然后伸出手来，指着代表过去的那一行。黑桃K和其他几张黑桃牌排列在一块。

"以往的日子充满哀伤和挫折。"老太婆说。

她拿起黑桃K告诉我，这就是我爸爸，他的童年很不快乐。然后她又讲了一大堆话，我听得似懂非懂。她常常提到"祖父"。

"孩子，你的母亲现在在哪儿？"老太婆问道。

我说在雅典。说完我立刻就后悔起来——我干吗要泄自己的底呢？这个算命的老太婆明明在套我的话嘛。

"你母亲离家很久了，对不对？"老太婆指了指最底下那一组牌。红心幺躺在右边，离开黑桃K远远的。

"这张红心幺就是你母亲，"老太婆说，"她长得很标致……穿漂亮的衣服……住在一个远离北方故乡的外国城市……"

她又说了一大堆话，我还是似懂非懂。当她开始谈起我的未来时，她那黝黑的眼眸骤然发出光彩，就像两颗光滑圆润的栗子。

"这样的组合，我还是头一次看到！"老太婆又感叹起来了。

她伸手指着黑桃J旁边的丑角牌，说道："太多令人讶异的事情，太多隐藏起来的秘密，孩子。"

说着，她站起身来，不安地摇了摇头。她最后说的一句话是："那么的接近啊……"

这次算命到此就结束了。老太婆把我送出帐篷，然后匆匆走到我爸爸身边，把嘴巴凑到他耳朵上，压低嗓门讲了一些悄悄话。

我跟在老太婆身后慢吞吞走出帐篷。她转过身子，把一双手放在我头顶上，对我爸爸说："先生，您这个孩子的命很特别……很多秘密。天晓得他会带来什么！"

爸爸差点笑起来。也许为了防止自己笑出来，他掏出另一张钞票塞到老太婆手里。

离开帐篷后，我回头看了一眼，发现这个老太婆一直站在帐篷门口望着我们的背影。

"她用扑克牌算命。"我告诉爸爸。

"真的？你有没有向她讨那张丑角牌呢？"

"你开什么玩笑！"我有点不高兴。爸爸在这个时候问这样的问题，简直就像在教堂里口出秽言。"在这儿，到底谁才是真正的吉卜赛人——是我们，还是她们？"

爸爸干笑两声。从他的声音我可以判断，他那两瓶酒早就喝光了。

回到旅馆房间后，我央求爸爸给我讲几个他当年在海上讨生活的故事。

他在油轮上当过很多年水手，经年累月航行西印度群岛和欧洲之间；墨西哥湾和欧洲的大港埠，诸如鹿特丹、汉堡和卢比克，他都十分熟悉。商船也把他带到其他地区的港口，使他的足迹遍及世界各个角落。这次南行，我们父子已经造访过汉堡港，在码头上溜达了好几个钟头。明天，我们将探访爸爸年轻时到过的一个滨海城市——威尼斯。当我们抵达旅途的终点雅典时，爸爸打算前往比里夫斯港一游。

展开这趟漫长程之前，我曾问爸爸，我们为什么不干脆搭飞机，这样一来，抵达雅典时我们就会有更多时间寻找妈妈。爸爸却说，我们这次南行的目的，是把妈妈带回挪威老家；把她推进菲亚特轿车，总比把她拖到旅行社、替她买一张飞机票容易些。

我猜，爸爸并没有把握能在雅典找到妈妈，因此他给自己留下一条后路，趁这个假期到欧洲各地游玩一番。事实上，爸爸从小就梦想有一天能到雅典游历。身为水手，当年他随船来到距离雅典不过数公里的比里夫斯港时，船长却不允许他登岸，前往这座古城一游。如果我是船东，早就把这位船长贬为船上打杂的小厮了。

一般人前来雅典观光的目的，是想看一看那些古老的神殿。爸爸却不同，他来雅典，主要目的是瞻仰西方伟大哲学家们的故乡。

妈妈离家出走已经够糟，而她却又偏偏跑到雅典去寻找"自我"；对爸爸来说，这简直就是公开掴他的耳光。爸爸觉得，妈妈若想去一个他也想去的国家，那何不跟他结伴同行，夫妻俩也可以趁此机会好好沟通一下，设法解开彼此的心结。

爸爸讲完两个有趣的海上生活逸事后，就上床睡觉去了。我躺在床上，心里老想着那本小圆面包书和杜尔夫村那个奇异的面包师。

我后悔把书藏在汽车里，否则的话，我现在就可以摊开来读，看看海难发生后汉斯如何在岛上度过第一个夜晚。

直到睡着的那一刻，我心头一直萦绕着卢德维格、艾伯特和汉斯这三个人的影子。在杜尔夫村开面包店之前，他们都有过一段艰辛的岁月。把他们三个人的命运串连在一块的，是彩虹汽水和金鱼的那个秘密。汉斯也曾提到一个名叫佛洛德的人。他说，此人拥有一副奇异的纸牌……

除非我完全弄错，否则，这些事情跟汉斯遭遇的海难一定有某种关联。

♠

黑桃 *Q*

……这些蝴蝶发出鸟叫一般的啁啾声……

第二天早晨，天才蒙蒙亮，爸爸就叫我起床。昨晚在游乐场玩时喝下的那两小瓶酒，还不足以让他烂醉如泥。

"今天我们要去威尼斯，"他宣布，"太阳一出来，我们就出发。"

从床上爬下来时，我记得昨晚我梦见那个小矮人和游乐场的算命师。在那场梦中，小矮人变成"恐怖屋"里的一尊蜡像。我梦见满头黑发的吉卜赛女算命师带着女儿走进"恐怖屋"，睁起眼睛，直直瞪着小矮人的蜡像，突然间他就舒展起四肢，变回活生生的人了。在浓浓的夜色掩护下，小矮人爬出隧道，开始在欧洲各地漂泊流浪，成天提心吊胆，害怕有人认出他，把他送回游乐场的"恐怖屋"，又变成一尊没有生命的蜡像。

我刚把这场奇异的梦境驱离我的脑海，正要穿上牛仔裤时，爸爸就连声催促我出门。其实，我也渴望到威尼斯一游。在这趟漫长的旅程中，我们将第一次看到意大利半岛东部的亚得里亚海。我从没看见过这个海，而爸爸自从离开水手生涯后，也不曾到这一带。从威尼斯往前走，我们将驱车穿越南斯拉夫的国境，最后抵达雅典。

我们到楼下餐厅吃早点。在阿尔卑斯山以南，各地的旅馆供应的都是没有奶油的早餐。早晨七点钟，我们开车上路。这时太阳正从地平线上探出脸庞来。

"今天早晨，太阳格外明亮。"爸爸戴上他的墨镜。

通往威尼斯的公路，蜿蜒穿过意大利北部有名的波河河谷。那是全世界最富饶的地区之一。这儿的土壤在阿尔卑斯山雪水灌溉下，特别肥沃。

我们的车子一会儿驶过茂密的柑橘园和柠檬园，一会儿穿过一丛丛柏树、橄榄树和棕榈树。在比较潮湿的地区，我们看到一畦畦水稻田，垄上是一排排高大的白杨树。公路两旁四处长着殷红的芙蓉。它们的颜色是那么鲜艳刺眼，我不得不时时揉一揉我的眼睛。

将近中午时，车子爬上一座山丘。从顶端望下去，我们看到一个百花齐放、色彩缤纷的平原。一个画家若想以这儿为背景画一幅风景图，他可能得用上调色盘里的所有颜料呢。

爸爸停下车子，钻出车门，站在路旁点根烟。他一面吞云吐雾，一面又开始抒发起他对人生和宇宙的看法："汉斯·汤玛士，每年春天大地都会复苏。番茄、柠檬、朝鲜蓟、胡桃……一下子突然从地上冒出来，给大地铺上无边无际的翠绿。你知道黑色的土壤怎样把这些植物催生出来吗？"

爸爸站在路旁，眯起眼睛望着周围生气蓬勃的万物，过了一会儿继续说："最让我感动的是，世间所有生命都是从单一的一个细胞演进来的。数百万年前，一颗小小的种子出现在地球上，然后分裂成两半。日月推移，久而久之，这颗小小的种子演变成了大象和苹果树、草莓和大猩猩。汉斯·汤玛士，你明白我的意思吗？"

我摇摇头。于是爸爸就滔滔不绝，讲述起各种植物和动物的起源来。结尾时，他伸出手臂指着一只从蓝色花丛中飞起的蝴蝶对我说，它在波河河谷这儿，活得十分逍遥自在，只因为它翅膀上的斑点看起来活像动物的眼睛。

途中停下车子抽根烟时，爸爸偶尔会陷入沉思中，不再对他那懵懂无知的儿子谈宇宙和人生的哲理。这会儿，我就会从牛仔裤口袋里掏出放大镜，观察路旁的生物。坐在车子后座时，我也会拿出放大镜，阅读小圆面包书。我觉得，大自然和小圆面包书都充满奥秘。

一连好几里路，爸爸只管静静开着车子，仿佛陷入深沉的思绪中。我知道，说不准什么时候，他会突然开腔，谈论起我们居住的这个星球或离家出走的妈妈。对我而言，此刻好好读一读小圆面包书最是重要。

我终于登上一个不算太小的岛屿，真是谢天谢地！最吸引我的是，这座岛似乎隐藏着一个深不可测的秘密。我愈往里头走，就愈发现这座岛的辽阔——它仿佛随着我的脚步，不断地向四面扩展，感觉上，就好像有一股力量从岛的核心迸发出来似的。

我沿着小径，一步一步走向岛的深处，但没多久就来到一个三岔路口，我毫不犹豫，选择左边那条路，不久它又分岔，这回我还是选择走左边。

小径蜿蜒穿过两山之间一条幽深的峡谷。这儿，我看见好几只巨大的乌龟爬行在坑洞中；最大的一只，身长达两米。我以前曾听别人谈到这种大龟，但亲眼目睹还是第一次。其中一只从龟壳中探出头来，眯起眼睛望着我，仿佛欢迎我光临这座岛屿似的。

那一整天，我在岛上四处游逛，一路看见森林、山谷和高原，却不再看到大海。感觉上我仿佛走进了一个魔幻国度——一个颠倒的迷宫，里头错综复杂散布着一条条永无尽头的道路。

那天傍晚，我来到一个空旷的地方。那儿有一个大湖，太阳下波光闪烁。我立刻趴到湖岸上，痛痛快快喝了几口清水。一连很多个星期，除了船上储备的淡水，我没喝过别的东西。

我也很久没有洗过身子了。一看到清澈的湖水，我马上脱下身上那套紧绷的水手制服，纵身跃入水中。在热带岛屿酷热的天气下走动了一整天后，浸泡在清凉的湖水中，真是爽快极了。现在我才发现，在毫无遮蔽的救生艇上度过几天后，我脸上的皮肤已经被海上的太阳晒焦了。

好几次，我潜入深水中，我在湖底睁开眼睛来，看见一群金鱼身上闪烁着斑斓缤纷的色彩，宛如彩虹一般。有些金鱼绿得像湖畔的草木，有些却蓝得像宝石，其他则灿亮着红、黄和橙黄的色彩。不管哪一种颜色，每一条金鱼身上都闪漾着彩虹的光泽。

我爬回岸上来，躺在夕阳下把湿漉漉的身体晒干。突然，我感到肚子饿起来，抬头望望四周，看见湖边有一丛灌木，树上长满草莓般大的黄色浆果。我从没看过这样的浆果，但我猜这些果子应该是可以吃的。我摘了一颗尝了尝，感觉上，好像是胡桃和香蕉的杂交品种。饱餐一顿后，我穿上衣服，往湖畔沙滩上一躺，呼呼大睡起来。

第二天大清早，太阳还没露脸，我就骤然惊醒过来，仿佛在睡梦中突然想到了什么似的。

我大难不死，逃过了一劫！直到这个时候，我才真正意识到自己熬过了一场海难，有如一个再生的人。

湖的左岸矗立着一座崎岖陡峭的山崖，长满黄色的野草。一些形状宛如钟铃的红花，轻盈地摇曳在清晨的微风中。

日出之前，我爬到了山脊上。从这儿我还是看不见海。放眼望去，我看到的是一块辽阔的土地。我曾到过北美和南美，但这儿的景致看来丝毫不像这两个洲。在这块陆地上，四处看不见人烟。

我留在山巅，直到日出。这儿的太阳红得像一颗熟透的番茄，但却闪烁着有如海市蜃楼一般的光彩，慢慢从东方平原升上来。岛上的地平线很低，太阳因而显得特别大、特别红——甚至比我在海上看到的还要大、还要红。

这个太阳，跟照耀在德国卢比克市我父母亲家屋顶上的那个太阳，是同样的吗？

整个早晨，我在岛上四处游逛。中午时分，太阳高挂天顶，我来到一个绽放着无数黄玫瑰的山谷。花丛间飞舞着一群巨大的蝴蝶。最大的一只，双翅伸展开来有如乌鸦一般大，但比乌鸦美丽得多。这些蝴蝶全身深蓝，但翅膀上有两颗血红的星形斑点，使它们看起来像一朵朵飘飞在空中的花儿。就好像岛上有一些花儿突然凌空而起，学会了飞翔似的。最让我诧异的是，这些蝴蝶会发出像鸟叫一般的啁啾声。它们的啼鸣，宛如一首用横笛吹奏的曲子，只不过音调稍稍有点不同。整个山谷回响着轻柔的、悠扬的笛声，乍听之下，仿佛一支管弦乐队中的所有笛手，在音乐会开始之前一起调整他们的乐器似的。它们两只柔嫩的翅膀，不时掠过我的身体，感觉上就像被一块丝绒布拂扫过一般。这群蝴蝶身上散发出的气味，既浓郁又甘甜，闻起来如同名贵的香水。

一条湍急的河流穿过山谷。我决定沿着河岸行走，免得漫无目的地闲逛。跟随这条河流，早晚我会来到海边。但事情并不那么简单。那天下午，我走到山谷尽头，发现这条宽阔的河谷突然变得狭窄起来，有如漏斗一般。一座巉岩险峻的巨大山壁，矗立在前方。

我顿时看得目瞪口呆。一条河流怎么可能回头？我走下峡谷，发现山壁上有一条隧道，而河水就从隧道流进去。我走到隧道入口处，伸出脖子往里头瞧一瞧。河水平缓了下来，形成一条地底运河。山壁隧道入口处前方，一群大青蛙在水边跳跃不停。它们的体形庞大得有如一只兔子。当它们一起鸣叫时，整个山谷回荡起一片刺耳的噪闹声。我做梦也没想到，大自然也能创造出那么巨大的青蛙。

好几只肥壮的蜥蜴在潮湿的草丛中爬行。此外，还有一些体形更大的壁虎。虽然我从没见过那么硕大的蜥蜴和壁虎，但在世界各地的港口，我倒常看到这类爬虫，只是色彩没那么繁多。这座岛上的爬虫，身上的颜色是红、黄和蓝。

我发现，沿着隧道的运河行走是可能的。于是我趴下身来，钻进隧道，看看我能走多远。

山腹中闪烁着一簇柔和的蓝绿色光芒。运河里的水静止不动。我看见好几十条金鱼游嬉在晶莹的河水中。

往前走了一会儿，我听见隧道深处传出轰隆轰隆的水声，乍听之下，有如战鼓齐鸣一般。一座地底瀑布赫然出现在眼前，挡住我的去路。我心想，这下我又得折回去了。但还没来到瀑布，我就看见整个洞窟弥漫着一片明亮的光芒。

我抬起头来，发现石壁上有一个小小的缺口。爬上去后眼前豁然出现一幅美丽绝伦的景观——美得几乎让我流下泪来。

我使尽全身力气，钻出那个小小的缝隙。当我站起身来时，我看见前面出现一个青翠肥沃的山谷。我不再怀念大海了。

一路走下山来，我看见各种各样的果树，有些长着我熟悉的果实，诸如苹果和柑橘，但有些果子却是我从来没见过的。细长的、梅子般的果实，长在谷中最高大的几株树上。比较矮小的树则长着和番茄一般大小的绿色果实。

地面长满各种花卉，有如铺上一块五彩斑斓的地毯。谷中四处长着风铃草、黑樱和皇冠花。绽放着紫色的花朵的玫瑰花丛到处可见。蜜蜂在花间盘绕飞舞。这儿的蜜蜂，体形大得像德国的麻雀。它们的翅膀在晌午的艳阳下闪闪发亮，有如玻璃一般。空气中有一股浓郁的蜂蜜香味。

我继续往谷底走下去。就在这个时候，我看到了六足怪兽……

一路上看到的那些蜜蜂和蝴蝶，都比它们在欧洲的同类显得美丽、硕大，着实让我眼睛一亮，但它们毕竟还是蜜蜂和蝴蝶，并不是另一种新奇的动物。这儿的青蛙和爬虫也是如此。可是现在——现在我却看到好几只体形庞大的白色动物，模样儿跟我看见过、听说过的动物完全不同。一时间，我几乎不敢相信自己的眼睛。

这群怪兽约莫有十二只到十五只之多。它们的体形相当于欧洲的牛马，但头颅比较小、比较尖。它们的皮肤很白很厚，看起来颇像猪皮。最令人诧异的是，它们竟然都有六只脚。这些怪兽不时昂起头来，朝向天空"哞哞哞"鸣叫着。

我一点也不害怕。这群六脚怪兽，看起来跟德国的母牛一般温驯善良。但它们的出现证明了一件事：我目前所在的这座岛屿，在任何地图上都是找不到的。一想到这点，我就忍不住打个寒噤，感觉上就好像遇见一个没有脸孔的人。

当然，阅读小圆面包书上的纤细字体，速度比阅读正常字体缓慢得多，你得一个字母一个字母地拼凑，小心翼翼读下去。我读到魔幻岛上六足怪兽那一段时，已经是傍晚时分了。爸爸把车子驶出宽阔的意大利高速公路。

"我们到维罗纳（Verona）吃饭去吧。"爸爸说。

"艾诺里夫（Anorev）。"我把这个城镇的名字倒转过来念。

一路驱车进城，爸爸告诉我发生在罗密欧和朱丽叶之间的悲惨故事：他们不能结合，因为他们两家是世仇，结果这一对情侣为了他们的爱付出了生命。好几百年前，罗密欧和朱丽叶就住在维罗纳城。

"听起来有点像祖父和祖母的故事嘛！"我说。爸爸听了哈哈大笑。他以前从没想到这一点。

我们在一间很大的户外餐馆吃比萨和一些开胃的小菜。上路前，我们到街上逛逛。爸爸走进一家礼品店，选购一副扑克牌，每张牌上印着一个半裸的女人。跟以往一样，他立刻抽出那张丑角牌，但这回他把整副牌都保存起来。

我看出，爸爸有点不好意思，因为那五十二张牌上的女人，身上穿的衣服比他想象的要清凉得多。他看了一眼，立刻把整副牌塞进上衣的口袋。

"世界上有那么多女人，实在不可思议。"他仿佛在自言自语。显然，他是硬挤出这句话，以掩饰他的尴尬。

这句话当然是一句废话，因为世界上的人口本来就有一半是女人嘛。但他真正的意思可能是：世界上有那么多裸体女人，实在不可思议。

如果这真是爸爸的意思，那我倒是完全同意。我觉得，把五十二位裸体模特儿集中在一副牌里头，未免过分了些。这真是个馊主意，因为你实在不能用一副裸女扑克牌来打牌。"黑桃K""梅花4"之类的符号，固然印在每一张牌的左上角，但打牌时，你若一直盯着牌上的美女瞧，又怎能专注于牌局呢？

整副牌中，唯一的男人是那张丑角牌上印着的一尊希腊或罗马雕像，头上戴着山羊角，身上一丝不挂，就像所有的古代雕像。

我们父子俩回到车上时，我心里一直想着那副奇异的扑克牌。

"爸爸，你到底有没有考虑过，干脆娶个新太太，忘掉那个离家出走的老婆？何必花大半辈子，寻找一个迷失了自我的女人呢？"路上我问爸爸。

爸爸哈哈大笑，过了好一会儿才回答我："我承认，姻缘这种事情有点玄奇。全世界总共有五十亿人，而你却偏偏爱上她，打死也不愿用她来交换任何其他女人。"

我们不再提起那副扑克牌。虽然那里头有五十二个搔首弄姿、摆各种媚态的女人，但我知道，在爸爸心目中，这副牌欠缺最重要的一张牌。我们父子前往雅典的目的，就是把这张牌找回来。

♠

黑桃 K

……你有过第"四"类接触……

傍晚时分，我们终于抵达威尼斯，但我们得先将车子寄放在城外一座大停车场，然后才获准进城去，因为威尼斯全城连一条正规的道路都没有。不过，这座城市却有一百八十条运河、四百五十多座桥梁以及数以千计的汽艇和一种名为"刚渡啦"的平底船。

从停车场，我们搭乘水上巴士前往位于大运河畔的旅馆。在科摩的旅馆过夜时，爸爸已经预订了威尼斯的房间。

没想到，这个房间竟是整个旅程中我们住过最窄小、最简陋的旅馆房间。我们把行囊往房里一丢，就出门逛街去了。父子俩沿着运河散了一会儿步，走过好几座桥梁。

我们打算在这座运河之城住两晚，然后继续我们的旅程。我知道，爸爸一定会趁这个机会，好好品尝一下威尼斯的各种名酒。

在圣马可广场吃过晚饭后，我央求爸爸花点小钱带我去坐"刚渡啦"，游历一下威尼斯。爸爸摊开地图，伸手往我们想去的地方一指。船夫二话不说，就撑起篙子划起船来。唯一让我感到意外的是，船夫竟然没唱曲子。但我也不感到失望，因为我一向觉得"刚渡啦"船夫唱歌像猫叫，难听死了。

泛舟运河，途中发生一桩事故，在我们父子之间引发一场争执。我们正要从一座桥梁下穿过去时，一张熟悉的脸孔从桥上栏杆顶端伸出来，悄悄望着我们。我一眼就认出这个人——他是我们在路上那家修车加油站遇见的小矮人。我不喜欢这种"不期而遇"，因为我觉得这家伙在刻意跟踪我们。

"那个侏儒！"我大叫一声，从坐板上跳起来，伸出手臂指着桥上的小矮人。

我现在终于明白，爸爸那时为什么会大发脾气，因为我们坐的这艘"刚渡啦"被我这么一跳，险些儿翻了。

"坐下来！"爸爸大吼一声。我们的船从桥下穿过后，爸爸回头望了望，但那个小矮人早已经消失无踪，就像在科摩游乐场那样。

"是他，没错，我亲眼看到！"我急得哭起来。刚才差点翻船，让我着实吓了一跳，而爸爸显然又不相信我的话，让我感到更加委屈。

"汉斯·汤玛士，你活见鬼啦！"爸爸说。

"我亲眼看到那个侏儒！"

"但是，这个侏儒不一定就是我们遇见的那个侏儒啊。"爸爸纠正我，虽然刚才他连一眼也没看到那个小矮人。

"爸爸，在你看来，欧洲到处都是侏儒啰？"

我这个质问正中爸爸下怀，他笑眯眯坐在"刚渡啦"船上，一副好得意的模样儿。

"可能啊！"他说，"说穿了，我们都是怪异的侏儒，我们都是突然从威尼斯桥上跳出来的神秘小矮人。"

一路上，船夫脸上的表情丝毫没有改变过。他把我们载到一个地方，附近有很多小餐馆。爸爸替我叫了一份冰淇淋和一瓶汽水，他自己则要一壶咖啡和一种名叫"罗玛娜老太太"的饮料。一如我预料的，这种装在金鱼缸般精致的玻璃杯里的棕色饮料，是跟咖啡调在一起喝的。

　　两三杯加料咖啡下肚后，爸爸眯起眼睛盯着我，仿佛决定告诉我他一生最重大的秘密似的。

　　"你没忘记我们在希索伊岛上的那座花园吧?"他突然问我。

　　这是什么问题嘛! 我懒得回答。爸爸也没指望我回答。

　　"唔，"他继续说，"现在仔细听清楚，汉斯·汤玛士。让我们假设，有一天早晨你在花园散步，突然看见一个小火星人站在苹果树中。他个子比你矮些，至于他皮肤颜色是黄是绿，就随便你想象啦。"

　　我敷衍地点点头。话题是爸爸选择的——他爱谈什么就让他谈什么吧，跟他争论也没用。

　　"那个陌生人站在花园中瞪着你，就像一般人看见外星人那样，"爸爸说，"现在问题是：你会怎么反应?"

　　我本来想说，我会邀请他进屋里来吃一顿地球人的早餐，但转念一想，觉得还是说实话比较好。我告诉爸爸，我很可能会被那个火星人吓得尖叫起来。

　　爸爸点点头，显然对我的回答颇为满意，但他心中还有一连串问题要问我。

　　"你不觉得，你也会感到好奇，很想知道这个小家伙到底是谁，家住哪里?"

　　"我当然想知道啦。"我说。

爸爸抬起头来，打量广场上来来往往的人。

"难道你从没想过，你自己就是一个火星人吗？"他问道。

我早就料到爸爸会有此一问，但乍听之下还是不免大吃一惊，险些儿从座椅上摔下来，幸好我及时抓住桌子。

"你把自己称为地球人也可以，"爸爸继续说，"我们如何称呼我们居住的星球，一点都不重要。重要的是，你也是一个有两只脚的人类，在宇宙中的一个星球上匍匐爬行。"

"就像那个火星人。"我补充说。

爸爸点点头。"在现实生活中，你也许不会在花园突然遇到一个火星人，但你可能会遇见自己啊。那时你很可能就会被自己吓得尖叫起来。这是很自然的反应，因为在漫长的一生中我们偶尔才会领悟到，我们是浩瀚宇宙中一座小岛上的一个星球居民。"

我懂得他的意思，但一时不知道如何答腔。关于火星人，他最后提出的一个问题是："你记得我们看过一部叫《异类接触》的电影吗？"

我点点头。那是一部荒诞不经的电影，故事说有一群人发现来自外星的飞碟。

爸爸解释说："看见来自另一个星球的太空船，称为第一类接触。看见两只脚的生物走出太空船，称为第二类接触。记得吗？看过《异类接触》这部电影后，过了一年我们去看另一部电影……"

"那部电影叫做《第三类接触》。"我抢着说。

"对！在这部电影中，那几个人亲身接触到来自另一个太阳系的、外貌像人类的生物。和神秘的外星人直接接触，就称为第三类接触。明白吗？"

"明白。"

爸爸不吭声了，好一会儿只管静静坐在桌旁，望着圣马可广场边的那些咖啡馆。

"汉斯·汤玛士，你知道吗?"爸爸突然说，"你有过'第四类'接触。"

我听得一头雾水，不明白爸爸在说什么。

"因为你自己就是一个外星人!"爸爸斩钉截铁地说。砰然一声，他把咖啡杯重重地放回桌面上，险些儿没把杯子打破。然后他又说:"你就是这种神秘的生物。你自己心里头也感觉到。"

"看来，我们政府得重金礼聘你担任国家哲人。"我由衷地说。除此之外，我还能说什么呢?

那天晚上我们回到旅馆时，发现房间地板上有一只大蟑螂。它的体形实在太大，以至走起路来背上的壳都会嘎嘎响。

"朋友，对不起，今晚你可不能在这儿过夜，"爸爸弯下腰来对那只蟑螂说，"我们订的是双人房，而双人房是给两个人住的。说得直截了当些，付房钱的是我们啊。"

我想爸爸是喝醉了，所以才会胡言乱语。爸爸抬起头来看看我，又说:"汉斯·汤玛士，这只蟑螂太肥壮，我们不该杀它。体形那么大的生物应该称为'个体'，而你不能一脚就把个体踩死掉，尽管你一看到它们就觉得讨厌。"

"那么，是不是就任由它一整个晚上在地板上走来走去呢?"我问爸爸。

"不! 我们把它护送出房间去。"

爸爸说到做到。他开始诱导这只蟑螂走出房间。首先，他把行李箱和旅行袋排列在地板上，形成一条通道，接着他拿出一根火柴，不停地搔着蟑螂的屁股，促使它走动。折腾了约莫半个钟头后，蟑螂终于爬到房间外的走廊上。爸爸觉得他已经尽责，所以，他没有跟随这个不速之客到楼下大厅。

"我们该上床睡觉了。"爸爸把房门关上，往床上一躺，呼呼大睡起来。我打开床头灯，趁着爸爸进入梦乡之际，拿出小圆面包书继续阅读。

第 二 部

梅 花 牌

♣

梅花A

……金鱼不会泄露岛上的秘密，可是小圆面包书会……

那一整个下午，我在花木葱郁的庭园散步，突然看见远处有两个人。我高兴得跳起来。

我得救了。说不定这儿是美洲某个地方。

我朝他们走过去，忽然想到，我跟他们在语言沟通上可能会有困难。我只会讲德语、英语和一点点挪威话——后者是我在"玛莉亚"上当四年水手学来的。这座岛屿的居民讲的很可能是另一种完全不同的语言。

我走近一瞧，发现这两个人正弯着腰，望着脚下那一小块田地。这时我才注意到他们的个子比我矮得多。难道他们是儿童吗?

我走上前，看见他们正在挖掘一些植物的根，放进一个篮子里。他们忽然转过身子，抬起头来打量我。这两个人身材有点肥胖，身高还不到我的肩膀。他们有一头棕色的头发和油腻腻、赤褐色的皮肤。两个人都穿着同样款式的深蓝制服，唯一的区别是，其中一个人的袖子缝着三颗黑纽扣，而另一个却只有两颗扣子。

"午安!"我操着英语向他们打招呼。

两个矮子放下手里的工具，茫然瞪着我。

"你们会讲英文吗?"我问道。

他们摆摆手,摇摇头。

灵机一动,我改用我的母语跟他们攀谈。制服上有三颗纽扣的人操着流利的德语回答:"你手头如果有三点以上,你就可以击败我们,但我们诚挚地恳求你不要这么做。"

可想而知,我一时不知如何回答。在大西洋一座荒凉的岛屿上,有人用我的母语跟我说话,而我竟然听不懂他在讲什么。"三点"到底指啥?

"我误入贵地,完全没有恶意啊。"为了自身安全,我不得不这么说。

"还好你没有恶意,否则国王会惩罚你的。"

这儿有国王?我愣了愣。显然这座岛屿并不在北美洲。

"我能不能觐见国王陛下?"我问道。

制服有两颗纽扣的那个人,这时加入我们的谈话。他问道:"你想觐见哪一位国王?"

"你的朋友刚才不是说国王要惩罚我吗?"我说。

两颗纽扣的人回头望望三颗纽扣的人,压低嗓门说:"如我所料,此人不懂规则。"

三颗纽扣的人仰起脸来看了看我。

"这儿的国王,可不止一位。"他说。

"哦,真的?那一共有几位国王呢?"

两个矮子脸上露出不屑的神色。显然,他们在嗤笑我尽问一些愚蠢的问题。

"每一组有一位国王。"两颗纽扣的人叹口气,回答我。

我疑惑地打量着他们,他们的身材真的非常矮小,简直跟侏儒没什么两样，但五官和四肢的比例却和正常人相同。同时，我也怀疑，这两个小矮人心智是否有点迟钝。

我原想问他们，他们所说的"组"究竟有几个，这样我就能知道岛上有几位国王，但转念一想，决定暂时不提这个问题。

"最有权势的那位国王，尊姓大名是？"我问道。

两个矮子互望一眼，摇摇头。

"此人莫非想套我们的话？"两颗纽扣的矮子说。

"不知道，"三颗纽扣的矮子回答，"但我们必须回答他提出的问题。"

两颗纽扣的矮子伸出手来，拔掉停在他脸颊上的一只苍蝇，然后说："根据这儿的规则，黑国王可以攻击红国王，而红国王视情况也可以展开反击。"

"打打杀杀的，不是很野蛮吗？"我说。

"这是我们的规则。"突然，远处发出砰然一声巨响，仿佛有一块玻璃被砸碎似的。两个矮子不约而同回过头去，望望传出噪音的那个地方。

"白痴！"两颗纽扣的矮子咒骂起来，"他们做出来的东西，有一大半被砸掉了。"

这时他们背对着我站着。我赫然看见，两颗纽扣的矮子背上画着两朵黑色的梅花。三颗纽扣的矮子背上，则画着三朵。这些梅花就是我们在扑克牌上看到的图案。看来，两个矮子刚才说的那些话，里头一定蕴含有某种玄机。

他们回转过身子面向我时，我决定采取另一种策略。

"岛上有很多居民吗？"我问道。

两个矮子面面相觑，脸上一副茫然不解的神情。

"他问得太多。"其中一个说。

"唔，此人不懂礼貌。"另一个说。

我心想，这段谈话说多糟糕就有多糟糕，因为我虽然听得懂他们说的每一个字，却弄不清楚他们的意思。我们若比手画脚，沟通效果说不定会好些。

"岛上到底有多少人呀?"我开始感到不耐烦了。

"你自己看吧！我们两个，一个是'二'，一个是'三'。"背上画着三朵梅花的矮子回答，"如果你需要眼镜，那你就得去找佛洛德，因为只有他知道怎样切割玻璃。"

"你呢？你们到底有几个人?"另一个矮子问道。

"只有我一个。"我回答。

两个纽扣的矮子回头看看三个纽扣的矮子，忽然吹起口哨来。

"他是一张爱司牌 (Ace)！"他说。

"那我们输定了，"另一个矮子惊惶失色，"连国王都会被他击败。"

说着，他从内衣口袋掏出一只细小的瓶子，把嘴巴凑到瓶口上，喝一口里头装着的晶莹液体，然后将瓶子递给伙伴，让他也喝一口。

"爱司不是一位女士吗?"三颗纽扣的矮子惊叹起来。

"不一定是，"另一个矮子说，"王后是唯一永远保持女性身份的牌。这个家伙可能来自另一副扑克牌。"

"胡说！这儿只有一副牌，而爱司是个女的。"

"也许你说得对，但他只需要四颗纽扣就能赢我们。"

"赢我们是不成问题，但想赢我们国王，可就不容易啰。这家伙把我们两个给耍了。"

两个矮子一面说一面喝瓶子中的饮料，喝着喝着，眼皮渐渐沉重起来。突然，两颗纽扣的矮子浑身开始痉挛抽搐。他抬起头来直直瞪着我，说道："金鱼不会泄露岛上的秘密，可是小圆面包书会。"

两个矮子往地上一躺，嘴里喃喃地念着："大黄根……芒果……草莓……枣子……柠檬……椰子……香蕉……"

他们说出一连串果子和各种浆果的名字，有些是我生平第一次听到的。念着念着，他们翻了个身，趴在地上呼呼大睡起来。

我伸出脚来踢了他们一下，想把他们弄醒，但他们一动也不动。

这样一来只剩下我孤零零一个人。我必然想到，这座小岛可能是个庇护所，专门收容百治不愈的精神病人，而刚才那两个矮子喝的饮料，极可能是一种镇静剂。果真如此，那么，医师和护士随时都会出现在我眼前，指控我私闯禁地骚扰病人。

我迈出脚步，准备离开。一个身材矮胖的男子朝我走过来。他身上穿的深蓝制服，和刚才那两个矮子穿的相同，但胸前却有两排纽扣，总共有十颗。他那棕色的皮肤看起来也是油腻腻的。

"主子梦会周公，矮子逍遥自在！"他手舞足蹈，一面哼唱一面狡黠地瞟着我。

我心想，这家伙说不定也是精神病人。

我伸出手臂，指了指不远处躺着的两个人。"这两个矮子看来好像睡着了。"

听我这么一说，刚来的那个胖子立刻拔腿跑掉。他虽然使劲迈着两条粗短的腿，但总是跑不快，而且，没跑多远就摔一跤，就这样一路跌跌撞撞地跑开去。我清清楚楚看到，他背上画着十朵梅花。

走了一会儿，我看到一条狭窄的牛车路，我沿着小路走了没多久，就听见身后打雷似的响起一阵喧嚣声，听起来像马蹄一般，渐渐向我逼近。我赶紧转过身子，跳到路旁。

那天早晨我在岛上看见的一群六足怪兽，这会儿正朝我奔跑过来。其中两只背上各骑着一个人。一个侏儒跟随在后，一面跑一面挥舞着手里的一根长棍子。这三个人都穿同样款式的深蓝制服，胸前的双排纽扣分别是四颗、六颗和八颗。

"停一停！"这队人马从我身边冲过去时，我大喊一声。

只有那个在路上奔跑的家伙（他胸前的纽扣一共八颗）转过身子，稍微放慢脚步。

"五十二年后，遭遇海难的孙子回到村庄！"他发狂似的叫嚷。

转眼间，三个侏儒和一群怪兽消失无踪。我发现，侏儒背上画着的梅花，数目和他们胸前的双排纽扣相同。

长满黄色果实的棕榈树，矗立道路两旁。其中一株棕榈树下停放着一辆二轮车，里头装着好多黄果。看起来，这种车子挺像我父亲用来运送面包的马车，但这儿是二轮车，拖车的并不是寻常的马匹，而是六足怪兽。

走到车子前面时，我才发现一个侏儒坐在棕榈树下。他胸前的纽扣是单排的，一共五颗。除此之外，他的制服和其他矮子的完全相同。迄今我在岛上遇见的侏儒，都有一个共同的特征：浑圆的头颅上长着浓密的棕发。

"梅花5，午安！"我向他打个招呼。

他抬起头来，懒洋洋地瞄我一眼："午——"

还没把话说完，他就霍然坐直，睁大眼睛瞪着我，好一会儿没吭声。

"转过身子去！"他终于开腔。

我遵命转过身子。过了一会儿，我回过身来面向着他，看见他坐在地上，伸出两只肥短的手指，不停地搔着他的脑袋。

"麻烦！"他叹口气，手伸到空中扬了扬。

两颗果子嗖地从棕榈树上扔下来，其中一颗掉落在梅花5的膝头上，另一颗却险些击中我的脑袋。几秒钟后，我看见梅花7和梅花9从树上爬下来。现在我已经看到了从二到十的九张梅花牌。

"我们打算用舒卡果砸他的脑袋。"梅花7说。

"这小子真机灵，跳到一旁去。"梅花9说。

他们在棕榈树下梅花5身边坐下来。

"好了，好了，"我说，"我可以原谅你们，但你们必须回答几个简单的问题，否则的话，我就会把你们三个人的脖子全都扭断！明白吗？"

我总算把他们唬住了。这三个侏儒，一个个吓得乖乖坐在树下，不敢吭声。我轮番打量他们的脸孔，直视他们那双深棕色的眼睛。

"告诉我，你们是哪里人？"

他们一个接一个站起身来，各讲出一句怪话：

"面包师将魔幻岛和宝物隐藏起来。"梅花5说。

"真相存在于纸牌中。"梅花7说。

"只有孤独的丑角看透骗局。"梅花9最后说。

我摇摇头。

"谢谢你们提供的讯息，"我说，"但你们还没告诉我，你们到底是谁？"

"梅花牌呀。"梅花5立刻回答。看来他很担心我会把他的脖子扭断。

"这我看得出来。可是，你们到底是从什么地方来的呢？难道是从天上掉落下来，或像苜蓿叶那样从泥土里头冒出来的吗？"我质问眼前三个侏儒。

三个侏儒面面相觑。过了一会儿，梅花9回答了我的问题："我们是从村庄来的。"

　　"哦，真的吗？那我问你们，村庄里住着几个像你们这样的……田野工人？"

　　"没有。"梅花7说，"我的意思是说，只有我们住在村庄里。没有人跟我们完全一样。"

　　"那当然啦。可是，总的说来，这座岛上究竟住着几个田野工人呢？"我一再追问。

　　三个侏儒又迅速互瞄一眼。

　　"走！"梅花9对伙伴们说，"我们闪吧！"

　　"我们可以揍他吗？"梅花7问道。

　　"我是说'闪'，不是说'揍'！"

　　说着，他们翻身爬上二轮车。其中一个侏儒使劲拍打六足怪兽的背脊。那只白色动物立刻迈开六蹄，在路上狂奔起来。

　　我感到非常沮丧。当然，我可以阻止他们逃逸，甚至可以扭断他们的脖子，但这样做并不能解开我心中的疑团。

♣

梅花 2

……魔幻岛上的侏儒是何许人？来自何方？……

第二天早晨，我在威尼斯旅馆小房间睡醒时，第一个想到的人，是在魔幻岛上遇见怪侏儒的面包师傅汉斯。我把手伸进牛仔裤口袋，悄悄掏出放大镜和小圆面包书来。

我打开床头灯，正要开始阅读，爸爸却发出一声吼叫，醒了过来。他说醒就醒，和进入梦乡的速度一样快。

"今天我们一整天待在威尼斯。"他打个哈欠，翻个身爬下床来。

我只好躲在被窝里，悄悄把小圆面包书塞回裤袋。我许诺过杜尔夫村的老面包师，不让第三者知道小圆面包书的秘密。

"你在跟我捉迷藏吗？"爸爸问道。

"我在查看，房间里有没有蟑螂呀。"我回答。

"找蟑螂，需要放大镜吗？"

"我在找蟑螂娃娃嘛。"这样的回答当然很笨，但急切间，又找不到更好的说辞。为免爸爸怀疑，我赶紧补充一句："天晓得，会不会有侏儒蟑螂躲藏在这儿。"

"真是天晓得！"爸爸一头钻进浴室里。

我们住的那家旅馆实在简陋，连早餐也不供应。幸好，昨天晚上我们逛街时，发现附近有一家雅致的户外餐馆，早上八点至十一点供应早餐。

外面静悄悄的，运河如此，旁边的人行道也如此。我们就在餐厅点了果汁、炒蛋、吐司和橘子酱。这一顿早餐可是旅途中唯一比家里好的一顿。

正在吃的当儿，爸爸再一次心血来潮。一开始时，他只凝视天空，害得我以为那个矮子又出现了。

"汉斯·汤玛士，你等着。我出去一下，五分钟就回来。"他说。

他钻出餐馆的玻璃大门，消失在广场的另一端。五分钟后，他跑回来坐回椅子上，把剩下的炒蛋吃光，然后才伸出手臂，指着那家他刚进去过的店铺，问道："汉斯·汤玛士，告诉我，那张海报上写着什么？"

"萨尔达普—阿诺克纳（Sartap-Anocna）。"我倒着念海报上的字。

"安科纳—帕特拉斯（Ancona-Patras）。"爸爸纠正我。

他把一片吐司浸泡在咖啡里，然后塞进嘴巴。这时他笑容满面，两排牙齿笑嘻嘻地龇着，而他竟能把面包塞进嘴巴。实在不可思议。

"那两个字是什么意思？"我从没看过这两个字。不管倒念还是顺念，对我来说它们都是哑谜。

爸爸直直看着我。"汉斯·汤玛士，你从没跟我出过海，你也从没搭过船，没有好好旅游一番。"

他扬了扬手里的两张船票，继续说："我这么一个老水手，竟然开车沿着亚得里亚海岸行驶，让人家知道了，会笑话我的。我不想再当旱鸭子了。我打算把那辆菲亚特开到一艘大轮船上，我们搭船，一路航行到希腊西岸的帕特拉斯港。从那儿到雅典，只不过几里路程。"

"爸爸，你确定吗？"

"妈的，当然确定啦！"

爸爸一想到能回海上，兴奋之余，水手三字经忍不住脱口而出。

结果，我们没在威尼斯待一整天。开往希腊的轮船，当天傍晚从安科纳港启碇，而这个港口距离威尼斯二百五十里，我们得开车赶去。

驱车上路之前，爸爸坚持参观威尼斯名闻遐迩的玻璃工艺。

熔化玻璃需要大火，因此你得把玻璃厂设在一个空旷的地方。中古世纪时，为了防止火灾，威尼斯人把城中的玻璃厂全部搬迁到礁湖中的一座小岛。这个岛名叫穆拉诺。

爸爸坚持我们先到这座岛屿一游，然后才到停车场领回我们的车子，直奔安科纳。于是我们立刻回旅馆房间，收拾行囊。

在穆拉诺岛，我们参观了博物馆。这里收藏着历史悠久的玻璃器皿，各种颜色和形状都有。然后我们来到一间玻璃工厂，亲眼看那些工匠吹制玻璃壶和玻璃碗。完成的作品公开展示销售。爸爸说，这些玩意儿就让有钱的美国观光客来购买吧。

从玻璃厂汇集的岛屿，我们搭乘水上巴士前往停车场，领回我们的汽车。下午一点钟，我们驱车直上高速公路，朝威尼斯南方二百五十里外的安科纳港，直奔而去。

一路上，我们沿着亚得里亚海岸行驶。爸爸面对他朝思暮想的大海，神情显得十分兴奋，一路只管吹着口哨。

途中我们驶上一座山脊，眼前是一片辽阔的海洋。爸爸停下车子，眺望着大海，开始评论起海上川流不息的游艇和商船。

车中，他向我细述艾伦达尔镇作为挪威航运中心的沧桑。他如数家珍，一一说出历史上赫赫有名的大帆船的名字和下水日期。在他教导下，我懂得区别多桅纵帆式帆船、双桅方帆式帆船、三桅帆船和装备齐全的大海船。爸爸提到第一批从艾伦达尔开往美洲和墨西哥湾的挪威船。从爸爸口中，我也得知，访问挪威的第一艘外国汽船，是在我们家乡艾伦达尔靠岸的。那艘汽船改装自帆船，装置有一台蒸汽引擎和外轮。它的名字叫"萨凡纳"。

至于爸爸自己，他曾在一艘油轮上当过水手。这艘船在汉堡建造，属于柏根市的"库尼斯船运公司"所有。它的排水量超过八千吨，船员共有四十人。

"现在的油轮大多了，"爸爸说，"船员却减少到只剩下八人到十人。船上的一切都由机器和科技操控。汉斯·汤玛士，海上生活已经变成往事啰——我说的是生活本身。到了下个世纪，船上连一个人都不需要。你只要找几个白痴，把遥控器交给他们，让他们坐在陆地上，监控着在全世界的海洋航行的船舶。"

我猜，爸爸的意思是：一百五十年前，当航海史上的大帆船时代结束时，真正的海上生活也随之逐渐消失。

爸爸诉说海上生活的当儿，我掏出一副扑克牌，抽出从二到十的九张梅花牌，摊放在身旁的坐垫上。

魔幻岛上的侏儒，背上为什么都画着梅花的图案呢？他们是何许人？他们来自何方？因为海难漂流到岛上的面包师傅汉斯，会遇到一个可以推心置腹、跟他好好谈一谈的人吗？我脑中充满未解的谜团。

梅花2说的一句话意味深长，令人难忘："金鱼不会泄露岛上的秘密，可是小圆面包书会。"他指的是杜尔夫村面包店里的金鱼吗？他所说的小圆面包书，跟我在杜尔夫村得到的是同样的吗？梅花5说："面包师将魔幻岛的宝物隐藏起来。"奇怪，汉斯在上个世纪中期遇见的侏儒，怎么会晓得这件事呢？

　　爸爸整整开了二十里的车程，一路只管吹着口哨，哼唱他当水手时学会的船歌。我悄悄掏出小圆面包书，继续阅读。

♣

梅花 3

……内箱打开外箱的同时，外箱也打开内箱……

我跟在那三名逃跑的田野工人后面，继续往前走。小路蜿蜒穿梭在高大茂密的树木间。在晌午白花花的阳光照射下，树上的叶子仿佛变成了一颗颗灿烂的火星。

我来到一块林中空地，看见一栋很大的木屋。一缕缕黑烟从两座烟囱袅袅升起。我远远看去，一个身穿粉红衣裳的身影溜进木屋。

我很快就发现，木屋有一面是空的，完全没有墙壁。从缺口望进去，我看到的一幅景象着实让我吓了一大跳，连忙把身子倚在一株树上，定了定心神。屋子是一个大厅堂，完全没有隔间，看来像一个工厂。我定睛瞧了瞧，断定这是一间玻璃制作坊。

屋顶是由几根粗大的横梁撑起来的。三四座烧着木柴的巨大火炉上，架设着好几个白色的石盆。盆中滚动着火红的液体，散发出一股油腻腻的水蒸气。三个女人——身材跟那些农场工人一般矮小，但却穿着粉红衣裳——在石盆之间不停走动。她们把一根长管子伸进盆中的液体，然后吹出各种形状的玻璃器皿。工厂的一端有一堆沙，另一端沿着墙壁有一排货架，上面陈列着已经完成的玻璃器皿。工厂中央的地板上堆着一米高的碎玻璃纸、玻璃碗和各种玻璃碎片。

我不得不又问自己，我现在到底是在什么地方。如果他们没有穿制服，我会以为那些田野工人生活在石器时代。可是，在这儿，我却看到一间相当先进的玻璃工厂。

在工厂里吹制玻璃的三个女人，身上都穿着粉红的衣裳。她们的皮肤都很白皙，一头银发又直又长。

我惊讶地发现，她们衣服的正面都画着钻石图形，和我们在扑克牌上看到的"方块"一模一样。其中一个女人衣服上有三个方块，另一位有七个，第三位则有九个。所有的方块都是银色的。

三个女人正忙着吹制玻璃，一时没发现我，虽然我就站在那空阔的大门前。她们在宽敞的工厂里来回走动，举止动作十分轻盈，仿佛全身毫无重量似的。如果其中一个女人的身体开始上升，飘浮到天花板下，我也不会感到太惊讶。

突然，衣服上有七个方块的女人看见了我。我正拔腿想逃，那个女人一时惊慌，把手里拿着的一只玻璃碗摔落在地上。这下，我要逃跑也来不及了，因为屋里的三个妇人现在全都抬起头来看着我。

我走进屋里，向她们深深一鞠躬，用德语说声"哈啰"。她们互瞄一眼，咧开嘴巴开心地笑起来；在火炉的强光照耀下，她们嘴里那两排洁白的牙齿闪闪发亮。我朝她们走过去。她们迎上前来，围聚在我身边。

"唐突来访，抱歉打扰了！"我说。

她们又互瞄一眼，这回笑得更灿烂了。这三个女人都有一双深蓝的眼睛，容貌十分相似，看来好像一家人，说不定还是姊妹哩。

"你们听得懂我说的话吗？"

"普通的德国话，我们都听得懂啊！"方块3回答。她的嗓子又尖又细，像洋娃娃似的。

她们争相跟我说话，其中两位还向我行屈膝礼。方块9甚至走过来，握住我的手。我惊讶地发现，她那双柔嫩的小手非常冰凉，虽然玻璃工厂的空气十分炽热。

"你们吹的玻璃好漂亮！"我说。她们一听，格格笑了起来。

玻璃工厂这几个女孩，比起我刚才遇到的那些急躁鲁莽的田野工人，态度显得和蔼可亲得多，但她们也一样刻意回避我的问题。

"谁教你们吹玻璃？"我问道。不知怎么，我总觉得她们不可能是自学的。

没有人回答这个问题。方块7走到架子旁，拿下一只玻璃碗，递到我手里。

"送给你！"她说。

三个女孩又格格笑了起来。

面对这三个笑容可掬、态度亲切的小女人，我实在没法子追问下去，可是，我若查不出岛上这些小矮人的来历，我会神经错乱的。

"我刚来到岛上，可是我不知道自己在哪里。"我又问道，"你们能不能告诉我，这是什么地方？"

"我们不能讲——"方块7说。

"有人禁止你们？"

三个女孩一起摇头。她们那满头银白的发丝，在熔炉发出的火光中飘甩起来。

"我们最擅长吹制玻璃，"方块9说，"我们不擅长思考，因此也就不太会说话。"

"你们一唱一和的，真是绝妙三人组！"我说。

她们一听，哈哈大笑起来。

"我们不都是三号啊！"方块7说。她一面玩弄着身上的衣服，一面问我："难道你没看到我们身上有不同的号码？"

"真是白痴！"我忍不住脱口而出。她们吓得缩成一团。

"别生气嘛！"方块3说，"我们很容易伤心难过啊。"

我不知道该不该相信她的话。可是，她脸上的笑靥是那么的纯真，真叫人有点不忍心向她发脾气。

"你们真像自己说的那么笨吗？"我问道。

三个女孩严肃地点点头。

"我真想——"话还没说完，方块9就伸手遮住自己的嘴巴，把话吞回肚子里去。

"你真想什么？"我柔声问她。

"我真想思考一个困难得让我无法思考的问题，可是我办不到。"

我玩味她这句话的含义，然后告诉我自己，这种愿望任谁也没办法达成。

方块3突然哭起来。

"我想……"她一边啜泣一边说。

方块9伸出一只胳臂，揽住她的肩膀。方块3继续说："我真想醒过来……可是我现在是醒着啊。"

这话我一听更加纳闷。

方块7意味深长地凝视了我一眼，然后严肃地说："事实是，玻璃师傅的儿子在开自己幻想的玩笑。"

不久，三个女孩都站在工厂地板上，一个劲抽搐起鼻子来。其中一个女孩抓起一个巨大的玻璃水壶，使劲摔在地板上。另一个开始扯起头上的银白发丝。我晓得，她们向我下逐客令了。

"对不起，打扰你们了，"我匆匆向她们道别，"再会了。"

如今我百分之百确定，这座岛屿是专门收容精神病患者的庇护所。我也相信，身穿白衣的护士随时都会出现，指责我在岛上乱逛，骚扰她们的病人。

可是，还有一些事情我不明白。最让我感到困惑的是，岛上居民的身材。身为海员，我的足迹遍及世界各个角落，但从没去过居民身材这么矮小的国家。我刚遇到的田野工人和玻璃工厂女工，发色并不相同，因此不可能有近亲关系。

说不定，在某个时期，一场世界性的瘟疫曾经发生，使人们变得矮小愚笨，而感染瘟疫的人就被送到这座小岛上，隔离起来，以免传染其他人。果真如此，那么，不久之后我自己也会变得跟他们一样矮小、愚笨。

我不明白的第二件事情是，为什么岛上的居民要依照扑克牌的花式来分类？譬如田野工人是梅花，玻璃工厂那些女孩是方块。难道这是医生和护士组织病人的方法？

我沿着小路继续往前走，穿过一片高大的树木。森林地面长满青苔，宛如铺上一块淡绿的地毯。模样像勿忘草的蓝色花儿四处绽放。阳光从树梢头洒落下来，仿佛一张金色的帐篷覆盖在满地花草上。

我在林中漫步了一会儿，忽然看见一个明亮的身影出现在花木间，仔细一瞧，原来是个身材纤瘦、金发披肩的年轻女郎。她身上穿着一袭黄衣裳，个子比岛上其他侏儒高不了多少。她不时弯下腰来摘一朵蓝花。我发现，她背上画着一个巨大的、血红的心形符号。

我慢慢走到她身边，听到她嘴里哼着一首哀伤的曲子。

"你好！"我在她身前数码外站住，悄声打个招呼。

"你好啊！"她站起身来向我打招呼，态度自然得就像遇见一个熟人。

她的容貌十分美丽，令人不敢直视。

"你的歌唱得很好听。"好不容易我才挤出这句话来。

"谢谢啦。"

我伸出手来，下意识地拂了拂我的头发。自从来到岛上后，我一直不怎么在意自己的外貌。我已经一个多星期没刮胡子了。

"我搞迷糊了。"她说。

她仰起细小的脸庞，神情显得十分迷惘。

"你叫什么名字啊？"我问道。

她微微一笑，意味深长地说："难道你没看见我衣服上画着的一颗红心吗？我是红心幺。"

"当然看到了。"我踌躇了一会儿，继续说，"我觉得这个名字相当奇特。"

"怎么啦？"她弯下腰来再摘一朵花，然后问道，"你呢？你叫什么名字啊？"

"我叫汉斯。"

她沉吟了一会儿："你觉得，'红心幺'这个名字比'汉斯'奇特啰？"

这回轮到我无言以对了。

"汉斯？"她想了一想，"这个名字我以前好像听过。也许只是我想象的吧……一切已经那么遥远……"

她又弯下腰来摘一朵蓝花。突然，仿佛癫痫症发作似的，她颤抖着嘴唇说："内箱打开外箱的同时，外箱也打开内箱。"

这句莫名其妙的话，仿佛从她嘴里脱口而出似的，而她显然并不明了它的意义。说完这句话，她的神色立刻又回复正常。她指着我身上穿的水手装。

"你的衣服一片空白！"她焦急地说。

"你是说，我背上没画任何图形？"

她点点头。突然，她仰起脸庞瞪着我："你知道你不准打我，对不对？"

"我绝不会打女人。"我回答。

她一听，腮帮上展露出两朵酒涡。我觉得她美得像天使，像童话中的仙女。只要她一笑，脸上那对绿色的眼眸就会散发出宛如翡翠一般的光彩。我实在舍不得将视线从她脸庞上挪开。

倏地，她沉下脸来，神情显得十分焦虑。"你不会是一张王牌吧？"她突然问我。

"哦，不是！我只是一个身体健壮的海员。"

听我这么一说，她立刻转身溜到一株大树后，逃走了。我赶紧追上前去，但她已经消失无踪。

♣

梅花4

……人生是一场规模庞大的摸彩游戏，只有中奖的彩票展现在我们眼前……

我合上小圆面包书，望着车窗外，凝视着路旁的亚得里亚海。

刚才在书中读到的那些事情，在我心中引发一连串疑问，纠缠成一团。

愈读下去，我就愈觉得魔幻岛上那群侏儒神秘莫测。根据书中的描述，面包师傅汉斯已经遇到"梅花侏儒"和"方块侏儒"；他跟"红心幺"也有过一面之缘，但这个小姑娘却突然消失无踪。

这些侏儒是何许人？他们怎么会变成侏儒？他们来自何处？

我相信，小圆面包书终会回答我所有的疑问。但有一件事我百思不得其解：书中提到，"方块侏儒"在一间玻璃工厂吹制玻璃器皿，而就在阅读这一段文字之前，我跟爸爸才去参观过威尼斯一家玻璃工厂。怎么会这么巧呢？

我敢说，我们父子这趟穿越欧洲之旅，和小圆面包书描述的情节，其间必定存在着某种关联。可是，书中记载的那些事情却是很多年前汉斯告诉艾伯特的。难道说，我在地球上的生活，在某种神秘的层次上，牵连到汉斯、艾伯特和卢德维格共同享有的一个大秘密？

我在杜尔夫村遇到的那个老面包师，究竟是谁呢？送我放大镜、一路出现在我们穿越欧洲之旅的那个小矮人，又是何许人？我相信，老面包师和小矮人之间必定存在着某种关系，尽管他们自己可能并不知道。

小圆面包书的事，我现在可不能告诉爸爸——至少得等我读完书后。不过，旅途中能有爸爸这么一位哲学家相伴，总是雅事一桩。

车子驶过意大利东北部的雷文纳市时，我问道："爸爸，你相信巧合吗？"

他抬头望望后视镜，看了看坐在后座的我。"你在问我，我相不相信人世间有巧合的事？"

"是啊！"

"所谓巧合，指的是完全出于偶然的事。当我在一场摸彩游戏中赢得一万个银币时，我那张彩票是从成千上万张彩票中抽出来的。当然，我很高兴能赢得一大笔钱，但那纯粹是运气。"

"你真的觉得那是纯粹的运气？你忘了，摸彩那天早晨，我们发现一株有四片叶子的苜蓿？如果你没赢到那笔奖金，我们又去哪里筹到雅典的旅费呢？"

爸爸只管从喉咙里发出"唔唔"的声音，并没回答。我继续说："你姑妈去希腊克里特岛旅行，突然发现一本时装杂志里头有妈妈的照片。那是巧合呢？还是命中注定的？"

"你是不是在问我，我相不相信'命'？"爸爸说。他发现我对哲学问题深感兴趣，显得十分高兴。"我的答复是：不相信。"

我想起那三个吹制玻璃的女孩——说来也够玄，就在我阅读小圆面包书中有关她们的描述之前，我跟爸爸刚去参观过一家玻璃工厂。我又想到那个矮子——他送我一个放大镜，后来我就得到那本字体非常细小的书。最后我想到了祖母——年轻时，有一回在佛洛兰镇，她的脚踏车轮胎在路上漏了气，结果引发出许多事端来。

"我的出生可不是巧合啊！"我对爸爸说。

"我要下车抽根烟了！"爸爸宣布。我想，大概是因为我说了些有趣的话，引起爸爸畅谈人生哲理的兴致，所以他特地停下车来，准备好好跟我聊一聊。

他把车子停到一座山丘上。从这儿俯瞰，亚得里亚海的壮丽风光尽收眼底。

"坐下！"我们钻出车子时，爸爸指着路旁一块大石头，用命令的口吻说。我坐下后，他劈头就问我："公元1349年，欧洲发生了什么大事？"

"黑死病流行。"我回答。对于欧洲历史，我还略知一二，可是我搞不清楚，黑死病和我们谈论的"巧合"之间，究竟有什么关系。

"对，"爸爸开始论说，"你大概晓得，那场瘟疫夺去了挪威一半人口的生命。但是，这个事件里头存在着一个玄机，我至今还没告诉你。"

每回爸爸用这种口气开始一场谈话，我就知道，他准备滔滔不绝大发议论了。

"你知不知道，你有好几千个祖先生活在那个时候？"

我听得一头雾水，只好拼命摇头，心想：这怎么可能呢？

"你有两个父母亲、四个祖父母（连外公外婆在内）、八个曾祖父母（连外曾祖父和外曾祖母在内）……依此类推，在1349年那个时候，你的祖先算起来还真不少呢。"爸爸解释。

我点点头。

"就在那时，一场俗称黑死病的淋巴腺鼠疫发生了，从一个社区蔓延到另一个社区。儿童最凄惨，死得最多。很多家庭，一整家人都死了，最多只剩下一两个活着。汉斯·汤玛士，那个时候，你的祖先很多还是小孩，可是他们都逃过了这一劫。"

"你怎么知道他们没死掉呢?"我感到很迷惑。

爸爸深深抽了一口烟，然后说:"如果他们死掉了，你现在就不会坐在这儿眺望亚得里亚海啰。"

再一次，爸爸提出了一个惊人的论点。仓猝间，我不知道应该怎样回应。但我知道他的话没错，因为只要我的任何一个祖先在小时候死掉，今天世界上就不会有我这个人。

"你的任何一个祖先，能够平平安安长大成人的概率，只有几十亿分之一，"爸爸的话匣子一打开，就像决堤的河水一发不可收拾，"威胁他生命的，不单是黑死病而已。幸好，你所有祖先都能长大成人，结婚生子，尽管他们经历过种种天灾人祸，尽管那个时候婴儿的死亡率非常高。当然，他们难免生过病，但都熬过来了。汉斯·汤玛士，从某个角度看，你跟死神擦身而过的次数，多得无法计算。你在这个星球上的生命，经常遭受昆虫、野兽、陨石、闪电、疾病、战争、水灾、火灾、杀人犯和各种有毒物质的威胁。光是在史狄克斯达德那场战役，你就受伤过好几百次。若是那个时候你两边的祖先有一个战死，一千年后，就不会有你这个小子出生了。同样的情况，发生在最近这次世界大战。在纳粹占领挪威期间，你那个身为德国军人的祖父若是被挪威爱国志士杀死，战后你和我都不会出生啰。这种情况，在整个历史中不知发生过几亿次。在战场上，每回敌人射出一支箭，你的出生概率就会减少许多。可是，汉斯·汤玛士，你现在却平平安安地坐在这儿跟我说话! 你明白其中的意义吗？"

"我想我明白。"我回答。至少我了解，祖母的脚踏车轮胎在佛洛兰镇的路上漏气，是挺重要的一件事。

"我说的是链子一般的长长的一串巧合，"爸爸继续说，"事实上，这条链子可以追溯到地球上第一个有生气的细胞。它分裂成两半，演变出今天这个星球上的种种生物。在三四十亿年历史中，我那条链子不被折断的概率，低到不能想象的地步。可是，我还是熬过来了。没错，我熬过来了！因此，我能体会我是多么的幸运，如今能够跟你一块坐在这儿，共赏这个星球的美好风光。我也领悟到，在地球上爬行的每一只小昆虫，都是无比地幸运。"

"那些不幸的生物呢？"我问道。

"他们不存在！"爸爸几乎吼叫起来，"他们从不曾出生过。人生是一场规模庞大的摸彩游戏，只有中奖的彩票展现在我们眼前。"

他坐在路旁石头上，好一会儿只管呆呆眺望着大海。

"我们走吧？"等了约莫两分钟，我问道。

"别急！汉斯·汤玛士，乖乖给我坐好，我的话还没说完呢。"

听爸爸的口气，好像不是他自己在说话似的，他仿佛变成了一台无线电接收器，正在吸纳别处传来的无线电波。也许这就是一般人所说的"灵感"吧。

爸爸等待灵感的时刻，我从牛仔裤口袋掏出放大镜，透过它，观察在石头上爬行的一只红色甲虫。在放大镜下面，小甲虫变成了一只大怪兽。

"世间所有的巧合莫不如此。"爸爸感叹起来。我收起放大镜，抬起头来看看他。每回看见爸爸呆呆坐着，仿佛陷入沉思的样子，我就知道，他马上就要提出一个重要的观点。

"举个简单的例子来说吧。我心里正思念着一个朋友，就在这个时候他打来电话或亲自来访。这样的巧合，一般人看成是不可思议的超自然现象。可是，有时候我思念这个朋友思念了半天，他还是没打电话来，而有很多时候我根本没想他，他却打电话来了。你明白我的意思吗？"

我点点头。

"人们喜欢搜集这种事例——两件事情同时发生在一刹那间。在急需用钱的时候，忽然你在路上捡到了一笔钱，于是你就把它归因于'超自然现象'，尽管你经常穷得一文不名。于是，亲朋好友经历过的各种各样'超自然'事件，就像谣言一般传扬了开来。人们对这种事情太感兴趣了，不久之后就积累出一大堆故事。但是，在这件事上，也只有中奖的彩票展现在我们眼前。如果你知道我刻意搜集扑克牌中的丑角牌，你就不会感到讶异，我竟然有一整抽屉的丑角牌。"

说到这儿，爸爸长长嘘出一口气来。

"爸爸，你有没有提出申请书？"我趁这个空当问道。

"你胡说些什么？"爸爸叱责道。

"向政府申请，当个国家哲人啊。"

爸爸哈哈大笑起来，但立刻又收敛起脸色，用严肃的口吻说："人们一旦对'超自然'产生兴趣，就会变得盲目。他们再也看不到宇宙间最神奇奥妙的现象——地球的存在本身。他们对火星人和飞碟深感兴趣，但对时时刻刻在我们眼前展现的人世奥秘，却视若无睹。汉斯·汤玛士，我不以为我们的世界是一个巧合。"

爸爸俯过身子来，压低嗓门对我说："我认为，宇宙间万事万物都有个目的。你会发现，在所有星星和银河背后，都存在着某种意图和目的。"

这回爸爸停车抽烟，又乘机给我上了宝贵的一课。但我还是不相信，跟小圆面包书有关的事情都纯属巧合。阅读"方块侏儒"那一段记载之前，我跟爸爸到穆拉诺岛上参观玻璃工厂——这也许是巧合。收到字体纤细的小圆面包书之前，有人送我一个放大镜——这或许也是纯粹的巧合。但是，获赠小圆面包书的人是我，而不是任何其他人——这个事实一定有它特殊的意义。

♣

梅花5

······这把牌变得有点难打了······

那天傍晚我们抵达安科纳港时，爸爸变得十分沉默，让我忧心忡忡。我们坐在车子里，排队等候开车上船。爸爸只管睁着眼睛瞪住那艘船，一声不吭。

那艘黄色的大轮船名叫"地中海号"。

到希腊的航程得花一天两夜。船在晚上九点启碇。一觉醒来后，我们将在海上度过星期天；如果没遇上海盗，星期一早晨八点钟我们就会踏上希腊的土地了。

爸爸找到一本介绍这艘船的小册子。现在他终于开腔了："汉斯·汤玛士，这艘船排水量达一万八千吨，可不是一个洗澡缸啊！它的时速十七海里，可以运载一千多名乘客和三百辆汽车。船上有商店、餐馆、酒吧、阳光甲板、迪斯科舞厅和赌场。还有各式各样的设备。你晓得这艘船甲板上有一座游泳池吗？我并不在意船上有没有游泳池；我只是好奇，你到底晓不晓得船上有游泳池？我还想知道一件事：这次我们改变行程，没有开车穿过南斯拉夫，你是不是很不高兴啊？"

"甲板上有游泳池吗？"我只能这么说。

我想，爸爸和我都心里有数，这会儿最好什么都别说。但爸爸还一个劲喋喋不休："你晓得，我订了一间舱房。我犹豫了好一会儿：到底应该挑一间内舱房呢，还是应该选择一间有大窗的、能够观赏海景的外舱房？你猜，我挑了哪一间呀？"

我知道他挑的是外舱房，而我也晓得，他早就知道我晓得答案。因此我淡淡地说："价钱差多少啊？"

"差几个里拉。我说服我儿子陪我搭船去希腊，总不能让他窝在一间密不透风的斗室啊。"

他还想再讲下去，这时船上的人向我们招招手，示意我们把车子开上船。

把车停好后，我们立刻去找我们订下的舱房。它在顶层甲板下的第二层，家具十分精致美观，有两张大床、窗帘、好几盏灯、安乐椅和桌子。窗外，旅客们沿着船舱通道不停地走来走去。

虽然舱房有敞亮的大窗，设备也堪称豪华，但我们还是决定到房外走走——在这一点上，我们父子之间还是蛮有默契的。离开舱房之前，爸爸从后裤袋掏出一个小酒瓶，给自己倒一杯酒。

"为你的健康干一杯！"爸爸朝我举起酒杯，尽管我的健康并不值得如此大张旗鼓地干杯。

我晓得，一路从威尼斯开车过来，爸爸实在是够累的了。也许，他那双脚正在发痒，因为阔别海上生活多年后，今天他的两条腿终于又踏上轮船甲板。我也感到挺开心——我已经很久没这么快乐过了。因此，我对爸爸在这个时候喝酒颇不以为意。

"你每天晚上都一定要喝酒吗？"我问道。

"唔，非喝不可。"他打了个酒嗝，不再吭声了。他陷入了沉思中，而我也在想着我自己的心事。爸爸喝酒的事，以后再提吧。

轮船启碇之前，我们已经在船上逛了一圈。我发现游泳池关闭，感到有点失望，但爸爸立刻就打听出来，游泳池明天一早就会开放。

我们爬到阳光甲板上，倚着栏杆，望着陆地在我们眼前一点一点消失，最后完全看不见。

"好极了！"爸爸说，"汉斯·汤玛士，咱们现在遨游在海上啦！"

说完这句充满感触的话，爸爸就带我到甲板下的餐厅吃晚餐。吃过晚饭后，就寝之前，我们决定留在酒吧，父子俩玩玩牌。爸爸口袋里正好有一副扑克牌，幸好并不是印着裸女图的那一副。

船上挤满来自世界各个角落的旅客。爸爸说，其中有很多是希腊人。爸爸发给我"黑桃2"和"方块10"。我拿起"方块10"时，手上已经有另外两张方块牌。

"吹制玻璃的女孩！"我惊叹起来。

爸爸倏地睁大眼睛："汉斯·汤玛士，你在说什么呀？"

"没什么……"

"你刚才不是说'吹制玻璃的女孩'吗？"

"哦，我是说那些坐在酒吧喝酒的女人，"我灵机一动，"她们整晚坐在那儿，手里握着酒杯，就好像一辈子只会坐在酒吧喝酒似的。"

这次总算被我蒙混过去。可是，这把牌变得有点难打了，简直就像用爸爸在维罗纳买的那副裸女牌来玩似的。我打出"梅花5"这张牌时，心中想的，却是汉斯在魔幻岛上遇见的侏儒田野工人。每回我把一张方块牌摊在桌面上，脑海中就立刻浮现出银发红衣、美丽动人的女孩形象。当爸爸扔下"红心幺"，骗走了"黑桃6"和"黑桃8"时，我忍不住叫嚷起来："她出现了！"

爸爸摇摇头说，该上床睡觉了。离开酒吧之前，爸爸还有一项重要的任务要完成。在这儿玩牌的并不单是我们父子两个，走出酒吧时，爸爸绕行到正在玩牌的几桌客人面前，向他们讨取丑角牌。我心里想，爸爸总是在离开时才向人家讨取丑角牌，未免有点卑怯。

我已经很久没跟爸爸一块玩牌了。小时候，我们父子俩常在一块玩牌，但后来爸爸迷上丑角牌，一心只想搜集它，反而对玩牌失去了兴趣。否则的话，跟爸爸玩牌可是一件挺刺激的事，因为他精于牌桌上的各种骗术。在牌戏上，他最值得夸耀的一项成就是，有一回他玩单人牌戏，竟然花了很多天才赢。从这样的一场单人牌戏中获得乐趣，你不但要有耐心，而且还得有大量的空闲时间。

我们回到舱房，在窗前伫立一会儿，眺望大海。我们什么都没看见，因为外面一片漆黑，但我们知道那片黑暗就是大海。

一群喋喋不休的美国佬从窗外的通道走过去。爸爸拉上窗帘，往床上一躺，立时呼呼入睡——他显然灌足了黄汤，再也撑不住了。

我躺在床上，体会轮船在大海中摇晃的感觉。过了一会儿，我拿出放大镜和小圆面包书，开始阅读汉斯告诉孤儿艾伯特的那些奇人异事。

♣

梅花6

……他似乎想确定，我是一个有血有肉、真实的人……

我在树林中走着，走着，不久来到一块平整的空地。百花齐放的山坡下，鳞次栉比排列着一栋栋木屋。一条街道蜿蜒穿过这些房子；路上熙来攘往，尽是个子非常矮小的侏儒，跟我已经遇到的那些没啥两样。山丘顶端，一间小屋子孤零零矗立着。

看来，这儿找不到我可以咨询的地方官员，但无论如何我还是得查出，我究竟是在什么地方。

一走进村子，我就看到一家小面包店。我从铺子门前走过时，一个金发姑娘出现在门口。她身上穿着红衣裳，胸口绣着三个血红的心形图徽。

"刚出炉的面包啊！"她绽开笑靥，亲切地招呼。

面包的香味一阵阵袭来，我忍不住迈步走进这间小铺子。我已经一个多星期没尝过面包了。这儿，一条条面包和各种点心堆放在沿墙的宽阔柜台上，令我食指大动。

烤箱的烟气从狭窄的后房飘出。这时，另一位身穿红衣的姑娘走进小铺子来，她胸前绣着五个红心。

我恍然大悟："梅花侏儒"在田野干活，照顾牲口；"方块侏儒"专门吹制玻璃器皿;"爱司侏儒"穿着漂亮的衣裳,在林中采集鲜花和浆果,而"红心侏儒"则负责烘焙面包。现在我只要查出"黑桃侏儒"干的是什么活儿,对整场牌戏的布局,就能知道个大概了。

我伸出手来,指着柜台上的一条面包问道:"我能不能尝一尝?"

红心5倚在朴实的木制柜台上。那上面摆着一个玻璃缸,里头养着一条孤单的金鱼。她眯起眼睛看着我。

"我想,我已经好几天没跟你说过话了。"她脸上的神色显得非常困惑。

"对啊,"我回答,"我刚从月球掉落到地球上来。我向来不擅长说话,真正的原因是,我不擅长思考,而既然思考上有困难,不如干脆闭上嘴巴,保持沉默为好。"

经验告诉我,跟岛上的侏儒打交道时,千万别把话讲得有条有理,跟他们一样胡言乱语、东拉西扯,反而能达到沟通的效果呢。

"你说你从月球掉落下来?"红心5问道。

"是的,从月球掉落。"

"那你一定想吃一片面包啰。"红心5毫不思索地说。在她看来,从月球掉落是一件稀松平常的事,就像站在柜台前烘焙面包。

果然不出我所料,只要我仿照他们说话的方式,就不难跟这群小矮人保持某种沟通。

突然,红心5的脸色凝重起来。她倚在柜台上,倾身向前,压低嗓门悄声对我说:"未来存在于牌中。"

说完,红心5又回复原先的神态。她撕下一大片面包,塞到我手里。我接过来,一股脑儿塞进嘴巴,一面嚼一面走出面包店,来到狭窄的街道上。这间铺子卖的面包味道有点酸,但嚼起来很有劲,而且绝对吃得饱。

街上走动的侏儒，背上全都绣着红心、梅花、方块和黑桃的图徽。制服分四种：红心侏儒穿红色衣裳，梅花穿蓝衫，方块穿粉红衣裙，黑桃穿黑衣。

　　有些侏儒个子比较高，身上的穿扮看来像国王、王后和侍从。国王和王后头上戴着王冠，而侍从则在腰间佩带一把剑。

　　我发现，扑克牌的每一张牌在这儿只有一个代表。我只看到一个红心K、一个梅花6、一个黑桃8。岛上没有儿童，也看不见一个老人。这些侏儒全都是青壮之辈。

　　我在街上逛了一会儿。侏儒们看到我，只瞄了一眼就转身走开。

　　只有梅花6——就是骑在六足怪兽背上驰骋的那个侏儒——走上前来向我打招呼："太阳公主一路走到海洋边。"说完，他绕过街角扬长而去。

　　我开始感到头昏脑涨了。显然，我进入了一个建立在特殊阶级制度上的社会。看来，这座岛屿的居民日常遵守的不是法律，而是牌规。

　　漫步在这个小村庄，我感觉很不踏实，就像玩单人牌戏，被卡在两张牌中间，不知何时才能结束这场牌局。

　　村中的房子全是低矮的木屋，门外悬挂着玻璃油灯——我看出，这些油灯都是在方块侏儒的玻璃工厂制造的。这会儿灯还没点亮。太阳就要下山了，但整个村庄依旧沉浸在金黄色的晚霞中。

　　屋外的板凳和屋顶的飞檐上，放置着一个个玻璃缸，里头养着金鱼。我也发现，村中四处散布着大大小小的瓶子，有些就随地丢弃在巷子间。我看见几个侏儒手里握着小瓶子，在街上游逛。

　　有一间房子比其他的房子大得多，外观看起来像仓库。我听见屋里传出敲敲打打的声音，把头伸进门中一瞧，发现里头是一家木工厂。四五个侏儒正忙得不可开交，正在组装一张大桌子。他们身上的服装款式和田野侏儒的蓝色制服相似，唯一不同的是，他们衣服颜色是纯黑，背上绣的图徽是黑桃，有别于田野侏儒的梅花。我心中的谜团终于解开了：黑桃侏儒是以木工为业。他们的头发黑得像煤炭，但皮肤却比梅花侏儒苍白得多。

方块J坐在屋前一张小凳上，凝视着夕阳在他的剑上反射出的光。他上身披着一件粉红长外套，下身穿着一条宽松的绿裤子。

我走到他面前，毕恭毕敬鞠个躬。

"晚安，方块J。"我故作轻松向他打个招呼，然后问道，"能不能请教，现在当权的是哪一个国王？"

方块J把剑插回鞘中，然后用他那双呆滞的眼睛瞪着我。

"黑桃K！"他不耐烦地说，"因为明天就轮到丑角当权了。但我们不可以讨论牌局。"

"是吗？我还想请你带我去见岛上的最高领导人呢。"

"局牌论讨可以不们我。"方块J说。

"你说什么呀？"

"局牌论讨可以不们我。"方块J又重复一次。

"哦！那是什么意思呢？"

"则规守遵须必你。"

"真的吗？"

"吧瞧着等！"

"你真的不能告诉我？"

我仔细瞧了瞧他那张细小的脸孔。跟玻璃工厂的方块女郎一样，他的头发光亮、皮肤苍白。

"对不起，我实在听不懂你刚才讲的话，"我说，"你是不是在讲荷兰话啊？"

方块J抬起头来瞪着我，一副好得意的模样。

"只有国王、女王和我们这些侍从，才懂得双向说话的艺术。你不了解这点，就表示你的地位比我低下。"

我想了想，难道方块J刚才是倒着说话？"吧瞧着等"其实就是"等着瞧吧"。他连说两次"局牌论讨以可不们我"，如果倒回来念，这句话就变成了"我们不可以讨论牌局"。

"我们不可以讨论牌局。"我对方块J说。

方块J一听，顿时对我刮目相看。

"哪论讨要还么什为你那？"他迟疑地说。

"啊你验考。"我信心满怀地回答。

这回轮到方块J瞠目结舌，模样儿活像刚从月球掉落到地球上的人。

"我刚才问你，现在当权的是哪一位国王，我的目的是想考验你，看看你能不能拒绝回答。"我说，"但你还是忍不住回答我，你违反了'不可以讨论牌局'的规定。"

"你这个人太卑鄙了！"方块J气呼呼地说。

"呵呵，我还可以更卑鄙呢。"

"招花么什有还你？"

"我父亲的名字是'奥图奥'，"我说，"你能不能把这个名字倒转过来念？"

方块J瞪着我。

"奥图奥。"他说。

"没错。但你能不能倒转过来念呢?"

"奥图奥。"他又说一次。

"唉,我知道,"我催促他,"你能不能把这个名字倒转过来念一次呢?"

"奥图奥!奥图奥!"方块J咆哮起来。

"唉,你也够努力的了,"我安慰他,"我们试试另一句话好吗?"

"来过马放。"方块J接受挑战。

"摇啊摇。"我说。

"摇啊摇。"方块J说。

我一个劲地摇手:"我要你把这句话倒转过来说。"

"摇啊摇!摇啊摇!"方块J一口气说了五六次。

"够了,够了!谢谢你。现在请你把一个完整的句子倒转过来念。可以吗?"

"以可然当。"

"这句话是:你打妈妈我妈妈打你。"

"你打妈妈我妈妈打你。"方块J立刻说。

"别跟着我念!要倒转过来念啊。"

"你打妈妈我妈妈打你。"方块J又说了一次。

我只管摇头。"你还是在模仿我。大概是因为你没法子把这句话倒转过来念吧。"

"你打妈妈我妈妈打你!你打妈妈我妈妈打你!"方块J急得直嚷起来。

看他那副着急的样子,我心里有点不忍。但是,发明这种伎俩的人并不是我啊。

噢地，方块J从腰间拔出他的剑，没头没脑往墙边一只瓶子劈过去，把它击得粉碎。路过的几个红心侏儒吓了一跳，停下脚步瞄了两眼，鬼赶似的跑开去了。

这下我几乎可以断定，这座岛是个庇护所，专门收容无药可救的精神病患者。可是，为什么他们个子都那么小呢？他们怎么都会讲德语呢？最让我感到困惑的是：他们为什么会像扑克牌那样，穿上不同的服装，绣上不同的号码呢？

把事情弄清楚之前，我不会放走方块J。我得小心，别把话讲得太清楚，因为岛上的侏儒最不能理解的就是有条有理的说话方式。

"我刚登陆这儿。但我以为，这个地方跟月球一样荒凉。现在我真的很想知道，你们都是些什么人，从什么地方来的？"

方块J往后退了一步，神情显得非常沮丧："你是新来的丑角吗？"

"我从没想到，德国在大西洋有一个殖民地。"我继续说，"虽然我去过很多地方，但我恐怕得承认，我第一次看到个子那么矮小的人。"

"你果然是新来的丑角。讨厌鬼！希望不会再有丑角出现。没有必要给每一组牌配上一个丑角。"

"可别那么说啊！如果丑角是唯一懂得说话艺术的人，那么，如果每一个人都是丑角，这场纸牌游戏的谜团很快就可以解开啦！"

方块J摆摆手，示意我别再多说。

"把自己跟各种可能的问题牵扯在一起，是挺累人的事情。"他说。

我知道，要从他口中问出真相并不容易。于是我再试一次："你们这帮人聚在一起，居住在大西洋中一个神秘的小岛上。我要求你告诉我，你们究竟是怎么到这儿来的。我这个要求不是挺合理吗？"

"放弃!"

"你说什么?"

"你破坏了牌局。我放弃叫牌机会,不跟了!"

说完,方块J从外衣口袋掏出一个小酒瓶,昂起脖子,猛喝一口。他喝的是一种亮晶晶的饮料,跟梅花侏儒喝的相同。把瓶口塞好后,他伸出一只胳臂有如朗诵一首诗的开头句子似的,庄严肃穆地说:"银色的双桅帆船沉没于波涛汹涌的大海。"

我摇摇头,无可奈何地叹了口气。这家伙很快就会醉倒,看来我得自己去寻找黑桃国王了。反正,从方块J嘴里也问不出一个所以然来。

突然,我想起一个侏儒告诉我的一件事。

"我必须去找找看,看看能不能找到佛洛德……"我喃喃自语。

方块J听了这句话,立刻从板凳上跳起身来,举起右胳臂,行了个纳粹式敬礼。

"你刚提到佛洛德?"

我点点头:"你能带我去见他吗?"

"够能然当。"

我们穿过一间又一间的屋子,来到村中一个小小的市集广场。

广场中央有一口大井。红心8和红心9正忙着打水;她们合力把一桶水从井里拉上来。在广场的人群中,她们那一身血红的衣裳显得格外醒目。

四位国王齐聚井边,勾肩搭背围成一圈,仿佛在密商国家大政。我心里想,一个国家四王并立,怎能有效率地推动政务呢?这四位国王的服饰颜色一如他们的侍从,只是更庄严华贵些。每一位头上都戴着黄金打造、光彩夺目的王冠。

四位王后也出现在广场上。她们四处串门子，不时从口袋中掏出小镜子照一照自己的脸庞。看来，她们常常忘记自己是谁，甚至记不起自己的长相，因此非得常常照镜子不可。王后戴着后冠，比国王的王冠狭小高耸些。

广场的另一边，我看见一个白发苍苍、颔下蓄着雪白胡须的老人坐在一块大石头上，抽着烟斗。引起我注意的是他的身材——他个子几乎和我一般高大。除了身材外，他身上的衣着也跟侏儒们不同。他穿的是灰色粗布衬衫和宽松的褐色长裤，看起来挺寒伧、朴实，跟侏儒们那身五彩缤纷的服饰形成尖锐的对比。

方块J走到老人跟前，替我引见。

"主公，这位是新来的丑角。"方块J说。

说完，他膝头一软，整个人瘫倒在广场上，呼呼大睡起来。看样子他是喝醉了。

老人霍地从石头上跳起身来，睁大眼睛，上上下下打量着我，一声不吭。接着，他伸出手来开始触摸我。他先摸摸我的脸颊，再轻轻揪一揪我的头发，最后拂一拂我身上穿着的水手装，他似乎想要确定，我是一个有血有肉、真实的人。

"这……这是我见过最糟的一件事。"他终于开腔。

"您就是佛洛德先生吧?"我向他伸出手来。

他紧紧握住我的手，好久好久不肯松开。突然，他仿佛想到一件不愉快的事似的，一下子变得急躁起来。

"我们必须马上离开这个村子!"他说。

看来，这个老头子的脑筋跟岛上的侏儒一样不清楚，但他的态度却不像他们那般冷漠。光凭这点，我就决定跟他一块走。

老人带着我匆匆走出村子。他的两条腿似乎很虚弱，路上好几次几乎摔跤。

我又看到远方山丘上孤零零矗立着一间木屋，俯瞰着山下的村庄。我们来到屋前，并没进去。老人要我坐在屋外一张小凳上。

我刚坐定，屋角就探出一颗模样十分古怪的头颅来。这个人样子挺滑稽，身上穿着紫蓝色衣裳，头上戴着有两只驴耳朵的红绿两色帽子。好几十个小铃铛缀在他的衣服和帽子上，走起路来叮叮当当乱响。

他朝我跑过来，先捏捏我的耳朵，再拍拍我的肚子。

"小丑，回到村子里去吧！"老人命令他。

"别那么凶嘛！"小丑脸上绽放出狡黠的笑靥，"家乡来了访客，就把老朋友给抛弃啰。主公，不可以这样做啊，这样做会带来灾祸的！记住我的话。"

老人无可奈何地叹了口气。

"你不是要帮忙准备那场大宴会吗？"他问小丑。

这个活泼好动的侏儒，模仿驴子，舒伸四肢做了几个跳跃踹踢的动作。然后他说："您老人家说得对，这种事情可不能大意。"

他往后跃出两三步。

"今天的谈话，就此打住。"他说，"待会儿见！"

说完，他就蹿下山去，回到村子里。

老人在我身旁坐了下来。从山丘上俯瞰村庄，只见一群衣饰华丽缤纷的小矮人，在一栋栋褐色的小木屋间出没、走动。

♣

梅花 7

……人世间最值得珍惜的，莫过于跟心爱的亲人共处的时光……

我阅读小圆面包书，一直读到深夜。第二天清早，我在睡梦中惊醒过来。床头灯依旧亮着。昨天晚上，我手里拿着放大镜和书本，读着读着就呼呼入睡了。

看到爸爸还在睡觉，我松了口气。放大镜躺在我的枕头上，但我却找不到小圆面包书。最后我在床底下找到它，连忙把它藏进裤袋里。

处理停当后，我才爬下床来。

昨晚在书中读到的那些事情是那么的诡秘，一觉醒来，我感到非常焦躁，非常不安。我拉开窗帘，站在窗前。眼前是一片茫茫无际的海水。我没看见其他轮船，只看到几艘小渔船。将近破晓时分，海天交接处出现一道金黄的曙光。

魔幻岛上那些侏儒的事迹，委实过于神秘荒诞，教人怎能相信呢？当然，我也无法确定，我读到的那些事情全是真的，但是，书中对卢德维格和艾伯特在杜尔夫村的生活，描写得却非常真实。

杜尔夫村的金鱼和彩虹汽水，肯定是来自面包师傅汉斯漂流到的那座岛屿……我自己就曾经在杜尔夫村的小面包店，亲眼看见过饲养在缸里的一条金鱼。我没喝过彩虹汽水，但是，老面包师请我喝过一杯有气泡的、滋味像梨子的饮料。他告诉我，有一种饮料比这好喝千百倍……

当然啦，这一切都可能是杜撰的。我没有确凿的证据，证明彩虹汽水真实存在，而小圆面包书描写的那些事迹，也可能纯属子虚乌有。杜尔夫村的面包师傅饲养一条金鱼，装饰他的窗子，并不是一件值得大惊小怪的事，但是，他把一本小书塞进一个圆面包里，送给一个陌生的过路客——这可就有点不寻常了。无论如何，使用那么细小的字体撰写一整本书，毕竟不是一件容易的事，何况，在收到这本书之前，有个神秘的小矮人送我一个放大镜。这未免太巧了吧？我百思不得其解。

然而，今天早晨最让我感到焦躁不安的，倒不是这些技术层面上的细节。让我思潮澎湃、起伏不已的，是另一个完全不同的原因。我突然领悟，生活在地球上的人类，跟魔幻岛上那些浑浑噩噩的侏儒一样，对日常事物的神秘奥妙视若无睹。

我觉得，我们的生活是一桩奇特的冒险。可是，一般人总觉得这个世界"太平凡"，因此一窝蜂去探寻那些"不寻常"的事物，譬如神仙或火星人。这完全是因为我们没体会到，地球本身就是一个大奥秘。我的感觉却完全不同。在我心目中，世界宛如一个奇妙的梦境。世间的万事万物如何契合、如何运作，我一直深感兴趣，也一直试图寻找某种解释。

我站在船舱窗口，望着愈升愈高的旭日和愈来愈亮的天空，忽然觉得全身仿佛脱胎换骨似的，有一种非常新奇的感受，而这种感觉一直持续到今天，不曾消退。

站在窗前，望着海上的日出，我觉得自己变成了一个神奇的生命体，浑身洋溢着活力，然而对自己的真正本质却几乎毫无所知。我晓得，我是居住在银河系一个星球上的生物。我一直意识到这点，因为以我的教养，想漠视这种事情是不可能的，但这是我生平第一次亲身感受到。一股神秘的力量，进入了我身上所有细胞。

我感到自己的身体变成一个奇异的、对我来说全然陌生的东西。我怎么会站在船舱房间里头，想着这些奇怪的事情呢？我的身体怎么会长了皮肤、头发和指甲来呢？更甭提牙齿了！我不明白，珐琅和象牙质的牙齿怎么长在我嘴里，但这些坚硬的东西确实是属于我的呀。一般人只有在看牙齿的时候，才会想到这档子事。

我觉得不可思议，人们活在这个世界上，每天汲汲营营，却从不问一问：我们到底是谁？我们究竟来自何方？地球上的生命，你怎能视若无睹或视为当然呢？

我心中思潮起伏，久久不能平复。想着想着，我觉得又快乐又悲伤。这些思绪也让我感到孤寂，但这种孤寂是美好的。

爸爸突然从睡梦中扯起沙哑的嗓门，发出狮子一般的吼叫声，我听了却很快乐。在爸爸起床之前，我已经领悟，探讨万物固然重要，但人世间最值得珍惜的，莫过于跟心爱的亲人共处的时光。

"你已经起床啦？"爸爸从窗帘底下伸出头来，瞭望碧波万顷的大海上那一轮初升的太阳。

"太阳也起床啦。"我回答。

我们父子俩就这样展开了海上的一天生活。

♣

梅花8

……如果我们的头脑简单到我们可以理解它……

吃早餐的时候，我们父子俩聊起哲学问题。爸爸开玩笑地建议，我们劫持这艘船，然后盘问所有乘客，看看他们之中到底有谁晓得人生的奥秘。

"这是难得的好机会啊！"爸爸说，"这艘船是人类社会的一个缩影。船上一千多个乘客，来自世界各个角落。因缘际会，我们同搭一条船，在大海中航行……"

他伸出手来，指了指餐厅中的客人，继续说："这伙人当中，一定有人晓得一些我们不知道的事情。那么好的一手牌，里头肯定至少有一张是丑角牌！"

"至少有两张。"我看着他说。从爸爸脸上的笑容，我看出他知道我指的是谁。

"我们实在应该把船上所有乘客聚集在一块，一个个询问他们，究竟晓不晓得人是为何而活的，"爸爸说，"回答不出来的人，我们就扔到海里去喂鱼。"

"那些孩子怎么办呢？"我问道。

"他们全都及格，统统通过考试。"

我决定利用早晨的时光，从事一些哲学考察。爸爸在读德文报纸。我在游泳池里泡够后，爬到甲板上坐下来，开始观察周遭的人群。

有些人手里拿着一罐防晒油，一个劲地往自己身上涂抹；有些人捧着一本法文、英文、日文或意大利文的平装书，看得津津有味。其他乘客散坐在甲板上，一面喝啤酒或加冰块的红色饮料，一面起劲地聊天。船上还有一些儿童：年纪比较大的跟成年人坐在一块晒太阳；年纪比较小的在甲板上跑来跑去，不时被其他客人的旅行袋和手杖绊倒；年纪最小的孩子坐在大人膝头上，只管哭闹不停。我看见一个小娃儿依偎在母亲怀里，吮着母亲的乳头。这对母子显得非常自在，就仿佛坐在法国或德国自己家里似的。

这些人到底是谁？来自何处？我最感兴趣的是：船上除了我们父子俩，究竟有没有人也在问这类问题呢？

我坐在甲板上，仔细观察每一个人，看看究竟有没有一个神在操控他们的言行举止。我想，经过密切的审视，我也许能找出一些答案。

我处在一个有利的位置。一旦找到理想的观察目标，我就可以尽情观察他，直到这艘船抵达希腊的帕特拉斯港为止。在某些方面，观察船上的人比观察跑动不停的昆虫或蟑螂，要来得容易。

甲板上的乘客不时舒伸胳臂；有些人从椅子上站起身来，伸伸懒腰踢踢腿。在一分钟里头，一位老先生连续戴上、脱下眼镜四五次。

显然，这些人并没有察觉到自己的行为举止，每一个小动作都是下意识地做出来的。在某些方面，这些动作只是在显示这些人还活着。

我觉得，观察人们眼皮的动作比较有趣。当然，每个人都会眨眼睛，但眨眼的频率却因人而异。看到人们眼睛上那一小块薄薄的皮不断跳动的样子，我心里有一种奇异的感觉。我曾经看见一只鸟儿眨眼。看它的模样，仿佛它体内有某种机制在操控眨眼的动作。现在我发现，船上的人也以同样机械的方式，在眨他们的眼睛。

船上有几个挺着大肚子的德国人，一看见他们，我就想起海象。他们躺在甲板椅子上，头上戴着白色帽子，帽檐压得低低的。一整个早晨，这些德国佬除了打盹，就是在身上擦抹防晒油。爸爸管他们叫"布雷特乌斯特德国人"。我原以为，布雷特乌斯特是德国的一个地名，但爸爸解释说，这些德国佬吃了太多肥油油的腊肠，身材才会那么肥壮，而这种腊肠德文就叫做"布雷特乌斯特"。

我感到好奇，当一个"布雷特乌斯特德国人"躺在甲板上晒太阳时，他心里到底在想些什么。经过仔细的观察，我判断他是在想腊肠，因为实在没有迹象显示他在想别的事情呀。

一整个早晨，我持续进行我的哲学探索。我们父子俩有个协议，今天分头活动，各玩各的。但我得答应爸爸不跳到海里头去。于是我在船头船尾四处游逛，自由自在。

我借用爸爸的望远镜，窥伺船上的一些乘客。这种玩法非常刺激，因为我得时时提防被人逮到。

那天早晨我做的最糟的一件事，是跟踪一个美国女人。这个婆娘非常诡异，让我对人的本质有更深一层的认识。

她站在大厅的一个角落里，回头望望四周，以确定没有人窥探她。我躲在一张沙发后头，避免被她看到。我觉得自己一颗心怦怦乱跳，但我并不害怕，我是为她感到紧张不安。这婆娘到底想干什么呢？

等了半天，我终于看见她打开手提包，拿出一个绿色的化妆袋。袋里有一个镜子，她举起镜子，左照照右瞧瞧，然后开始涂口红。

我直觉地感到，眼前这一幕必然有助于我对人类本质的探讨。但好戏还在后头呢，化完妆后，她对着镜中的自己微笑起来。事情还没完，把镜子塞回化妆袋之前，她竟然举起一只手，朝镜中的自己挥了挥，同时，她眨了眨眼睛，脸上展露出娇媚的笑靥来。

她走出大厅后，我整个人瘫坐在沙发后面。

她为什么向自己挥手？我从哲学的角度思考一番后，断定这个女人是一个怪胎，说不定还是个女丑角呢！她显然察觉到这个事实：我挥手故我存在。从某种角度来看，她其实是两个人——一个是站在大厅涂口红的女人，另一个是向镜中的自己挥手的女人。

我知道，拿活人当实验品不完全合法，因此，观察过这个婆娘之后，我就暂停我的探索。下午在一场桥牌局上相遇时，我径直走过去，用英文问她能不能把丑角牌送给我。

"拿去吧!"她把丑角牌递给我。

从她身边走开时，我伸出一只手朝她挥了挥，同时向她眨一眨眼睛。她大吃一惊，险些儿从椅子上摔下来。她也许感到奇怪，我怎么会晓得她的小秘密。说不定，这会儿坐在美国家里，她心里依旧感到不安哩。

生平第一次，我凭着自己的本事弄到一张丑角牌。

我们父子约好，晚餐前在舱房见面。我只告诉他，今天早晨我在船上做了一些重要的观察，详情则未向他透露。晚餐时，我们聊起人的本质。这段谈话非常有趣。

我说，我们人类真是奇怪的东西，在很多方面非常聪明——连太空和原子都探索了——对自己却了解不深。接着爸爸就说出一句非常有意思的话，至今我还记得清清楚楚。

"如果我们的头脑非常简单，简单到我们可以理解它，那么，我们就会变得非常愚笨，愚笨到我们无法理解我们的头脑。"

这句话让我想了很久。最后我不得不承认，对于我刚才提出的问题，爸爸也只好这么回答。

"其他动物的头脑比我们人类简单得多，"爸爸继续说，"举个例子来说，我们了解蚯蚓的头脑是怎么运作的——至少大体上了解。可是，蚯蚓自己却不了解它的头脑，因为它的头脑太简单。"

"说不定，有个上帝了解我们啊。"我灵机一动。

爸爸从椅子上跳起身来。我不免感到沾沾自喜，以为爸爸是被我的聪明智慧所感动。

"你说得也许没错，"他说，"但这么一来，这个上帝的头脑就太过复杂了，结果他没法子理解他自己。"

他招招手，要侍者给他带一瓶啤酒过来。爸爸继续谈论他的人生哲理，直到啤酒送来。

"有一件事我一直不明白，那就是，爱妮妲为什么要离开我们。"侍者替爸爸倒酒时，爸爸忽然说。

爸爸突然提到我母亲的名字，让我惊讶不已。通常他都称呼她"妈妈"，跟我一样。

爸爸开始喋喋不休谈论妈妈时，我就会感到不耐烦。我跟爸爸一样想念她，但我不喜欢把这事挂在嘴边，跟爸爸一块儿谈论。

"我能够理解外太空的构造，"爸爸说，"却不明白，那个女人为什么突然离家出走，不告而别。"

"也许，那是因为她不了解她自己吧。"我回答。

爸爸不再吭声了，只管默默吃着晚餐。我想爸爸和我都没有把握能在雅典找到妈妈。

晚餐后，我们在船上四处走走。爸爸指着我们遇到的那些船员和干部，向我解释他们袖章上的条纹所代表的意义。不知怎的，他们使我想起扑克牌中的那些牌。

那天晚上，时候已经不早了，爸爸却说他想去酒吧小喝两杯。我不想阻止他。我说，我想回舱房看漫画书。

爸爸以为我想独处一会儿。事实上，我急着打开小圆面包书继续阅读。我想知道，当他们坐在山丘上俯瞰侏儒村时，佛洛德会告诉汉斯什么事情。

不用说，我根本没读那些漫画书。也许，今年夏天我长大了——已经成长到不再想看漫画书了。

经历过今天发生的事情，我终于发现，爸爸并不是我们家中唯一的哲学家。我凭着自己的努力，也开始展露出一点哲学天分啦。

♣

梅花 9

……闪闪发亮，喝起来有点像汽水的甜美果汁……

"幸好我们离开了那里!"颏下蓄着白胡须的老人佛洛德对我说。好一会儿，他只管瞪着眼睛盯着我。

"我真担心，你会对他们讲些不该讲的话。"他把视线从我脸上挪开，伸出手来，指了指山丘下的村庄。然后他又弓起腰背坐回椅子上。

"你没跟他们说什么吧?"他问道。

"对不起，我不太懂你的意思。"我回答。

"唔，难怪你不懂。我问的方式也许不太对。"

我点头表示同意。"那就请你换一种方式问吧，如果有另一种方式的话。"

"当然可以!"他急切地说，"但是，首先你必须回答一个挺重要的问题。你知道今天是几年几月几号吗?"

"我不太清楚，"我坦率告诉这位老人，"大概是十月初……"

"不必告诉我几月几号，告诉我今年是哪一年。"

"1842年。"我回答。渐渐地，我明白这到底是怎么回事了。

老人点点头。

"小伙子，一晃就是整整五十二年啰。"

"您在岛上住了那么多年？"

他又点点头："唔，五十二年。"

一颗泪珠从他眼角夺眶而出，直滚下他的脸颊来。老人并没伸手把它擦掉。

"1790年10月，我们从墨西哥出发，"他开始诉说起来，"在海上航行了几天后，我们那艘双桅帆船忽然出事，沉没到海底。船上的水手全都遇难，只有我抓住几块坚实的木板，一路漂流到岸上……"

老人陷入沉思中。

我告诉他，我也是因为一场海难才漂流到岛上来的。老人难过地点点头，说道："你把这个地方看成一座'岛'，我也管它叫'岛'，但我们能确定这真是一座岛屿吗？小伙子，我在这儿住了五十多年，每一个角落都去过，就是一直找不到海岸。"

"看来这座岛还不小啊。"我说。

"这么大的岛，怎么没画在地图上呢？"

老人抬头望着我。

"当然，我们可能被困在美洲或非洲某个地方，"我说，"我们很难确定，海难发生后，我们到底跟随洋流在海上漂流了多久，才被冲到岸上来。"

老人绝望地摇摇头。"小伙子啊，在美洲和非洲你总会看到'人'啊。"

"可是，如果这个地方既不是一座岛屿，又不是一个大洲，那它到底是什么所在呢？"

"挺奇特的一个所在……"老人含糊地说。

他又陷入沉思中，好一会儿只管静静坐着。

"那群侏儒……"我问道，"让你感到不安？"

老人没有直接回答我，却反问道："你真的来自外面的世界？你真的不是他们那一伙人？"

我是他们那一伙？看来老人真的害怕那群侏儒。

"我是在汉堡上船当水手的。"我告诉老人。

"真的？我是从卢比克来的……"

"我也是呀。我在汉堡上船当水手，那是一艘挪威籍轮船，但我老家在卢比克。"

"当真？其他事情你暂时别说，先告诉我，在我离家这五十年间，欧洲发生了什么大事？"

我把自己知道的都告诉老人。那些年，欧洲最重大的事件就是拿破仑发动的战争。我告诉他，1806年，卢比克全城被法军洗劫一空。

"1812年，我出生后的第一年，拿破仑挥军进入俄罗斯。"我说，"结果仓皇撤退，损失惨重。1813年，在莱比锡一场大战中，他吃了败仗。拿破仑退到厄尔巴岛，建立他的小王国，可是几年后他又卷土重来，再建法兰西帝国。这回他在滑铁卢被击垮。最后，他被流放到非洲西海岸外的圣赫勒拿岛，度过余生。"

老人专注地听着。"至少他看得见大海。"老人喃喃自语。

看样子，他试图把我告诉他的这些事情拼凑起来，组成一段完整的历史。

"听起来好像一个冒险故事嘛。"老人听完我的讲述，沉默了一会儿才说，"这就是我离家后的欧洲历史！跟我想象的大不相同！"

我同意老人的看法：历史像是一则讲不完的童话故事，唯一的差别在于历史记录事实。

太阳即将沉落到西山后，山脚下整个村庄陷入一片阴影中。侏儒们穿着五彩缤纷的衣裳，在街上晃荡闲逛。

我伸出手臂，指着这群小矮人。"你老人家打算告诉我他们的事吗？"我问老人。

"当然，"老人说，"我会告诉你一切，但你得先答应我，今天晚上我告诉你的话，不会传到他们耳朵里。"

我连忙点头答应，于是佛洛德开始讲述他的故事。

"那时我在船上当水手。我们那艘西班牙籍双桅帆船，运载一大批银货，从墨西哥维拉克路士港出发，准备开往西班牙的加的斯。天气十分晴朗，风平浪静，可是说也奇怪，出航后几天我们就遭遇海难。当时海上没有风，我们的船漂流在波多黎各和百慕大之间的海域。当然，我们都听说过，这一带的海面常发生奇怪的事，但我们都没把它当真，以为它只是老水手的迷信。一天早晨，我们的船正航行在平静的海面上。船突然凌空而起，仿佛有一只巨大的手把它揪起来，像螺丝锥那样旋转它。几秒钟后，我们又被抛落到海面。每个人都被整得七荤八素，遍体鳞伤。船货开始移位，大量的海水涌进船舱。

"我漂流到岸上，捡回了性命。那片小沙滩，我已经没什么印象了，因为一上岸我就往岛内走去。游逛了几个星期后，我在这儿落脚，定居下来。此后这里便是我的家。

"日子过得还可以。这个地方生长着马铃薯和玉蜀黍，也有苹果和香蕉。还有一些水果和植物，是我从没见过或听说的。我日常的主食是浆果、环根和禾草。我得替岛上每一种奇异的植物取个名字。

"过了几年，我终于驯服岛上的六足怪兽。每隔一段时间，我就杀一只六足怪兽来吃。它们的肉很瘦、很嫩，味道有点像我在德国老家过圣诞节吃的野猪肉。日子一年一年过去。我采集岛上的药草，治疗身上的各种病痛。我也学会调配各种饮料，用来提神醒脑、舒畅身心。待会儿你就知道，我常喝一种叫'凝灰岩汁'的饮料。它是用棕榈树的根熬煮成的，味道有点苦——这种树生长在多孔的凝灰岩上，所以又叫凝灰岩棕榈。困倦时，这种饮料会让我清醒，精神百倍；失眠时，它会让我呼呼入睡，一觉到天明。它挺好喝，对身体毫无害处。

　　"我也调制一种叫'彩虹汽水'的饮料，喝了对整个身心都有莫大的好处，但会产生严重的后遗症，凶险无比，幸好市面上买不到它，否则后果就不堪设想啰。这种饮料，是我利用普普玫瑰的花蜜酿制成的。普普玫瑰是岛上的特产，树身矮小，开满猩红的小花。我不必把花摘下来，也不需亲自动手采集花蜜。这个工作有蜜蜂代劳。告诉你啊，这儿的蜜蜂，体形比咱们德国老家的鸟儿还大呢。它们在树身上筑巢，把采集到的花蜜贮藏在那儿。需要花蜜时，我就伸手到树洞中捞取。

　　"我从岛上的彩虹河汲取河水——我屋里的金鱼就是在那儿捕捉的——跟普普玫瑰花蜜掺在一块，调配出一种闪闪发亮、喝起来有点像汽水的甜美果汁。所以，我就干脆管它叫汽水啦。

　　"彩虹汽水最美妙的地方是它的特殊风味。它让你尝到的不光是一种滋味，而是人世间各种各样的滋味。这些滋味同时侵袭你身上的每一个感觉器官。更妙的是喝这种饮料时，不但你的嘴巴和喉咙尝到它的滋味，连你身上的每一个细胞都尝到。小伙子，我可得提醒你啊，像这样美妙的饮料绝不可以一口喝光——你得一小口一小口慢慢地喝。"

老人歇口气，继续说："彩虹汽水调制成功后，我天天都喝几杯。起初，它让我感觉到身心畅快，可是过了一阵子，我开始丧失空间感和时间意识。我会突然在岛上某处'醒'过来，却记不得自己是怎么到那儿的。一连好几天，甚至好几个星期，我会在岛上各处游荡，找不到回家的路。有时，我连自己是谁、从何处来都记不得了。感觉上，周遭的所有东西都是我身体的一部分。开始时，我感到四肢有一种瘙痒刺痛的感觉，渐渐地，这种感觉蔓延到我的头脑，最后竟然啃食起我的心灵来。幸好，趁着还来得及之前，我毅然戒掉了喝彩虹汽水的瘾。现在喝这种饮料的，只有岛上的其他居民。个中原因，我很快就会告诉你。"

我坐在木屋门口的板凳上，一面聆听老人佛洛德的诉说，一面俯瞰山脚下的小村庄。天色渐渐昏暗下来。村中的侏儒们开始点亮屋外的油灯。

"天气有点冷了。"佛洛德说。

他站起身来，打开木屋的门，带我进入一间小小的厅堂。屋里的陈设和家具显示，佛洛德的生活必需品都是就地取材，自己动手制造的。屋里找不到金属制品，每一样东西都是用黏土、木材或石头做成。唯一具有文明色彩的日用品，是玻璃制成的油灯和杯盘碗碟。厅堂四周摆着几个大玻璃缸，里头饲养着金鱼。木屋墙上的瞭望孔，装设着一扇扇玻璃窗。

"我父亲是玻璃工厂的师傅。"老人仿佛看出我心中的疑惑，赶忙向我解释，"到海上讨生活之前，我学会了吹制玻璃器皿的本事，没想到却在这儿派上用场。在岛上住了一阵子后，我开始将不同种类的沙掺糅在一块，放进防火石头砌成的炉子里，炼制成上好的玻璃。这种防火石头，是我在村外的山上找到的。"

"我已经参观过岛上的玻璃工厂。"我说。

老人转过身来盯着我，焦急地问道："你没告诉她们什么吧？"

一整个晚上，他老是警告我别告诉侏儒们"任何事"，我不太明白他指的是什么。

"我只向她们问路而已。"我回答。

"这就对了！坐下来喝一杯凝灰岩汁吧。"

我们在桌旁两张板凳上坐下来——桌子是用一种我从没见过的黑木树做成的。佛洛德拿起一只玻璃壶，把一种褐色饮料倒进两个玻璃杯中，然后举起手来，点亮悬吊在天花板下的一盏油灯。

我接过杯子，战战兢兢啜了一口，味道既像椰子汁又像柠檬水。吞下第一口之后，那股苦涩的滋味好久好久留存在我嘴巴里。

"觉得怎么样？"老人急切地问我，"你可是第一个喝到这种饮料的欧洲访客啊。"

我说，这玩意还挺清凉解渴的，味道也还不错。这倒是真心话。

"好极了！"他说，"现在，我得告诉你岛上这群小矮人的故事了。小伙子，你急着想知道他们的来历，对不对啊？"

我点点头，于是老人佛洛德继续讲述他在岛上的经历。

♣

梅花 10

……一个东西怎么会无中生有，突然冒出来……

我把小圆面包书放到床边桌子上，开始在舱房中踱起方步来，一面走，一面思索着刚才在书中读到的事情。

佛洛德在魔幻岛上度过漫长的五十二个年头，然后，有一天他遇到一群成天打瞌睡的小矮人。难道说，佛洛德漂流到岛上多年后，这群侏儒才突然抵达？

不管怎样，把吹制玻璃器皿的技术传授给方块侏儒的人，一定就是佛洛德。显然，他也教导梅花侏儒耕种、红心侏儒焙制面包、黑桃侏儒做木工。可是，这些奇特的小矮人到底是谁呢？

我知道，只消打开小圆面包书再往下看就会找到答案，可是，舱房里现在只有我孤零零一个人，我实在没有勇气再打开那本书。

我拉开窗帘，突然与窗外一张细小的脸孔打了个照面。竟然又是那个侏儒！他站在窗外走道上，张开嘴巴愣愣瞪着我。

窗里窗外，两人互瞪了几秒钟后，他发现自己行藏败露，立刻拔脚就溜，转眼消失无踪。

我吓得整个人都僵住了。呆了一会儿；我伸出手来拉上窗帘，然后扑到床上放声大哭。

其实，我大可以冲出舱房，跑到酒吧去找爸爸，可是当时我并没有想到这点。我吓得什么事都不敢做，只敢把脸儿埋藏到枕头下，一个劲打着哆嗦。

我躺在床上不知哭了多久。爸爸一定在走廊上听见我号哭的声音，他推开房门，冲了进来。

"汉斯·汤玛士，你到底怎么啦?"

爸爸把我的身子翻转过来，然后伸出两根手指头，翻开我的眼皮。

"那个侏儒……"我一边啜泣一边说，"我看见那个侏儒站在窗口……他就站在那儿……直直瞪着我。"

爸爸原以为发生了什么了不得的大事，听我这么一说，他立刻甩开我，自顾自在舱房中踱起方步来。

"汉斯·汤玛士，你在胡扯些什么呀! 这艘船上根本就没有侏儒。"

"我亲眼看见他。"我斩钉截铁地说。

"你看到的只不过是一个身材矮小的人。"爸爸说。

费了好一番唇舌，爸爸总算把我安抚住。我答应不再提这件事，但要求爸爸承诺，明天这艘船抵达希腊帕特拉斯港之前，他一定要问水手，船上究竟有没有一个侏儒乘客。

"你是不是觉得，咱们谈论哲学问题谈得太多了?"爸爸问道，我还是一个劲抽抽噎噎地吸着鼻涕。

我摇摇头。

"现在最要紧的是在雅典找到妈妈，"爸爸说，"然后再慢慢去探讨人生的其他谜团，没有人会跑来跟我们抢夺哲学问题的。"

爸爸低下头来盯着我。"探究人的本质和宇宙的来源，可是一个非常非常不寻常的嗜好啊！这艘船上，可能只有咱们父子探索这种问题呢。对这种问题有兴趣的人，散居世界各地，没有机会组成一个团体。"

我终于停止哭泣。爸爸打开酒瓶，在杯中倒进少许威士忌，掺些水，然后递到我手里。

"喝吧，汉斯·汤玛士，它能让你一觉睡到天亮。"

我喝下两三口，原来酒的滋味那么糟！我不明白，爸爸为什么天天都要喝上几杯。

爸爸准备就寝时，我掏出那张向美国婆娘讨来的丑角牌，递到爸爸手里。

"送给你。"我说。

爸爸把那张牌接过来，仔细瞧一瞧。这虽是一张挺普通的扑克牌，但却是我替爸爸弄来的第一张。

为了表示他的谢意，爸爸特地为我表演一招扑克魔术。他打开旅行袋，拿出一副扑克牌，把我送他的丑角牌插进里头，混在一块，然后将整副牌放在床边桌子上。突然，他伸手往空中一抓，把那张丑角牌抓了下来。

我明明看到他把那张丑角牌插进整副牌里头呀，莫非他把牌藏在衣袖里？但这又是怎么办到的呢？

我不明白，一个东西怎么会无中生有，突然冒出来。

爸爸信守承诺。第二天，他果然去询问船员，这艘船上到底有没有侏儒乘客。答案是否定的。这正是我最担心的状况：那个侏儒一定是偷渡客，这会儿正藏匿在船上。

♣

梅花 J

……五十三张牌全部爬出了我的心灵……

　　我们决定不在船上吃早餐，等抵达目的地帕特拉斯港再说。爸爸把闹钟拨到七点，比抵达时间早一个钟头，但我六点钟就醒了。

　　眼睛一睁开，我就看见床边桌子上摆着的放大镜和小圆面包书。昨天晚上，那张狡黠的小脸孔出现在窗口时，我忘记把放大镜和书收藏起来。幸好，爸爸没发现。

　　爸爸还在睡觉。醒来后，我心里一直记挂着，佛洛德答应告诉汉斯岛上那群侏儒的故事。于是，我趁着爸爸还没翻身（醒来前他习惯在床上翻滚一阵），悄悄打开小圆面包书，继续读下去。

　　"船在海上航行时，我们水手成天聚在一起玩牌。我口袋里总是放着一副扑克牌。海难发生后，我漂流到这座岛屿，身上啥都没有，只有一副法国出的扑克牌。到岛上后头几年，每回我感到寂寞，就会掏出扑克牌玩一局单人牌戏。扑克牌上印着的图像，是我在岛上唯一看得到的图画。我玩的不单单是在德国老家和在船上学会的单人牌戏。利用这五十二张牌——加上消磨不完的时间——不久我就想出无数新花样，发明各种玩单人牌戏的新技巧。过了一阵子，我开始赋予每一张牌不同的个性特征。我开始把它们看成四个不同家族的成员。'梅花'这一组，皮肤深褐，身材矮壮，头发浓密鬈曲。'方块'这一组，个子苗条纤细些，举止也比较优雅。他们的皮肤晶莹洁白，银发直直从头顶垂下。至于'红心'这一组，简单地说，他们比其他任何一组都要热情开朗。说到'黑桃'，这一组——我的妈呀！他们的身材十分挺拔结实，皮肤苍白，头发稀薄黝黑，一双黑眼睛有如利刃一般锐利，脸上表情森冷严肃。

"不久之后，每回玩单人牌戏时，扑克牌上的'人物'，就会在我眼前显现。感觉上，每打出一张牌，一个精灵就会从魔瓶里蹦出来似的。精灵，没错——牌上的四大家族，不但容貌不同，个性气质也有很大的差异。'梅花'这个家族，比起含蓄、敏感的'方块'家族，举止显得比较呆滞、僵硬。跟脾气刚猛暴躁的'黑桃'相比，'红心'就显得亲切、开朗得多。每一个家族中的成员，个性也不尽相同。'方块'都很敏感，容易受到伤害，但只有'方块3'动不动就放声大哭。'黑桃'的脾气都有点急躁，其中性情最暴戾的要算'黑桃10'。就这样，我创造出五十二个隐形人物，跟我一块居住在岛上。后来，数目变成五十三个，因为扑克牌中那张原本没用的丑角牌，后来也开始扮演重要的角色。"

"到底扮演什么角色呢？"听到这儿，我插嘴问道。

"在岛上独居的孤寂，我不知道你能不能想象得出来。这座岛屿寂静得吓人。我常遇到各种动物，有时半夜会给猫头鹰和六足怪兽吵醒，但却没有一个说话的对象。在岛上度过几天后，我开始自言自语。几个月后，我开始跟扑克牌说话。我把五十二张牌摊在地上，绕着我围成一个大圆圈。我假装他们是有血有肉的真人，就像我一样。有时，我会拿起一张牌，跟他聊个没完没了。

"在我天天把玩下，整副牌变得破旧不堪。太阳的曝晒使牌上的颜色逐渐消退，到后来连图案也看不清楚了。我把支离破碎的整副牌收藏进一个小木箱里，直到今天还保存着。牌上的'人物'却存活在我的心灵中。我可以在脑子里玩单人牌戏，我不再需要真实的牌。那种感觉，就像一个人用算盘用了一辈子，突然有一天发现，不用算盘也能计算数目。你不用任何计算器具，也能算出'六加七等于十三'。就这样，我每天继续跟我的隐形朋友说话。渐渐地，他们开始回应我——在我的脑子里。我睡觉的时候，他们的回应最清楚、最鲜明，我们就像一个小社会。在我的梦境里，这些人物爱说什么就说什么，爱做什么就做什么，自由自在无拘无束。因此，每到夜晚，我就不会像白天那样孤单。这五十二张牌渐渐形成各自的性情和个性。他们生活在我的潜意识里，分别扮演国王、王后和百姓的角色，有血有肉一如真实的人类。

"我跟其中几张牌建立起比较深厚的友情。开始的时候，我经常跟'梅花J'聊天，一聊总是个把钟头。我也喜欢和'黑桃10'开玩笑，只是这家伙脾气有点暴躁，不太好惹。有一阵子，我偷偷爱上'红心幺'。岛上生活实在寂寞，我忍不住爱上自己创造出的女人。她的倩影，时时刻刻浮现在我脑海中。她总是穿着一袭黄衣裳，满头金发披在肩上，眼眸有如宝石一般翠绿。在岛上我日日夜夜思念一个女孩。她名叫史蒂妮，是我在德国老家的未婚妻。可怜，她的情郎失落在大海中。"

说到这儿，老人佛洛德抚摸起胡子来。好一会儿，他只管静静坐着，不再吭声。

"小伙子，夜深啰，"老人终于开腔，"你遭遇海难后还没好好休息呢，一定很疲累了吧？我的故事，明天再继续讲下去，好不好？"

"不累，不累，"我央求他，"我现在就想听完。"

"好吧！反正在参加'丑角之宴'之前，我必须把所有事情告诉你。"

"丑角之宴？"

"对，丑角之宴！"

老人站起身来，穿过厅堂往屋子后面走去。"你一定饿了吧？"他问道。

我点点头。老人走进一间小厨房，端出好几盘食物来。盘子是玻璃做的，十分美丽亮眼。他把食物放在我们之间的桌面上。

我原本以为岛上的食物一定很简单、粗糙，没想到佛洛德首先端出的，竟是一盘吐司和小圆面包，接着是一盘各种不同的奶酪和法国式小面饼。然后，他又捧出一只壶，里头装着晶莹洁白的液体——我猜那一定是六足怪兽的乳汁。餐后甜点是装在一个大碗里的十多种水果，其中有我认得的，比如苹果、橘子和香蕉，其他是岛上的特产。

在佛洛德继续他的故事之前，我们先饱餐了一顿。这儿的面包和奶酪，尝起来跟我以前吃的不太一样。六足怪兽的奶汁也比牛奶甘甜得多。最让我的味觉震惊的是那盘水果，有些水果的滋味，跟我以前尝过的水果是那么的不同，我只有惊叹连连的份儿。

"我生活在这座岛上，从不缺食物。"老人说。

他拿过一颗大小跟南瓜差不多的圆形果子，切下一片。果肉是黄色的，非常柔软，有点像香蕉。

"一天早晨，事情发生了，"佛洛德继续讲述他在魔幻岛上的经历，"那天晚上我做的梦特别清晰。我一早起床，走出小木屋。草地上的露水还没消散，太阳正从山后升上来。突然，两个人的身影出现在东边山丘上，一步一步朝着我走过来。我还以为岛上终于来了访客，兴奋之余，不假思索就迎上前去。一走近他们，我吓了一大跳，整个人顿时呆住了。原来这两个人是扑克牌中的'梅花J'和'红心K'！

"我一时不敢相信自己的眼睛。我想我大概还在睡梦中吧，可是，我明明已经醒来了呀。这种事情倒是常常发生在梦境中。是梦是真，仓猝间我也无法确定。

"这两个人一看见我，竟然熟稔地打起招呼来，就像遇见老朋友那样。其实，从某种角度来看，我们也可以算是老朋友了。

"红心K对我说：'早啊，佛洛德，今天早上天气挺好的啊。'除了我自己说的话之外，这是我在岛上听到的第一句人话。

"梅花J跟着说：'今天，我们打算做一件有意义的事情。'身为国王的红心K说：'我下令兴建一间新的木屋。'

"我们真的立刻动工。头两天晚上，他们两位住在我那间小木屋里，跟我一块过夜。山脚下那间新房子落成后，他们就搬过去住。

"在各方面，他们都跟我站在平等的地位，只有一个例外——非常重要的例外。他们从不曾察觉到，我居住在岛上的时间比他们长。不知怎么，他们总是不愿意面对一个事实，那就是：他们只不过是我在脑子里创造出来的东西。当然，我们人类的思维都是这样子。我们的心灵产物不会进行自我检验。不过，我的脑子创造的这些人物，却不同于一般的思维产物。他们遵循一个神秘的、无法解释的途径，从我脑子里的创造空间，进入外在的具体世界，跟我们人类一样生活在天空下。"

"那……那怎么可能！"我听得目瞪口呆。

佛洛德不理会我的质疑，一口气说下去。

"其他纸牌人物陆续出现。最让我讶异的是，新人来到时，旧人从不排斥他，就像两个人在花园相遇那样，没啥了不起。这些侏儒一见面就熟稔得不得了，聊个没完，仿佛结识了很多年似的。从某些方面来说，他们确实是老朋友。他们在岛上共同生活了多年，因为我在晚上做梦、白天幻想时，常常让他们聚在一块聊天。

"有一天下午，我在山脚下的林子里砍柴，第一次遇见'红心幺'。我猜，她在那副扑克牌中的位置大概是在中间。我的意思是说，她不是第一批被发出的牌，也不是最后一批。

"最初她并没看到我，只顾一个人在林子里闲逛，嘴里哼着一首优美动人的曲子。我停下手里的活儿，倾听她唱的歌，听着听着眼泪忍不住夺眶而出。我想起我的未婚妻史蒂妮。

"犹豫了好一会儿，我终于鼓起勇气，悄声呼唤她：'红心幺！'她抬起头来看了看我，然后朝我走过来，伸出两只胳膊揽住我的脖子，柔声说：'佛洛德，谢谢你来找我。没有你，我的日子要怎么过呢？'

"这个问题问得很中肯。没有我，这个世界根本就不会有她这个人。但她不知道这个事实，而我决不能告诉她。

"红心幺的嘴唇是那么的红润、那么的柔软，我恨不得好好亲一亲她，但不知怎的我却忍住了。

"新来的人日渐增多，岛上的人烟愈来愈稠密。我们建造一间又一间新房子容纳他们。不久，一个崭新的村庄在我屋子周围形成了。我不再感到孤寂。我们创造了一个社会，每一个成员都有专司的职务。早在三四十年前，这个纸牌社会就完成了，成员总共是五十二人。只有一个人是例外。丑角最后才加入。十六七年前，他第一次出现在岛上。他专门制造麻烦。丑角的出现，破坏了我们这个新村庄宁静祥和的田园气氛。这件事，以后再告诉你吧。汉斯，明天又是一个新的日子啰。岛上的生活让我领悟到一件事：我们永远有明天、永远有新的日子。"

佛洛德告诉我的这些事，实在太不可思议了。那天晚上他说的话，至今我一字一句记得清清楚楚。

五十三个梦境中的人物，怎会一下子跳进现实世界，变成有血有肉、活生生的"人"？

"不……不可能！"我口口声声说。

佛洛德点点头说："短短几年间，那五十三张牌就全部爬出了我的心灵，跳到我居住的这座岛屿上。可是，究竟是他们进入现实世界呢，还是我沉陷进了幻想中？这个问题我一直在思索。尽管我跟这些朋友共同生活了很多年——我们一起盖房子、耕田、准备食物，但我无时无刻不在怀疑，周遭这些'人'是真的吗？我是不是已经进入幻想的永恒世界？我是不是已经迷失了——不单迷失在一座岛屿上，而且也迷失在自己的想象中？果真如此，那我能不能找到回归现实世界的路呢？这些疑问一直萦绕在我心头。

"直到我看见'方块J'把你带到村中的水井旁，我才敢确定，我在这儿的生活是真实的。你并不是那副扑克牌中一张新的丑角牌，对不对，汉斯？你并不是我梦境中的人物，对不对？"

老人佛洛德抬起头来盯着我，满脸哀怜。

"不是！"我立刻回答，"我并不是你梦见的人物。我们不妨把问题倒转过来看：做梦的如果不是你，那肯定就是我了。这么一来，我就是那个正在梦见你告诉我的那些怪事的人。"

爸爸突然在床上翻个身。我赶紧跳下床来，穿上牛仔裤，把小圆面包书塞进口袋里。

幸好，爸爸并没马上醒过来。我走到窗口，站在窗帘后面。陆地出现在我眼前，但我没心思观赏，我的心在另一个完全不同的时空。

佛洛德告诉汉斯的那些事，如果都是真实的，那么，我在书中看到的肯定是世界上最了不起的扑克牌把戏。无中生有变出一整副牌，这已经够令人咋舌的了，而佛洛德这老头，居然能让五十二张牌全都变成活生生的人——这可不是魔术，真是太离奇太不可思议了。

从那时起，我就对小圆面包书中讲述的一切持怀疑的态度。但是，我也开始用新的眼光看待这个世界。在我心目中，整个世界和里头生活的所有人，只不过是一场大规模的魔术表演。

可是，如果这个世界真是一场魔术表演，它背后一定有个伟大的魔术师。我希望，有一天我能把他或她揪出来；但是，如果魔术师从不出现在舞台上，你又怎能拆穿他的把戏呢？

爸爸从窗帘下探出头去，一看到希腊海岸，他就兴奋得手舞足蹈起来。

"我们马上就要抵达哲学家的故乡了！"他宣称。

♣

梅花 Q

……谁受到最大的惊吓——是亚当呢？还是上帝？……

我们把车子开到岸上，行驶在希腊南部的伯罗奔尼撒半岛时，爸爸做的第一件事情，就是买一本他姑妈在克里特岛买过的妇女杂志。

在繁忙的港口附近一家户外餐馆，我们停下车子，进去吃早餐。在侍者端来咖啡、果汁和涂上薄薄一层果酱的干面包之前，爸爸开始翻看那本杂志。

"哇，不像话嘛！"他突然惊叫起来。

爸爸把杂志举到我面前，让我看看那幅横跨两页的大照片。照片中的妈妈，虽然并非一丝不挂——就像爸爸在维罗纳买的那副扑克牌上的裸女——但也穿得挺凉快的。她那身单薄的衣装，可不是故意炫露身材，而是在替一家泳装厂商促销产品。

"我们也许会在雅典找到她，"爸爸说，"可是，要把她带回家去，可就不容易啰。"

照片下面印着的几行字是希腊文，连爸爸这个通晓多种语言的老水手，也看得一头雾水。面对希腊文那一套特殊的字母——希腊人不屑使用欧洲通行的罗马字母——爸爸只有干瞪眼的份儿。

早餐送来了，但爸爸连喝一口咖啡的心情都没有。他捧着那本杂志，游走在餐馆中，逐桌询问那些希腊顾客，有没有人懂得英文或德文。结果他找上一群青少年。爸爸摊开杂志，让他们瞧瞧我妈妈的跨页照片，然后请他们翻译下面那几行小字。那帮小伙子转过头来瞄瞄我，让我觉得羞死了，恨不得找个地洞钻进去。我只希望爸爸克制自己，千万别跟他们争论挪威妇女不守妇道的事。

爸爸抄下那家雅典广告公司的名称和地址，回到我们这一桌来。

"天气愈来愈热。"爸爸说。

杂志里头还有其他女人的照片，但爸爸只对妈妈那一幅有兴趣。他小心翼翼把它撕下来，然后将整本杂志扔进垃圾桶——就像抽出丑角牌，然后把整副簇新的扑克牌扔掉一样。

去雅典最快捷的路线是沿着科林斯湾南岸，穿过有名的科林斯运河。然而，只要有机会绕道观看景致，爸爸就不会采取最快捷的路线。

事实上，他想去探访太阳神阿波罗的神殿，问一问神谕。这样一来我们就得搭乘渡轮，穿过科林斯湾，然后开车沿着科林斯湾北岸，前往神殿所在地德尔菲古城。

搭乘渡轮横渡科林斯湾，只花了半个钟头。我们开车上岸，行驶了约莫二十里，来到一个名叫瑙帕克托斯的小镇。在城中广场上，我们停车休息，一面喝咖啡和汽水，一面观赏山脚下的那座威尼斯式堡垒。

我心里难免会想，当我们父子在雅典找到妈妈时，那会是怎样的一个场面，但此刻我更关心的是小圆面包书中发生的事情。我苦苦思索，想找出一个两全其美的法子，既能跟爸爸谈谈我心里的一些疑惑，却又不让他知道小圆面包书的秘密。

爸爸向侍者招招手，准备买单。我赶紧趁这个空当问道："爸爸，你相信上帝吗？"

爸爸愣了愣："你不觉得，一大早提这档子事，不太恰当吗？"

这点我同意，但爸爸根本就不知道，今天清晨他远在梦乡时，我神游到了什么地方。他知道就好了。他只会坐在那儿，挖空心思讲一些俏皮话，偶尔拿出一副扑克牌，变变戏法耍耍宝，而我却曾经看见整副牌在光天化日之下四处走动，如同一群有血有肉、活生生的人类。

"如果上帝真的存在，"我说，"那么，他现在一定在跟他所创造的人类大捉迷藏。"

爸爸哈哈大笑，显然他完全同意我这个看法。

"也许，当他看到他创造出来的人类时，他吓坏了，"爸爸说，"于是，他拔腿就溜，离开这个世界。我们实在很难断定，到底谁受到最大的惊吓——是亚当呢？还是上帝？我倒觉得，这样的一种创造把双方都吓坏了。可是，在开溜之前，上帝至少应该在他的杰作上，签下他的大名呀。"

"怎么个签法呢？"我问道。

"很简单！他只消把他的大名刻在一座峡谷或一座山什么的，就可以了。"

"这么说来，你是相信上帝的啰？"

"我可没那么说啊。我倒曾经说过，上帝坐在天堂上嘲笑我们，因为我们不信服他。"

我心里想：没错，我爸爸在汉堡时，嘴边老是挂着这句话。

"他虽然没留下名片，却留下了整个世界，"爸爸说，"这蛮公平的嘛。"

爸爸思索好一会儿，接着说："有一回，俄国一个太空人和一位脑部外科医生聚在一块儿，讨论基督教。外科医生是基督徒，而太空人并不信上帝。太空人傲慢地说：'我去过外太空好几次，从来没看见过天使。'外科医生立刻反唇相讥：'我切开过很多自命聪明的人的头脑，发现里面空空如也。'"

我听得呆了："爸爸，这是你临时编造出来的故事吧?"

他摇摇头："这是我在艾伦达尔的哲学老师常讲的一个老笑话。"

为了取得一张证书，证明他是哲学家，爸爸曾经到"开放大学"选修"哲学概论"这门课。他把有关的书籍都读光了，但意犹未尽，去年秋天特地到艾伦达尔护理学校，旁听他们的哲学史课程。

光是坐在教室聆听"教授"讲课，爸爸觉得学不到什么东西，于是，他就把老师请到我们在希索伊岛上的家。爸爸说："我总不能把老师扔在旅馆呀。"我因此有缘结识这位教授。这位先生话匣子一打开，便没完没了。跟我爸爸一样，他成天思考漫无边际的哲学问题。唯一不同的是："教授"是个虚张声势的知识分子，而我爸爸是个虚张声势的老粗。

这会儿，爸爸坐在广场上，眯起眼睛俯瞰着山脚下那座威尼斯式堡垒。

"汉斯·汤玛士，上帝已经死了，谋杀他的人是我们。"

这话听到我耳朵里，有如石破天惊。我内心受到太大的震动，一时答不出话来。我们驱车离开科林斯湾，爬上山坡，驶往德尔菲古城，路上穿过一丛又一丛橄榄树。我们原本可以当天赶到雅典，但爸爸坚持，路过德尔菲时，一定要停下车子，恭恭敬敬参拜这座古老的神殿。

日中时分，我们来到德尔菲，住进一家俯瞰科林斯湾美丽景色的旅馆。城里客店很多，但爸爸特意挑选了这家可以瞭望大海、视野十分壮阔的旅馆。

在旅馆安顿下来后，我们漫步穿过这座古城，前往东郊两三里外的著名神殿。废墟在望时，爸爸开始滔滔不绝议论起来。

"古时候，人们一有疑难，就会前来这儿征询阿波罗的神谕。什么事情都可以问——结婚的对象啦、旅行的目的地啦、大军开拔的时辰啦、历法的调整啦……"

"神谕到底是什么呢?"我忍不住问道。

爸爸告诉我，有一回天神宙斯差遣两只老鹰，分头从地球的两端出发，飞向地球的中点。结果它们在德尔菲相遇。于是，希腊人就宣布这个地方是世界的中心。阿波罗来到德尔菲，定居在这儿之前，他必须先诛杀恶龙皮松——所以，阿波罗的女祭司就叫做琵西雅。恶龙死后化身为一条巨蟒，日日夜夜随侍在阿波罗身旁。

坦白说，爸爸讲的这个故事，我听不太懂，而且他一直没有告诉我神谕究竟是什么，但这时我们已经来到神殿入口处。神殿坐落在帕纳索斯山山脚下的一个幽谷里。据说，赋予人类创作力量的缪斯女神就住在这座山上。

进入神殿之前，爸爸一定要我陪他到山门前，喝一口那儿的圣泉泉水。他声称，踏进圣地之前，每个人都得先洗涤一番。他还说，喝了圣泉水，你身上就会产生智慧力量，作起诗来灵感泉涌不绝。

进入神殿后，爸爸买了一幅显示神殿两千年前模样的地图。我们确实需要这张图，因为今天的神殿只是一堆乱七八糟的废墟。

我们先到古城的金库遗迹逛一逛。以前，人们前来这儿咨询阿波罗的神谕，必须带一件珍贵的礼物。为了收藏这批珍宝，历代政府兴建了一座座金库。

进入阿波罗神殿后，爸爸才正面回答我，神谕究竟是什么玩意。

"你现在看到的，是阿波罗神殿的遗迹，"他开始解释，"神殿里面有一块刻字的石头，叫做'中堂'，因为在希腊人心目中，这座神殿是世界的'肚脐'。他们也相信，阿波罗就住在神殿里头——每年至少住一段日子——而希腊人心里一有疑难，随时可以前来咨询他。阿波罗通过女祭司琵西雅发出神谕。琵西雅坐在殿中一张三脚凳上，地面有个缝隙，散发出一种具有催眠作用的气体，让琵西雅陷入恍惚状态，成为阿波罗的代言人。前来德尔菲请求神谕的人，向男祭司提出问题，由他们转达给琵西雅。她的回答通常都非常隐晦暧昧，必须经由祭司诠释。就这样，希腊人运用阿波罗的智慧解决个人疑难、处理邦国大事，因为阿波罗通晓一切，洞悉未来。"

"我们要问阿波罗什么呢？"

"问他，我们能不能在雅典找到爱妮妲，"爸爸说，"你充当提出问题的男祭司，我扮演传达阿波罗谕旨的女祭司琵西雅。"

爸爸在阿波罗神殿废墟前坐下来，开始摇晃他的头颅、挥舞他的手臂，模样儿活像个突然癫狂的疯子，把一群法国和德国游客吓了一大跳，连连倒退好几步。

我恭恭谨谨问道："我们能在雅典找到爱妮妲吗？"

显然，爸爸正等着阿波罗的神灵附身。阿罗波终于开示："来自远方的小伙子……邂逅美丽的女郎……相会古老的神庙……"

传达完神谕，爸爸醒转过来，满意地点点头。

"可以了。"他说，"琵西雅的回答一向都是这样的隐晦暧昧。"

我并不满意，到底谁是小伙子？谁是那位美丽的女郎？古老的神庙究竟在哪里？

"我们来掷铜板吧！看看能不能在雅典找到她。"我提出来，"阿波罗既然能操控你的舌头，想来也一定能操控一枚硬币。"

爸爸接受我的建议。他掏出一枚希腊古币。我们商定，如果掷出的结果是反面，那就表示我们会在雅典找到妈妈。我把铜板抛向天空，然后紧张地望着地面。

反面！没错，果然是反面。那枚希腊古币躺在地上，就像躺了好几千年似的，一直等待我们父子前来发掘它。

♣

梅花 K

……他只知道一件事，那就是，他什么都不知道……

阿波罗保证，我们父子会在雅典找到妈妈。听过他的神谕后，我们沿着神殿步道走上山坡，来到一座古老的、能容五千名观众的剧场。站在剧场顶端，我们可以俯瞰整座神殿，放眼望去，可以一直眺望到谷底。

走下山坡时，爸爸说："汉斯·汤玛士，关于德尔菲神谕，我还有一些事情没告诉你呢。你晓得吗？对我们父子俩这样的哲学家，这个地方意义特别重大。"

我们在一处废墟上坐下来。一想到这儿的废墟有两三千年历史，我心里就觉得怪怪的。

"你知道苏格拉底吗？"爸爸问道。

"知道不多，"我坦诚地说，"我只晓得他是一位希腊哲学家。"

"没错。首先，我要告诉你'哲学家'这个名词的意义……"

一听爸爸的口气，我就知道他又要发表长篇大论了。坦率说，这会儿坐在酷热的太阳下，满脸流汗，我实在没有兴致聆听爸爸的演说。

"'哲学家'指的是探寻智慧的人。可是，这并不意味哲学家特别聪明，你明白这个区别吗？"

我点点头。

"苏格拉底是第一个做到这点的人，他喜欢在雅典的市场走动，跟三教九流的人谈话，但从不教诲他们。相反地，他想从别人的言谈中学到一点东西呢。他曾说：他爱在人来人往的市集走动，因为'乡下的树木不能教导我任何东西'。可是，他觉得很失望，因为他发现，那些自称懂得很多的人其实什么都不晓得。他们也许能够告诉苏格拉底，今天的酒价和油价，但对人生的事情却往往一无所知。苏格拉底自己坦然承认：他只知道一件事，那就是，他什么都不知道。"

"看来，苏格拉底并不怎么聪明嘛！"我不屑地说。

"别遽下结论啊！"爸爸板起脸孔斥责我，"假设有两个人对一件事情一无所知，但其中一个人装出很懂的样子，依你看，到底哪一个人比较有智慧？"

我得承认，那个不假装自己懂得很多的人最有智慧。

"唔，你总算开窍了。"爸爸说，"就凭这一点，苏格拉底有资格当真正的哲学家。他感到很烦恼，因为他觉得他了解人生和世界不够深、不够广。他觉得，自己被排除在人生和世界之外。"

我又点点头。

"有一回，一位雅典人跑去德尔菲神殿问阿波罗，全雅典最有智慧的人是谁？神谕的回答是苏格拉底。这件事让苏格拉底听到了，他感到——唔——相当惊讶，因为他真的觉得自己学识浅陋，当不起这样的称誉。他就去探访那些被认为比他更有智慧的人，向他们提出几个深奥的问题，这才发现，阿波罗的神谕果然正确。苏格拉底不同于别人的地方是：别人懂得一丁点儿知识就沾沾自喜，夸夸其谈，尽管他们懂得的知识绝不比苏格拉底多。这样容易自满的人，绝对当不了真正的哲学家。"

我觉得，爸爸这番话还蛮有点道理。

爸爸意犹未尽，他伸出手臂，指了指山坡下一群群钻出游览车的观光客。他们排列成一纵队，鱼贯拾级而上，走进阿波罗神殿中，模样儿有如长长的一列爬行在地上的蚂蚁。"这些人中，如果有一个把人生当作冒险，将世界看成一个巨大的奥秘……"爸爸深深吸了一口气，继续说，"汉斯·汤玛士，你看，现在山下有好几千个游客。他们之中，只要有一个人把人生当作一场疯狂的冒险——我的意思是说，他每天都以冒险的态度过活……"

"那又怎么样呢?"我忍不住问道。爸爸那副欲言又止的模样，真会急死人。

"那么，他就成为一副扑克牌中的丑角牌。"

"你觉得这儿有这样的一个丑角吗?"我问爸爸。

爸爸脸上现出绝望的神色。"没有!"他摇摇头，"当然，我也不敢确定。丑角毕竟不多，就那么几张而已。"

"爸爸，你自己呢? 你不是每天都把生活当成一个童话故事吗?"我问道。

"对! 没错!"

爸爸回答得很干脆，我一时哑口无言。

"每天早晨一起床，我就觉得很振奋，"爸爸说，"那种感觉，就像身上被注射了一针强心剂，让我深切感受到自己还活着。我仿佛变成了童话故事中的人物，浑身洋溢着生命力。汉斯·汤玛士，我们到底是谁? 你能告诉我答案吗? 我们就像一团飞撒在宇宙中的流星尘，莫名其妙聚集在一块儿。这究竟是怎么回事呢? 这个世界到底是从什么地方来的呢?"

"我不晓得!"我回答。那一刻，我觉得自己跟苏格拉底一样，被排除在人生和世界之外。

"有时候，这种感觉也会突然在傍晚出现。"爸爸继续说，"我心里想，我现在活着，但是我不想再重活一遍。"

"爸爸，你活得很苦啊。"我说。

"虽然如此，但也挺刺激的呀。我不必到阴森森的古堡去找鬼魂，因为我自己就是一个鬼魂。"

"你儿子看见一个侏儒鬼魂出现在舱房窗口时，你却很担忧。"

我不知道我为什么提这件事，也许是提醒老爸那天晚上他在船上说的话吧。爸爸哈哈大笑。"算你厉害！"他说。

关于阿波罗神谕，爸爸最后又告诉我一件事：古代希腊人在神殿上雕刻了铭文——"认识你自己"。

"说起来容易，做起来可就难啰！"爸爸自言自语地说。

我们漫步走下山坡，回到神殿入口。爸爸要去参观博物馆，看一看举世闻名的"世界的肚脐"。我央求爸爸，让我坐在外面树荫下等他。这间博物馆展示的东西，对儿童的成长并没有多大的助益。

"你就乖乖坐在那株草莓树下吧！"爸爸说。

他把我拖过去，看看那株形状非常奇特的草莓树。出乎我意料之外，树上还结满鲜红的草莓呢。

当然，我婉拒陪伴爸爸参观博物馆，真正的原因我不便告诉他：一整个早晨，我无时无刻不惦记着口袋里藏着的放大镜和小圆面包书。我急着找机会，继续阅读。我恨不得一口气把这本书读完，但我必须防备爸爸，千万不能让他发现。

我开始感到好奇，这本小书会不会像阿波罗神谕那样，解答我提出的所有问题。这会儿，打开小圆面包书，读到魔幻岛上那个丑角的事迹，我的背脊忍不住冒出冷汗来，因为我刚刚还在跟爸爸讨论扑克牌中的丑角牌呢。

第 三 部

丑 角 牌

丑 角

……他像一条毒蛇偷偷爬进村子里……

老人佛洛德站起身来，穿过厅堂走到门口，把前门打开，探出头去望了望漆黑的夜色。我跟在他身后。

"我头顶上是一片灿烂的星空，脚底下也是一片灿烂的星空。"他柔声说。

我明白他的意思。我们头顶上的天空十分清朗，四处闪烁着晶莹的星星。我们脚底下的山谷里，村中家家户户点着灯，远远望去，就像一簇星尘从天空坠落到地面上似的。

"我们脚下这片星空，跟头顶上那一片同样深不可测。"老人伸出手臂，指了指山谷中的村庄，"他们是谁？来自何处？"

"我想，他们自己也在问这个问题。"我说。

老人突然转过身子面对着我。"不，不可以！"他嚷了起来，"他们绝对不可以问这个问题。"

"可是……"

"一旦他们知道创造他们的人是谁，他们就不能再跟我一块生活了。你明白吗？"

我们回到屋子里，把门关上，在桌旁面对面坐下来。

"这五十二个人物，容貌个性都不尽相同，"老人回到刚才的话题，"但他们有个共同点，那就是，他们从不问自己是谁、来自何处。因此，他们能够跟大自然融合在一起。他们生存在花木茂盛的园子里，无忧无虑、自由自在，快活得像一群动物。可是，丑角偏偏在这个时候闯了进来。他像一条毒蛇，偷偷爬进村子里。"

我嘘出一口气。

"五十二张牌全部聚集后，大伙儿过了几年平安日子。"老人佛洛德继续说，"我从没想到，一个丑角会突然来到我们岛上，尽管我那副扑克牌中确实有这么一张牌。我还以为，我自己就是那个丑角呢。有一天，一个小丑大摇大摆走进村子里来。方块J最先看到他。小丑的来临，在村民中引起一阵骚动，这是以前从没有过的现象。这家伙一身滑稽古怪的装扮，衣服上缀着许多铃铛，走起路来叮叮当当响个不停。他不属于村中四个家族中的任何一个。最让我担心的是，他会向村中的侏儒挑衅，问他们一些他们回答不出来的问题。来到村子后不久，他开始离群索居，在村外盖起一间小木屋。"

"跟其他侏儒相比，这个小丑是不是懂得比较多？"我问道。

老人深深吸了一口气，叹道："一天早晨，我坐在屋前台阶上，看见他从屋角跳出来。他先舒伸手脚翻了个大筋斗，然后摇晃着身上的铃铛，蹦蹦跳跳跑到我面前来，歪起他那颗小脑袋对我说：'主公，有一件事我不懂……'我听见他叫我'主公'，当场吓了一跳，因为岛上其他侏儒都直呼我的名字佛洛德。而且，跟我谈话时，不会劈头就说'有一件事我不懂'。一旦你发现有一件事你不懂，你就差不多会想一探究竟。

"这个活蹦乱跳的小丑清了清喉咙，对我说：'村子里有四个家族、四个国王、四个王后和四个侍从。此外，从幺到10各有四个，对不对？'我说：'对呀。'

"小丑又说：'这么说来，每一类各有四个啰。可是，由于他们被区分成方块、红心、梅花和黑桃四大类，因此每一类也各有十三个。'

"头一次，有人对岛上侏儒社会的组织作如此精确的分析。我听呆了。

"小丑又问道：'这个井然有序的社会，究竟是谁设计的呢？'

"我只好撒谎：'这大概是巧合吧！你把几根木棍抛上天空，它们落下来时，会在地面上形成一个图形，至于这个图形代表什么意义，那就是见仁见智啰。'

"小丑接口说：'我不以为然。'

"头一次，岛上有人胆敢向我的权威提出挑战。现在我面对的，可不是一张纸牌，而是一个活生生的人。说也奇怪，我并不气恼，反而有点高兴呢，因为这个小丑说不定会成为很好的聊天对象。可是，我也担心——万一岛上的所有侏儒都突然领悟，他们到底是谁、来自何处，那我应该怎么办呢？

"我问小丑：'依你看，这究竟是怎么回事呢？'

"小丑睁着两只眼睛，直直瞪着我。他的身子虽然一动不动，一只手却颤抖着，身上的铃铛都叮叮当当响起来。

"他静默了半晌，终于开腔，装出一副泰然自若的模样说：'一切看起来都经过精心设计，组织非常严密。我想，幕后必定有一个力量在操纵这一切。我正在考虑，到底要不要掀开这些牌，把它们全都掷在台面上。'

"平常谈话时，岛上的侏儒总喜欢用上一些打牌的术语，以便更精确地表达他们的意思。在恰当的时机，我也会用'牌话'回答他们。

"那个小丑一时激动起来，接连翻了好几个筋斗，弄得一身铃铛叮当乱响。

"他叫嚷着：'我就是那张丑角牌！主公啊，你可千万不能忘记这点啊。你瞧，我跟别的牌不一样。我没有明确的身份和归属；我既不是国王或侍从，也不是方块、梅花、红心或黑桃。'

"小丑这番话，直听得我两脚发抖全身冒汗，但我知道现在还不是掀底牌的时候。小丑步步进逼，一个劲追问：'我到底是谁？为什么我会当丑角？我从何处来，往哪里去？'

"我决定冒险一试。我对小丑说：'我用岛上的材料做的东西，你都看见过了。如果我告诉你，村子里的所有侏儒，包括你在内，都是我创造出来的，你会有什么反应呢？'

"小丑呆呆地瞪着我，小小的身子颤抖个不停，衣服上挂着的铃铛摇晃得越发狂乱起来。

"静默了半晌，他颤抖着嘴唇说：'那么，我就没有选择的余地啰，主公。我只好把你杀掉，这样才能找回我的尊严。'

"我干笑了几声，说道：'当然，你也只好这么做。幸好我只是开玩笑，你们并不是我创造的。'小丑站在我面前，满脸狐疑地瞅着我，突然转过身子跑掉。不一会儿，他又出现在我面前，手里握着一瓶彩虹汽水。这些年来，我一直把彩虹汽水收藏在碗柜里，不让侏儒们找到。

"小丑举起瓶子敬了敬我：'干杯！啧，啧，滋味还蛮不错的嘛！'他把嘴巴凑到瓶口上，咕噜咕噜喝起来。

"我整个人呆住了。我并不替自己担心。我害怕的是，我在岛上创造的一切会分崩离析，一夕之间全都消失。来得快，去得也快。"

"结果真是这样吗？"我问道。

老人说："我发现，小丑偷彩虹汽水，而这种神奇饮料会突然使他变得心思敏锐、口齿便捷。"

"你不是说过，彩虹汽水会使你感觉迟钝、心神迷乱吗？"我又提出质问。

"没错，但这种后遗症不会马上出现。刚喝下去时，你会变得格外清醒、格外聪明，因为你身上的所有感官刹那间同时受到了刺激。然后，那种昏昏欲睡的慵懒感觉，才渐渐在你身上蔓延开来。这种饮料对身心的戕害，就在这一点上。"

"小丑喝了彩虹汽水，结果呢？"

"他大叫一声：'我现在不跟你多说了，回头见！'然后他就跑下山丘，走进村子里，请每一个侏儒喝一口彩虹汽水。从那天起，村中每一个人都喝这种饮料。一个星期好几次，梅花侏儒从树身的坑洞中挖出玫瑰花蜜，交给红心侏儒酿成红色的饮料，方块侏儒负责装瓶。"

"喝了这玩意后，村子里的侏儒都变得跟小丑一样聪明啰？"我问道。

"那可没有，"老人摇摇头，"开始时，他们确实变得格外聪明，几乎就要看透我的底牌，但过了几天，又回复先前那副浑浑噩噩的德行，甚至变得更加迷糊了。今天，你在村子里看到的侏儒，只是他们残存的美好的一面。"

听老人这么一说，我顿时想起侏儒身上五彩缤纷的衣裳和服饰。穿着黄衫的红心幺的倩影浮现在我心中。

"现在的她，还是那么美丽！"我感叹道。

"唔，他们是很美丽，可是脑筋不清楚，"老人说，"他们属于苍翠的大自然，是它的一部分，可是他们并不晓得这点。每一天，他们看着日出月落，吃着岛上生产的食物，却从不曾意识到自己是大自然的一分子。他们跨出混沌的境界，变成五官齐备、身心健全的人，但后来却喝了彩虹饮料，一步一步退化成原先的自己。当然，他们还能够跟我交谈，但往往一转身就忘掉刚刚说过的话。只有小丑，至今还多少保留原有的聪慧。红心幺也还没彻底退化。她逢人就说，她在寻找失落的自己。"

"有件事情我不明白。"我打断老人的话。

"什么事？"

"你告诉过我，当初你漂流到岛上，没几年后，第一批侏儒就出现了。可是，他们现在看起来都那么年轻，我实在很难想象，他们之中有些已经快五十岁。"

老人脸上泛出谜样的笑容："他们不会老的。"

"可是——"

"我在岛上独居的时候，梦中的意象变得愈来愈鲜明。不久之后，这些意象从我的思维里溜出来，跳进现实世界中。但他们现在仍然是我的幻想，而幻想有一种奇妙的力量，那就是，将它创造出来的东西永远保存——永远维持它的青春和生命力。"

"简直不可思议……"

"小伙子，你听过小飞侠的故事吗？"

我摇了摇头。

"那你一定听过小红帽或白雪公主的故事啰？"

我点点头。

"你认为他们现在几岁？一百岁？甚至一千岁？他们十分年轻，但也非常老，因为这些童话人物是从人们的想象中跳出来的呀。我从不以为，岛上的这群侏儒会变成白发苍苍的老头子、老太婆。连他们身上穿的衣服，到现在都找不到一个补丁呢。现实中的人类可就没有这么好命啰。我们会变老；我们的头发会变成灰白。我们的生命会渐渐消耗；我们都不免一死。可是我们的梦不会随我们而去。纵使我们离开了这个世界，我们的梦依旧存活在别人心中。"

老人摸了摸他那一头灰白的发丝，然后伸出手来，指了指他身上那件破旧的夹克。

"我心中最大的疑问，倒不是出自我想象的这些侏儒究竟会不会随着岁月衰老，而是，他们是不是真的存在于我建造的庄园中——换句话说，访客来到岛上，用肉眼到底能不能看到他们。"

"他们真的在那儿呀！"我说，"我来到岛上时，最初遇到梅花2和梅花3，然后在玻璃工厂遇见好几个方块女郎……"

"唔……"

老人陷入沉思中，仿佛没有听见我说的话。静默了好一会儿，他终于开腔："我心中的另一个疑问是，我死了以后，他们究竟还会不会存活在这座岛上？"

"你觉得呢？"我问道。

"对这个问题，我现在没有答案，永远也不会有，因为一旦我死了，就不会知道他们究竟还会不会存活在这儿。"

老人又陷入沉思中，好久好久没有开腔。我突然怀疑，这一切究竟是不是一场梦。也许，此刻我并不是坐在老人佛洛德的小木屋前，而是在另一个完全不同的世界——一切其实只存在于我心中。

"小伙子，其他事情我明天会告诉你，"老人说，"我必须跟你讲历法的事——还有'丑角牌戏'的事。"

"丑角牌戏？"

"明天再说吧，小伙子。现在咱们得上床睡觉了。"

老人把我带到一张铺着兽皮和毛毯的木床前，然后递给我一件羊毛睡衣。把身上那套脏兮兮的水手制服脱掉，换上干净的衣服，感觉真好。

那天黄昏，我们父子俩坐在旅馆阳台上，俯瞰着山下的市镇和科林斯湾。爸爸显得心事重重，一整个晚上都没怎么吭声。也许，他对阿波罗神谕的预言——我们会在雅典找到妈妈——开始感到怀疑。

夜深时，一轮明月从东方地平线上升起，照亮了整个幽暗的山谷，让满天星斗变得黯淡无光。

我忽然觉得，我们好像坐在老人佛洛德的小木屋前，窥望着山脚下的侏儒村庄。

第四部

方 块 牌

方块 A

……他是个坦荡的君子，要求把所有的牌都摊在台面上……

跟往常一样，我比爸爸先起床，但没多久他身上的肌肉就开始抽搐起来。

我决定仔细瞧一瞧，爸爸每天早晨起床时，究竟像不像他昨天说的那样，轰然一声惊醒过来。

我发现，他说的是真话。睁开眼睛时，他脸上果然流露出一副饱受惊吓的神色，仿佛他突然在一个完全陌生的地方——印度或另一个星球——睡醒过来似的。

"你是个活人，"我告诉爸爸，"此刻你身在印度新德里。新德里是地球上的一座城市，而地球是银河系中绕着太阳运行的一颗行星。每运行一周需时三百六十五天。"

爸爸睁着眼睛直直瞪着我。那副神情，就仿佛正在努力调适他的眼睛，从梦境过渡到现实似的。

"谢谢你提供的讯息，"他终于开腔，"平常，每天早晨起床之前，我都得自己摸索一番，设法弄清楚这个时候自己到底身在何处。"

爸爸爬下床来，穿过房间往浴室走去。

"儿子啊，往后每天早晨，你就在我耳朵旁讲几句有智慧的话吧，就像你刚才讲的那样。这样一来，我就会早点起床，早点到浴室梳洗啰。"

不消多久工夫，我们就把行囊收拾妥当，到餐厅吃早点，然后驱车上路。

"这帮人很容易受骗，真是不可思议！"车子驶过古老的阿波罗神殿时，爸爸忽然说。

"你的意思是，他们太过迷信神谕？"我问道。

爸爸没有立刻回答。我担心，他对阿波罗神谕的预言——我们会在雅典找到妈妈——开始感到怀疑了。他静默了半晌才说："你讲得没错，不过我指的是另一件事。想想古希腊的那些神吧：太阳神阿波罗、医药之神艾斯克里皮雅斯、智慧女神雅典娜、天神宙斯、海神波塞冬和酒神狄俄尼索斯。千百年间，一代又一代希腊人耗费巨资，为这些神祇兴建大理石神殿，千辛万苦，从老远的地方拖运来一块块笨重得不得了的大理石。"

爸爸讲的这些神，我认识不深，但我还是忍不住提出异议："你怎么可以一口咬定说，这些神并不存在呢？也许他们现在离开了这儿——说不定他们在别的地方找到容易受骗的人——但这并不表示，他们以前从不曾在这儿住过啊。"爸爸抬头望望后视镜，看了看坐在后座的我。"汉斯·汤玛士，你真的相信你刚才说的那一套吗？"

"我不太确定。可是我觉得，只要人们相信这些神，这些神就存在于这个世界。除非人们开始怀疑，否则神是不会变老，也不会变得像旧衣服那样破旧，这可是有目共睹的。"

"说得好！"爸爸喝了一声彩，"汉斯·汤玛士，你这番话说得头头是道，说不定有一天你也会成为哲学家啊。"

至少这一次，我说出了一些有深度的话，连爸爸也不得不思考一番。他静静开着车子，好一会儿没吭声。

其实，老爸被我耍了。若不是我念过小圆面包书，那样深奥的话我才讲不出来呢。我心中想的可不是希腊神祇，而是佛洛德的那副扑克牌。

好长一段时间，车子里静悄悄的没有人说话。我偷偷拿出放大镜和小圆面包书，正要开始阅读，爸爸却突然踩刹车，把车子开到路旁停下来。他跳出我们那辆菲亚特轿车，点根烟叼在嘴里，站在路边查看手上的一幅希腊公路图。

"找到了！对，一定是在这儿！"他兴奋地叫起来。

我瞠目不知所对。整个地区，除了我们左边一个狭窄的山谷外，看不到任何特殊的景观。我实在不明白，爸爸为什么会突然激动起来。

"坐下来吧！"爸爸说。

我知道，爸爸又准备发表长篇大论了。但这回我并不感到厌烦，反而愿意洗耳恭听。

"俄狄浦斯就在这儿杀死他的父亲。"爸爸伸出手臂，指了指山谷。

"哦？他实在太过分了。"我说，"可是，爸爸，你到底在说什么呀？"

"命运。汉斯·汤玛士，我在谈论命运——用另一种说法就是'家族诅咒'。这个问题，值得咱们父子俩特别开心，因为咱们千里迢迢跑到这个国家来，就是为了寻找失踪的妻子和母亲呀。"

"你相信命运吗？"我忍不住问道。爸爸站在我身边，一只脚踏在我坐的那块石头上，手里夹着一根烟。

爸爸摇摇头："可是希腊人相信。他们认为，如果你抗拒命运，到头来你一定得付出惨痛的代价。”

我心中开始感到愧疚不安了。

“再过一会儿，我们就会经过一个名叫底比斯的古城，”爸爸说，“古早古早以前，那儿住着一位国王，名叫雷厄斯，和他的妻子约卡丝妲。德尔菲神谕曾经警告雷厄斯王，不得生养子女，否则的话，儿子长大后会杀死父亲，娶母亲为妻。约卡丝妲生下一个儿子。雷厄斯王决定把儿子抛弃在山中，让他饿死，或让野兽把他吃掉。”

“这样做太残忍了！”我嚷了起来。

“是很残忍，但你先别急，雷厄斯王让牧羊人把他带到山中抛弃；为了预防万一，他把儿子的脚筋割断，以免他逃回城里来。牧羊人遵照国王的命令，把孩子带进山里，半路上却遇到一个来自科林斯的牧羊人。原来，科林斯国王在这座山中也拥有几块牧草地。科林斯牧人同情这小男孩的遭遇，于是，就要求底比斯牧人，让他把孩子带回去交给科林斯国王。就这样，小男孩被没有子女的科林斯国王和王后收养，成为这个城邦的王子。他们管这男孩叫‘俄狄浦斯’——在希腊文，那是‘浮肿的脚’的意思——因为这男孩的脚筋被生父挑断后，整只脚都变得浮肿起来。长大后的俄狄浦斯，容貌十分俊美。大伙儿都很喜欢他，但从没有人告诉他，科林斯国王和王后并不是他的亲生父母。可是有一天，在宫中举行的宴会上，有个客人忽然提起，俄狄浦斯根本就不是国王陛下的亲生子嗣——”

“他本来就不是嘛！”我插嘴说。

“没错。可是，当俄狄浦斯跑去问王后时，她却支支吾吾，不肯正面回答他。俄狄浦斯只好去德尔菲求神谕。他问阿波罗的女祭司琵西雅，他究竟是不是科林斯王位的合法继承人。琵西雅说:'离开你父亲吧!否则,下次见面时你会把他杀死,然后娶你的母亲为妻,跟她生下几个子女。'"

我忍不住吹出一声口哨来。这不就是底比斯国王雷厄斯当初听到的预言吗?

爸爸继续说:"听到这个预言,俄狄浦斯不敢回科林斯,因为到现在他还以为,科林斯国王和王后是他的亲生父母。他开始在各地流浪,最后来到底比斯附近。就在我们现在站的这个地点,他遇到一辆四匹马拖的华贵马车,上面坐着一位相貌堂堂的贵人。好几个侍卫簇拥着这位贵人。其中一个侍卫揍了俄狄浦斯一拳,喝令他让路。你别忘了,俄狄浦斯从小在科林斯王宫中长大,备受宠爱,是个尊贵的王子啊。他怎么忍得下这口气呢?于是,双方就在马路上殴斗起来,结果俄狄浦斯把车上那个贵人给杀了。"

"这个贵人就是俄狄浦斯的生父?"我问道。

"没错。侍卫也全都被杀了,只有车夫一个人逃回城里报信。他说,国王陛下在路上被一个强盗谋害。王后和老百姓都十分悲恸,可是,偏巧在这个时候,底比斯却又发生一件重大的事情。"

"哦?是什么事情呢?"

"一只名叫司芬克斯的狮身人面怪物,把守在通往底比斯的马路上,向每一个路过的人提出一道谜题。答不出来的人,就会被怪物活生生撕成两半。底比斯政府发出通告:不论任何人,只要能解开斯芬克斯之谜,王后就会嫁给他,并且让他继承雷厄斯王遗留下的王位。"

我又忍不住吹出一声口哨来。

"俄狄浦斯看到通告，立刻把路上发生的那出悲剧抛到脑后，兼程赶到狮身人面怪物盘踞的那座山丘。怪物向他提出一道谜题：什么东西在早晨用四条腿走路，中午用两条腿，晚上用三条腿。"

爸爸停顿下来，瞅着我，让我来解这个谜。我摇摇头。

"俄狄浦斯回答怪物：'答案是人类，因为人生有三个阶段，小时候我们用双手双脚在地上爬行，长大后我们用两条腿走路，年老时步履不稳，我们得握着一根手杖。'俄狄浦斯答对了！怪物一听，顿时从山坡上滚落下来，活活摔死。俄狄浦斯进入底比斯城，受到英雄式的盛大欢迎。王后约卡丝妲——他的亲生母亲——果然遵守诺言嫁给他。后来他们生下两个儿子、两个女儿。"

"我的妈！"我惊叫起来。爸爸讲述这个故事的过程中，我一直全神贯注看着他，但这时我却忍不住挪开视线，瞄了瞄我们脚下的山谷。俄狄浦斯就在那儿杀死亲生父亲。

"故事还没完呢，"爸爸继续说，"后来底比斯城里发生一场瘟疫。那个时候的希腊人相信，这类灾祸的降临，显示阿波罗对人间发生的某一件事情，感到极为愤怒。于是，底比斯派遣使臣前往德尔菲，求问于神谕。女祭司琵西雅回答：阿波罗降下瘟疫，是因为底比斯国王雷厄斯被谋害多年，凶手至今逍遥法外；底比斯全城百姓若想保住生命，就必须找出凶手，绳之以法。"

"千万别找出凶手！"我惊叫一声。

"俄狄浦斯王接到神谕，二话不说，立刻承担起查访杀害前王的凶手的责任。他从没想到，马路上那场殴斗跟这桩谋杀有密切关联。就这样，凶手变成了追缉凶手的人。他先把城中一位通天眼找来，问他究竟是谁杀害雷厄斯王，可是，这个能洞察人间罪案的人却拒绝回答，因为答案实在太过残酷。勤政爱民的俄狄浦斯王却不肯罢休，一再逼问。他只好悄悄告诉国王陛下，杀害前王的就是国王陛下自己。俄狄浦斯终于想起当年马路上发生的事。他知道他杀了雷厄斯王，可是，到现在还没有证据显示，他是雷厄斯的亲生儿子。俄狄浦斯是一个坦荡的君子，他要求把所有的牌都摊在台面上。最后，他把底比斯牧人和科林斯牧人叫到面前来，让他们对质。他们证实，俄狄浦斯杀了他父亲、娶了他母亲。真相终于大白。悲痛之余，俄狄浦斯用手挖出自己的两只眼睛。他这一生，可说是'眼明心盲'啊。"

我幽幽叹出一口气来。我觉得，这个古老的故事实在太悲惨、太不公平。

"爸爸，这就是你所说的'家族诅咒'啰。"我喃喃地说。

"好几次，雷厄斯王和俄狄浦斯想摆脱他们的命运，"爸爸说，"根据希腊人的看法，这是不可能办到的。"

车子经过底比斯古城时，我们父子俩都默不作声。我猜，爸爸正在思索他自己的"家族诅咒"。很久很久，他都没吭声。

我坐在车子后座，一路想着俄狄浦斯王的悲剧。想了半天，我忍不住掏出放大镜和小圆面包书，继续阅读。

◆

方块 2

……每一张扑克牌都有自己的星期和月份……

第二天清晨，我被公鸡的啼声叫醒。恍惚间，我以为自己身在故乡卢比克，但随即又记起那场海难。我记得我把救生艇划进棕榈树环绕的一个小礁湖，然后将它推到沙滩上。接着，我漫步走进岛内，在一个大湖中陪伴一大群金鱼游泳。最后我在湖畔躺下来，睡着了。

我现在就在这座岛上吗？我是不是在做梦，梦见一个在岛上住了五十多年、创造出了五十三个活生生侏儒的老水手？

在睁开眼睛之前，我试图回答这个问题。

这不可能只是一场梦！昨天晚上，我是在老人佛洛德那间俯瞰小村庄的木屋里上床就寝的……

我睁开眼睛，金色的曙光洒照进阴暗的小木屋。我知道，这几天我经历的一切事情，跟太阳和月亮一样真实。

我爬下床来。老人佛洛德上哪儿去了？我看到，门框上的架子放着一个小木盒。

我把盒子拿下来，发现里头是空的。我猜，这个盒子原本装着佛洛德的扑克牌，直到"大转变"发生。

我把盒子放回架上，走出木屋。佛洛德背着手站在屋前，眺望山脚下的村庄。我走到他身边站住，好一会儿，我们都没吭声。

村中的侏儒已经开始忙着干活。整个村庄和周遭的山丘，浸沐在早晨的阳光中。

"丑角日……"老人终于开腔，脸上流露出一股焦虑不安的神色。

"丑角日是什么日子?"我问道。

"小伙子，我们在屋子外面吃早餐吧。"老人说，"你先在这儿坐坐，我去张罗早点，一会儿就回来。"

他伸出手臂，指了指靠墙摆着的一条板凳。一张小桌子安放在板凳前。我坐在板凳上，观赏美好的早晨风光。几个梅花侏儒拖着一辆手推车走出村庄，看样子是到田里去干活。村中那间规模不小的工厂，不断传出敲敲打打的声音。

老人从屋里端出面包、奶酪、六足怪兽奶和热腾腾的凝灰岩浆。他在我身旁坐下来。静默了半晌，他开始告诉我早年他在岛上的生活。

"那段日子，我把它看成是我在岛上生活的'单人纸牌游戏时期'。"老人佛洛德说，"那时，我孤零零一个人住在这座岛上。日子实在太寂寞了，结果我把那五十三张扑克牌慢慢转变成五十三个幻想人物。更有趣的是，在岛上施行的历法中，这些牌也扮演重要的角色呢。"

"历法?"

"对! 一年有五十二个星期，因此，每一个星期都由扑克牌中的一张牌来代表。"老人说。

我在心中数了一数。

"五十二乘以七，"我大声说，"等于三百六十四。"

"没错。可是一年有三百六十五天。剩下的一天，我们就管它叫'丑角日'。它并不属于任何月份或任何星期。它是多出的一天。在这一天里头，任何事情都可能发生。每四年我们有两个这样的'丑角日'。"

"挺巧妙的嘛！"我赞叹道。

"每年的五十二个星期——我管它们叫'牌期'——又被划分为十三个月，每一个月有二十八天，因为二十八乘以十三正好等于三百六十四。第一个月是'幺'，最后一个月是'K'。每两个丑角日之间，有四年的间隔。第一年是'方块年'，接着是'梅花年'，然后是'红心年'，最后是'黑桃年'。这样一来，每一张扑克牌都有自己的星期和月份。"

老人佛洛德瞄了我一眼。对自己精心设计出的历法，他既感到十分骄傲，却又有点儿不好意思。

"乍听起来，这套历法有点儿复杂。"我说，"可是仔细一想，我发现它还挺巧妙、挺别致的。"

佛洛德点点头。

"岛上闲居无事，我得花点脑筋想出一些玩意呀。根据我这套历法，每一年也被划分为四个季节——方块代表春季，梅花代表夏季，红心代表秋季，黑桃代表冬季。每一年的第一个星期是'方块幺'，然后依序是其他方块牌。夏季从'梅花幺'开始，秋季由'红心幺'带头，冬季则是'黑桃幺'打头阵。一年的最后一个星期是'黑桃K'。"

"现在是哪一个星期？"我问道。

"昨天是'黑桃K周'最后一天，也是'黑桃K月'最后一天。"老人回答。

"……今天是'丑角日'，或者说，是两个丑角日的第一个。我们将举行一场宴会，庆祝这个特别的日子。"

"听起来有点怪怪的……"

"你说得没错，"老人说，"同样奇怪的是，早不早晚不晚，你偏偏在这个时候——我们正要打出丑角牌，展开新的一年和一个完整的'四年周期'——来到我们岛上。还有……"

老人欲言又止，仿佛陷入沉思中。

"还有什么？"我追问。

"这五十二张牌构成岛上的'纪元'。"

"纪元？我不懂。"

"你瞧，每一张牌都有它自己的星期和月份，这样一来，我就能够把一年三百六十五天记得清清楚楚，不会弄乱。每一年也都由一张牌来代表。我在岛上生活的第一年被命名为'方块幺年'。第二年就是'方块2年'，依此类推，次序如同一年的五十二个星期。我曾经告诉你，到现在我在岛上整整生活了五十二年……"

"对！你告诉过我。"

"我们刚结束'黑桃K年'啊，小伙子。这一年以后的年份，我想都不敢想，因为在这座岛上生活五十二年以上——"

"是你从不敢指望的事？"

"对，我从不敢有这样的奢望。今天小丑将宣布，'丑角年'正式开始，盛大的庆祝会将在今天下午举行。这会儿，黑桃侏儒和红心侏儒正忙着把木工厂布置成宴会厅。梅花侏儒忙着采集水果。方块侏儒忙着张罗玻璃杯盘。"

"我……我可以参加这场宴会吗？"

"你是这场宴会的主客。可是，下山之前，还有一件事我必须告诉你。小伙子，再过两三个钟头宴会就要举行了，我们可不能耽误时间。"

老人佛洛德拿起壶，把褐色的饮料倒进岛上的玻璃工厂制造的酒杯里。我小心翼翼啜了一口。老人继续说："每一年的除夕——或者新一年的元旦——都要举行'小丑之宴'。但是，纸牌游戏每四年才举办一次……"

"纸牌游戏？"

"唔，每四年一次。在这一天，岛上演出小丑戏。"

"你到底说什么？能不能说清楚一点？"

老人一连清了两次喉咙："我告诉过你，当年我独居岛上，为了排遣寂寞，我得想出一些能够消磨时间的玩意儿。没事的时候，我就一面拨动手里的那副扑克牌，一面假装这些牌在说话——每一张牌'说出'一个句子。设法记住每一张扑克说的话，就渐渐变成一种游戏。我把所有句子都记住后，游戏的第二部分就开始了。我把整副牌洗了又洗，让这些句子串连起来，形成一个连贯的整体。结果，我编出一个又一个故事，全都是由扑克牌各自'说出'的句子组成的。"

"那就是小丑游戏吗？"

"唔，可以说是。它原本是我独居岛上时玩的单人牌戏，后来慢慢演变成伟大的小丑戏，每四年一次，在'丑角日'那天演出。"

"还有呢？"

"在那四年间，岛上的五十二个侏儒都必须各自想出一个句子。对常人来说，这不是件难事，可是你别忘记，这些侏儒脑筋非常迟钝。想出句子后，他们还得日夜背诵，把它牢牢记住。对脑袋空空如也的侏儒来说，这可不是一件简单的差事。"

"他们都必须在丑角宴会上说出他们的句子吗？"

"唔，"老人点点头，"但这只是游戏的第一部分，然后就是看小丑表演了。他自己没想出任何句子，他只是坐在宝座上，一面听侏儒们说出他们的句子，一面记笔记。在'小丑之宴'上，他把整副牌洗一洗，让所有的句子串连成一个合乎逻辑的、有意义的整体。他依照新的顺序，重新排列五十二个侏儒，然后要他们再一次说出自己的句子。五十二个句子依序说出来后，就形成一篇完整的童话故事啦。"

"挺巧妙的嘛!"我不禁感叹起来。

"是很巧妙，可是，这样形成的故事有时也会让人吓一跳的。"老人说。

"怎么啦?"我问。

"你也许以为，才高八斗的小丑利用乱七八糟的一堆句子，创造出一篇完整的作品。毕竟，侏儒们是各自想出他们的句子，彼此间并没有串通。"

"那又怎么样呢?"

"小丑组合的作品——童话也好，故事也好——有时看起来就仿佛以前曾经存在过。"

"这可能吗?"

"我不知道，但是，如果真是那样，我们就该对这五十二个侏儒另眼相看了——也许，他们不单只是五十二个独立的个体。一根肉眼看不见的线，似乎把他们串连在一块。有件事情我还没告诉你呢!"

"现在说吧!"

"刚来到岛上的那段日子，我一个人玩扑克牌，常常想在牌中探一探我的前程，替自己算算命。当然，这只是一种游戏，可是牌中有时也许真的会透露出一些天机。我在船上当水手时，到过世界各地的港口，常听海员们说，扑克牌确实能够揭露一个人的未来。果然，就在'梅花J'和'红心K’出现在岛上，成为第一批居民之前，在我玩的好几场单人牌戏中，这两张牌都以强者之态出现，气势非同小可。"

"真是不可思议！"我惊叹起来。

"我们把五十二个侏儒排列好，开始小丑游戏时，我并没想到其中的玄机——"话锋一转，老人忽然问我，"你知不知道，上一次‘小丑之宴’——也就是四年前——产生出来的故事，最后几句话是什么？"

"我怎么知道呢？"

"你听着，那几句话是：‘黑桃K年的最后一天，一个年轻的水手来到村庄。水手和玻璃工厂的侏儒J一块猜谜语。老主公从家乡接到一个重要的讯息。’"

"这……这太诡异了！"

"四年来，我一直没想过这几句话的含义。"老人说，"可是，昨天晚上你出现在村庄时——昨天正好是黑桃K年、月和星期的最后一天——哇，四年前的预言顿时涌上我心头！小伙子，四年前你就被预言到啰……"

我心中蓦地一亮。

"老主公从家乡接到一个重要的讯息。"我喃喃念着这句话。

"你觉得奇怪吗？"老人问道。他两只眼睛直直瞪着我，仿佛在燃烧似的。

"你说，你的未婚妻名字叫史蒂妮？"我问老人。

老人点点头。

"她住在卢比克？"我又问道。

老人又点点头。

"我的父亲名字叫奥图，"我告诉老人，"他从小就没父亲；他母亲的名字也叫史蒂妮。她老人家去世没多久,才几年而已。"

"在德国,史蒂妮是很普通的名字。"老人说。

"当然……"我继续说,"村里人都说我父亲是私生子,因为我祖母一辈子没嫁过人。她……她跟一个水手订过婚,后来那个水手在海上失踪了。最后一次见面时,他们两个都不知道她已经怀孕……村子里谣言很多。大伙儿都说,我祖母跟一个路过的船员相好,那个船员怕负责任,偷偷溜掉了。"

"唔……你父亲是哪一年出生的?"老人问道。

"这个嘛……"我欲言又止。

"告诉我啊!小伙子,你父亲究竟是哪一年出生的?"

"1791年5月8日,也就是五十一年前,我父亲出生在卢比克。"

"跟你祖母订婚的这个水手——"老人问道,"他父亲是不是玻璃工厂的师傅?"

"我不知道。祖母不常提到他,也许因为村子里谣言太多吧。不过,她倒是提过一件事。她告诉我们这些小孩子,有一次,船出港的时候,他爬到很高的桅杆上向她挥手告别,结果却摔了下来,跌断一条肘臂。谈起这件事时,祖母脸上露出微笑,因为那个水手是为她摔伤肘臂的。"

老人瞪着山脚下的村庄,好半天没吭声。

"那条肘臂,"他终于开腔,"就在你眼前。"

他卷起外衣袖子,露出肘臂上的一个疤痕。

"祖父!"我大叫一声,冲上前去,伸出双手紧紧搂住他。

"乖孙子!"他揽住我的脖子,一面啜泣一面呼唤,"孙子,我的孙子啊……"

◆

方块 3

……她被自己的投影吸引到这儿来……

某种家族诅咒也出现在小圆面包书中。情节愈来愈复杂，故事愈来愈离奇了。

中途，我们在一家乡下酒馆门前停下来，坐在两株大树下的一张长桌旁吃午餐。酒馆周围的庄园，栽种着一望无际的橘子树。

我们吃烤肉串和希腊式的凉拌山羊乳酪沙拉。甜点送来时，我跟爸爸谈起魔幻岛上的历法。当然，我不能让他知道我在阅读小圆面包书，因此我被迫撒了个谎，骗他说，这套历法是我坐在车子后座，闷极无聊想出来的。

爸爸听呆了。他掏出钢笔，在餐巾上计算起来。

"一副扑克牌中的五十二张牌，代表一年的五十二个星期。算起来，全年总共有三百六十四天，分成十三个月，每个月二十八天。但实际上每一年有三百六十五天，多出来的一天……"

"多出来的一天就是'丑角日'。"我说。

"哇，那么巧啊！"

爸爸坐在餐桌旁，好一会儿只管呆呆望着酒馆周遭的橘子园。

"汉斯·汤玛士，你是什么时候出生的?"他忽然问我。

我不太明白爸爸的意思。

"1972年2月29日。"我回答说。

"那一天是什么日子?"爸爸又问道。

我突然醒悟:原来我是在闰年出生! 根据魔幻岛上的历法，那一天应该算是"丑角日"。阅读小圆面包书时，我怎么没想到这点呢?

"我出生那一天是'丑角日'。"我回答爸爸。

"对! 完全正确。"

"爸爸，我出生在'丑角日'，是因为我父亲是一个小丑呢，还是因为我自己就是一个小丑?"我问道。

爸爸瞅着我，认真地回答:"两者都是。我在'丑角日'那天获得一个儿子，而你在'丑角日'那天来到这个世界。咱们父子两个都是丑角啊。"

发现我出生在"丑角日"，爸爸显得很开心，但从他的口气我也听得出，他开始担心，总有一天我会取代他的"丑角"地位。

不管怎样，他很快就把话题转回到历法上。

"这套历法是你刚刚想出来的吗?"爸爸再一次问我，"真有趣! 每一个星期都有自己的牌，每一个月都有自己的点数，从爱司牌的幺到老K牌的十三，而每一个季节都有自己的花色——黑桃、红心、方块或梅花。汉斯·汤玛士，你应该向政府申请专利权啊。据我所知，世界上还没有人发明'扑克牌历法'呢。"

爸爸手里端着咖啡杯，一边喝一边格格笑。然后他又补充说:"最初我们西方人使用'罗马儒略历'①，后来改用'格里高利历'②。看来，现在已经到了施行新历法的时候啰。"

显然，爸爸对历法这玩意儿比我还感兴趣。他拿起钢笔，在餐巾上匆匆计算了一下，然后抬起头来瞅着我，眼瞳中闪烁着狡黠的光彩，模样儿活像扑克牌中的那个丑角。"还有更有趣的呢！"他说。

我望着他。

"每一副扑克牌都有四组牌——梅花、方块、黑桃和红心，"爸爸说，"如果你把每一组牌的点数加起来，你得到的是九十一。么是一点、K是十三点、Q是十二点，等等。每一组十三张牌加起来的点数是九十一。"

"九十一？那又怎样？"我听得一头雾水。

爸爸把钢笔搁在餐巾上，瞪着我问道："九十一乘以四，等于多少？"

"四九三十六……"我数了一下，"答案是三百六十四！哇，真的很巧！"

"对！一副扑克牌的总点数是三百六十四，外加一张丑角牌。根据你所说的那套历法，有些年份有两个'丑角日'。汉斯·汤玛士，通常一副扑克中会附加两张丑角牌，原因就在这里。这不可能纯粹是巧合吧？"

"爸爸，你的意思是不是说，扑克牌是根据历法的原理做成的？"我问道，"一副牌的总点数刚好跟一年的总天数相同。你觉得这是故意的？"

"这就难说啰。不过，我倒是觉得，这件事显示出，一般人对成天出现在眼前的一些符号和数字，简直就视若无睹。想想看，全世界有好几

---

① 罗马儒略历：Julian calendar，恺撒大帝于公元前四十六年所创。
② 格里高利历：Gregorian calendar，教皇格里高利十三世修订之历法，现通行于世界各国，每年为三百六十五日，闰年为三百六十六日，每四年一闰。

百万副扑克牌在流通，可是，从没有人把牌上的点数加一加，看看会产生什么答案。"

爸爸坐在餐桌旁，静静思考这个问题。他那张脸孔渐渐凝重了起来。

"这下可麻烦了！如果丑角牌在历法上占有一席之地，那么，将来我就不容易向别人讨取丑角牌啰。"说完，他像马儿一样呵呵笑起来。毕竟，扑克牌历法并不值得我们认真看待。

吃过午餐回到车上后，爸爸还格格笑个不停，显然他心中还在想着扑克牌历法。

车子驶近雅典时，我看到路旁有一幅巨大的路标。一路上，这幅路标已经出现好几次，但这会儿看见它，我却兴奋地叫嚷起来："停车！爸爸，拜托你停车！"

爸爸吓了一大跳，慌忙踩刹车，把车子开到路旁停下来。

"你现在又怎么啦？"他转过头来看看我。

"下车！"我一个劲叫嚷，"我们一定要在这里下车！"

爸爸赶紧打开车门跳出去。"你是不是中邪了？"他问道。

我伸出手臂，指了指几米外的路标。

"你看到那个路标了吗？"我问爸爸。

看到爸爸一脸困惑的样子，我真应该同情他，但这时我心里只想着那个路标。

"那个路标怎么啦？"爸爸问道。他一定以为我真的中邪了。

"你读读路标上面的字嘛！"我要求爸爸。

"雅汀纳（Athinai）。"爸爸把路标上的地名读一遍，脸上的神色渐渐静下来，"那是希腊文，意思是雅典。"

"你只看出这点吗？为什么不倒着读读看呢？"

"伊雅尼达（Ianihta）。"爸爸大声读出来。

我不再吭声了，只静静地望着爸爸，点点头。

"唔，这个地名倒着读，听起来是挺像你妈的名字'爱妮妲'。"爸爸点点头，从口袋掏出一根烟，点上火。

看到他那副若无其事的模样，我忍不住发作了。

"滑稽？你只觉得滑稽？她就在这儿！爸爸，你明白吗？她到过这里！她是被自己的投影吸引来这儿的。那是她的命运啊。爸爸，你现在应该看出这中间的关联了。"

听我这么一说，爸爸却恼怒了起来。

"别那么激动嘛，汉斯·汤玛士！"

显然，爸爸一听我提起妈妈的命运和投影，心里就十分不舒服。

我们回到车上。

"你的……你的想象力太丰富了，有时候会失控。"爸爸说。

他指的不单是路标那件事，显然也包括我向他提过的侏儒和扑克牌历法。如果他真的这么想，那对我就太不公平了。我不觉得，他有资格批评别人"想象力太丰富"，因为，毕竟是他开始谈论"家族诅咒"这档子事。

在前往雅典的路上，我悄悄打开小圆面包书，看看魔幻岛上的侏儒们如何准备"小丑之宴"。

方块4

……今天所有的牌都要被掀开来，真相隐藏在牌里……

在魔幻岛上，我终于遇见了自己的祖父。原来，我父亲就是他当年离开德国时，我祖母肚子里所怀的孩子。后来他却在大西洋遭遇一场海难，回不了家乡。

哪一件事比较奇怪呢？一颗小小的种子，终于萌芽成长茁壮？一个独居岛上的人，终于把自己的幻想转化成事实？换一个角度来看，我们人类难道不也是一种幻想——活生生的、行走在地球上的幻想？究竟是谁把"我们"投射进这个世界呢？

佛洛德独个儿在这座岛屿上生活了半个世纪。我们祖孙两人能不能结伴，一块回德国呢？会不会有这么一天——我回到家乡卢比克，踏进我父亲开设的面包店，向他介绍跟我同行的那个老人："爸爸，我从国外带回一个人，他名字叫佛洛德，是你的父亲。"

祖孙相认，紧紧拥抱在一起的当儿，我心中百感交集，各种思绪纷至沓来。就在这个时候，一群身穿红衣的侏儒匆匆走上山坡来。

"瞧！"我悄悄对祖父说，"有访客上门了。"

"那是红心侏儒，"佛洛德爷爷颤抖着嗓门说，"每次举行'丑角之

200

宴'，他们都会来带我去参加。"

"我倒想去见识见识。"

"我也想参加呀，"爷爷说，"孩子，我有没有告诉过你，'老主公从家乡接到一个重要的讯息'这句话，是从黑桃J嘴里说出的？"

"没有。"我说，"怎么啦？"

"黑桃总是带来噩运。海难发生前，我就常常在世界各国港口的酒吧，听水手们谈论黑桃带来的噩运。在岛上生活那么多年，我自己的经验也证实了这点。每回在村子里遇见一个黑桃侏儒，那天准会有意外事故发生。"

爷爷刚把话说完，从2到10的九个红心侏儒就在屋子前面跳起舞来。她们每一个都金发披肩，身穿绣着心形图徽的红色衣裳。佛洛德爷爷穿的是褐色粗布衣服，而我则是一身破烂的水手装。相比之下，这群侏儒的红衣裳就显得格外鲜艳夺目。我忍不住揉揉眼睛。

我们祖孙俩一起朝她们走过去。

她们围成一圈，聚集在我们身旁，笑嘻嘻地说："丑角日快乐！"然后环绕着我们不停地走动，一面摇荡着裙子一面引吭高歌。

"够了，够了！"佛洛德爷爷制止她们。

他跟这群侏儒说话的口气，就像对待家里饲养的宠物似的。

姑娘们停下舞步，簇拥着我们祖孙俩走下山坡。红心5握住我的手，牵着我一路走进村庄。她那只小手跟早晨的露水一样沁凉。

村中街道和广场静悄悄的，但附近的屋子不时传出尖叫声。陪我们下山的红心侏儒走进一间屋子，消失不见。

悬吊在木工厂四周屋檐下的油灯，依旧亮着，虽然这时太阳还高高挂在天上。

"这儿就是了。"爷爷说。

我们走进宴会厅。

侏儒们都还没来到，但在四张大餐桌上已经摆满一盘盘水果。我还看见桌上放着很多瓶子和水壶，里面装着亮晶晶的饮料。围绕着每一张餐桌，安放着十三把椅子。

宴会厅的墙壁镶着淡色的木板；好几盏彩色玻璃油灯悬吊在天花板横梁下。大厅的一端，墙上开着四扇窗；窗台和茶几上摆着玻璃碗，里面饲养着红色、黄色和蓝色的鱼儿。阳光暖洋洋投射进窗子来，照亮了餐桌上的瓶子和窗台上的金鱼碗，使得整个宴会厅、地板和墙壁上，摇曳着一道一道彩虹般的光影。餐桌正对面，并排安放着三张特别高的椅子。一看到这三张座椅，我就忍不住想起法庭里的法官席。

我还没浏览完整个宴会厅，大门就被推开了。小丑蹦蹦跳跳从街上走进来。

"两位好啊!"他咧开嘴巴笑嘻嘻打个招呼。

每走动一步，小丑身上那套紫色衣裳上缀着的铃铛就会叮当乱响起来。只要点一点头，他头上戴的那顶红绿两色、装有两个驴耳朵的帽子，就会摇晃不停。

小丑突然跑到我面前，跳起身来，伸手扯了扯我的耳朵。他身上的铃铛一阵乱响，听起来就像一匹野马拖着的雪橇似的。

"你被邀请参加咱们的宴会，开不开心啊?"他问道。

"谢谢你们的邀请。"我回答。不知怎的，我一看到这个小妖怪就不寒而栗。

"真的？不坏嘛，你这个人还挺有礼貌。"小丑说。

"你这个小笨蛋，安静一下好不好？"佛洛德爷爷板起脸孔对小丑说。

小丑望着佛洛德爷爷，眼神闪烁着狡黠的光芒。

"当然啦，"他说，"面对今天这个盛大的场面，你老人家会吓得两腿发软，可是呢，想打退堂鼓已经来不及啦，因为今天所有的牌都要被掀开来，让大伙儿瞧一瞧。真相就隐藏在牌里啰。待会儿再说吧！"

小丑跑回街上去了。佛洛德爷爷一径摇着头。

"在这座岛上，谁是真正掌权的人？"我问爷爷，"到底是你呢还是那个小丑？"

"直到这一刻，掌权的人是我。"爷爷的口气似乎有点不确定。

过了一会儿，小丑又走进宴会厅，在墙边一张高椅上坐下来，然后装模作样地打个手势，叫我和佛洛德爷爷坐到他身旁。爷爷坐在中间，我和小丑分别坐在他左右两边。

"安静！"大伙儿坐定后，小丑吆喝一声，尽管这个时候并没有人讲话。

一首优美的横笛曲子悠然响起。乐声中，十三个方块侏儒鱼贯穿过大门，疾步走进宴会厅。身材矮小的国王走在队伍前头，身后跟着王后、侍从和所有的方块，殿后的是方块幺。除了国王伉俪和侍从，每一位方块姑娘手里都握着一根细长的玻璃笛子，放在嘴边吹奏。玻璃笛子吹奏的华尔兹舞曲，音调是那么的纤柔、纯净，听起来就像教堂风琴最小的管子传出的音符。方块侏儒头发银白，眼睛湛蓝，身上都穿粉红衣裳。除了国王和侍从，这队侏儒全都是女的。

"太精彩了！"小丑鼓掌欢呼。我看见佛洛德爷爷鼓掌，也跟着拍起手来。

十三个方块侍儒站在宴会厅一角，排列成四分之一圆形。随后进场的是身穿深蓝制服的梅花侍儒。王后和梅花幺穿的是同色的衫裙。十三个梅花侍儒全都有一头鬈曲的棕色头发、一身黝黑的皮肤和一双褐色的眼睛。跟方块侍儒相比，他们的身材比较圆胖。除了王后和梅花幺，这队侍儒全部是男性。

梅花加入方块行列，共同组成一个半圆形。接着进场的是身穿血红衣裳的红心侍儒。国王和侍从是男性；他们两人穿的是猩红的制服。红心侍儒全都有一头金发、白皙的皮肤和绿色的眼睛。红心幺身上的装扮，却与众不同。她穿的是那天我在林子里遇见她时的那件黄衫。一进入宴会厅，她就走到梅花K身边，跟他站在一块。厅中的三队侍儒现在已经组成四分之三的圆形。

黑桃侍儒最后进场。他们的头发又黑又硬，眼瞳漆黑，身上穿着黑色制服。在四队侍儒中，他们的肩膀最宽厚，表情最阴郁，神色最凝重，如同他们身上的制服。队中只有王后和黑桃幺是女性；她们穿的是紫色衣裳。

黑桃幺走到红心K身旁站住。五十二个侍儒现在组成一个完整的圆形。

"不可思议！"我悄声说。

"每年的'丑角之宴'都是以这种方式展开，"佛洛德爷爷压低嗓门说，"五十二个侍儒排列成一个圆圈，代表一年的五十二个星期。"

"红心幺怎么老是穿着黄衣裳呢？"

"她代表的是，仲夏季节最明亮的太阳。"

黑桃K和方块幺之间留下一个小小的缺口。小丑从椅子上爬下来，站到他们中间。这一来，整个圆圈就完整无缺了。红心幺站在小丑正对面。

五十三个侍儒手牵手，齐声欢呼："丑角日快乐！新年恭喜发财！"

小丑张开双臂，叮叮当当摇响身上的铃铛。他扯起嗓门大声宣布："今天，不但一年结束了，而且我们也已经来到一副牌五十二年期的终点！未来就是属于丑角的了。丑角老兄，祝你生日快乐！要言不烦，我的致辞就到此为止。"

小丑伸出右手，握握自己的左手，仿佛在向自己道喜似的。侏儒们纷纷鼓掌，尽管他们都不懂小丑在说什么。拍完手，四个家族分头走到各自的餐桌，围成一圈坐下来。

佛洛德爷爷伸出手来，搭在我的肩膀上。"他们根本不晓得是怎么回事！"他悄声说，"他们每一年都在重复同样的动作，就像当年我一个人玩牌时那样。"

"可是——"

"小伙子，你看过在马戏团表演的马儿和狗儿没有？这帮侏儒就像受过训练的动物。可是那个小丑……"

"他怎么啦？"

"以前我从没见他那么狂妄、那么自信。"

◆

方块 5

……不幸得很，爸爸要我喝的那杯饮料，滋味非常甜美……

我坐在车子后座，正在阅读小圆面包书，爸爸突然对我说，马上就要到雅典了。于是，我又从魔幻岛回到现实世界来。

在一张地图的协助下，爸爸费了一番工夫，总算找到雅典市旅游服务处。我坐在车子里，打量着街上行走的希腊人，而爸爸就待在旅游中心，寻找一家合适的旅馆。

回来时，他咧着嘴，笑得好开心。

"擎天神大饭店，"他钻进驾驶座，笑嘻嘻说，"这家旅馆有空房和停车场。这当然很重要。但我也告诉旅游中心的人，我们打算在雅典玩几天，去看看有名的高城。所以他们就给我安排了这家屋顶上有瞭望台，可以观览整个雅典城的旅馆。"

爸爸并没夸张，我们的房间在十二楼，凭窗眺望，雅典城果然尽收眼底。不过，我们还是搭电梯到屋顶平台上，远眺矗立在雅典城另一端的高城。

爸爸被高城中的古老神殿震慑住了，好半天瞪着眼睛没吭声。

"汉斯·汤玛士，太神奇了！"他终于惊叹起来，"实在太神奇了。"

爸爸开始在屋顶瞭望台上来来回回踱起方步。过了好一会儿，心情终于平静下来后，他要侍者替他端来一杯啤酒。我们坐在最靠近栏杆的座椅上，面对着高城。不久，神殿四周的水银灯点亮了，刹那间，整座高城大放光明，爸爸又开始激动起来。

看够了高城夜景后，爸爸说："汉斯·汤玛士，咱们明天到高城走一走吧，顺便到古老的市集瞧瞧。我带你去看当年伟大的哲学家一边散步、一边讨论人生重大问题的地方——不幸得很，这些哲人关心的课题，如今大半已经被我们欧洲人遗忘了。"

他又开始滔滔不绝，谈论起雅典的哲学家。我听了一会儿，忍不住打断他："我们来这儿的目的是寻找妈妈——爸爸，你难道忘了吗?"

爸爸又吩咐侍者端来一杯啤酒，这已经是第二或第三杯了。

"当然没忘，"他说，"可是，如果我们不先看看高城，见了妈妈后该跟她谈些什么呢? 分别那么多年，见了面却没话讲，不是挺尴尬的吗? 汉斯·汤玛士，你觉得爸爸的顾虑是多余的吗?"

眼看我们这趟旅程的目标就要达成了，我却突然发现，原来爸爸一直害怕跟妈妈相见。这个发现，让我感到十分痛苦——骤然间，我觉得自己真正长大了。

我原本以为，只要我们父子俩来到雅典找到妈妈，一切问题都会迎刃而解。现在我才领悟到，事实可不是如此。

我迟迟没有领悟这点，并不是爸爸的错。事实上，在旅途中他好几次提到，他实在没有把握能够把妈妈带回家去，只是，那时我并没有听出他的弦外之音。我也没想到，我们父子的追寻到头来会落得一场空。

现在我才知道，自己当初的想法太过幼稚。我开始同情起爸爸来，当然也为自己感到难过。百感交集之下，我终于喝了酒。

爸爸把妈妈和古代希腊人调侃了一顿，忽然问我："汉斯·汤玛士，你想喝一杯酒吗？我很想喝一杯，可是一个人独酌没啥意思。"

"我不喜欢喝酒。"我摇摇头，"而且，我也还没成年。"

"我会叫一杯你爱喝的东西。"爸爸说，"况且，你也快成年了，不再是个孩子。"

爸爸把侍者叫过来，吩咐他给我调一杯马提尼鸡尾酒。他自己则要一杯希腊烈酒。

侍者瞧瞧我，又看看爸爸，一脸不敢置信的模样。"您不是说笑吧？"他问道。

爸爸叫他快去调酒来。

不幸得很，爸爸要我喝的那杯饮料，滋味还挺甜美的。杯子里放着冰块，喝起来沁凉爽口极了。结果我一连喝了两三杯，脸色唰地发白了，整个人一头栽倒在地板上。

"哦，孩子！"爸爸呼唤着我，声音中充满歉意。

他把我抱进房间，以后的事我记不得了，只晓得一觉醒来已经是第二天早晨。但我知道我一夜没睡好。我猜，爸爸也一样睡得不安稳。

方块 6

……他们不时爬下山来，跟凡人厮混在一块……

第二天早晨一觉醒来，我心里想的头一件事就是：我实在已经受够了、厌倦了爸爸的酗酒。

我这个老爸，脑筋原本是第一流的——说他是阿尔卑斯山以北地区最聪明的人，也不为过——但长年酗酒的结果，这个脑筋已经渐渐被酒精腐蚀了。我下定决心，趁着还没和妈妈相见，跟爸爸好好谈一谈，彻底解决这个问题。

一起床，爸爸就兴奋地谈论今天去高城游览的事。我不忍扫他的兴，决定等吃早餐时再谈酗酒的问题。

吃完早餐，爸爸叫侍者再给他倒一杯咖啡，然后点上第二根烟，一面抽一面打开雅典市街图。

"爸爸，你不觉得你太过分了一点吗？"我问道。

爸爸转过脸来望着我。

"你知道我在说什么。"我毫不放松，"我们以前谈过你酗酒的事，可是，你不但不稍稍节制，反而还要拖你儿子下水，这是不是有点过分了呢？"

"对不起，汉斯·汤玛士。"爸爸立刻认错，"昨晚那几杯酒对你来说太烈了吧？我不该让你喝的。"

"也许太烈了一点，"我说，"可是，你自己也要节制一点啊。你号称是挪威艾伦达尔镇唯一的丑角。如果你跟其他丑角一样，变成百无一用的废物，那多丢脸呀。"

看到爸爸脸上露出愧疚的神色，我不禁为他感到难过起来，可是，我总不能一辈子顺着他的羽毛摸啊。

"唔，我会好好反省的。"爸爸说。

"最好早点想清楚啊。我不以为，妈妈会喜欢一个邋邋遢遢、嗜酒如命的哲学家。"

爸爸坐在椅子上，一个劲扭动着身子，一副忸怩不安的模样。被自己的儿子这样毫不留情地数落，任谁也会觉得难堪。"老实说，汉斯·汤玛士，我跟你的想法是一样的。"

爸爸的口气十分诚挚，我听了，不忍心再逼迫他。这件事就此打住。但是，不知怎的我突然怀疑，妈妈离家出走的原因，爸爸并没有全部告诉我。

"咱们到高城去游览，要怎么走啊？"我指着地图问爸爸。

我们开始讨论正经事了。

为了节省时间，我们搭计程车到高城入口处，然后沿着山边一条林荫大道走进城中，拾级而上，登临山丘顶端的神殿区。

来到最大的一间庙宇"巴特农神殿"前，爸爸又开始来来回回踱起方步来。

"壮观……实在太壮观了!"他一个劲惊叹。

我们父子俩绕着神殿逛了几圈,然后走到一处陡峭的山崖上,俯瞰着坐落在山脚下的两座古老剧场。俄狄浦斯王的悲剧,就曾经在这儿最古老的剧场上演。

爸爸逛够了,就指着一块大石头对我说:"坐下来吧!"然后,他开始滔滔不绝,谈论起古雅典文化来。

上完课,太阳高高挂在天顶上,地面几乎看不到任何阴影。爸爸带我去参观高城中的每一座神殿,一路指指点点,为我解说"杜里斯式廊柱"和"爱奥尼亚式廊柱"之间的区别。他还告诉我,巴特农神殿中没有一根线条是笔直的。这栋庞大的建筑,里头空荡荡的,当初只有一座十二米高的雅典娜雕像——她是雅典的守护神。

现在我才知道,古希腊的神祇居住在希腊北部的奥林匹斯山,不时爬下山来,跟凡人厮混在一块。爸爸说,希腊诸神就像巨大的丑角,混杂在由人类组成的一副扑克牌中。

高城中也有一间小型的博物馆,但我找了个借口,告诉爸爸我不想进去。爸爸让我坐在外面等他。

我原本十分乐意陪伴爸爸参观博物馆,因为爸爸是个学识渊博、妙语如珠的好向导,但我口袋里的一件东西却把我给拦阻下来。

游览神殿时,我一边聆听爸爸讲解古希腊神话,心里一边想着,小圆面包书中描述的"丑角之宴"究竟会发生什么事情。魔幻岛上的五十二个侏儒,已经聚集在宴会厅,围成一个大圆圈。现在,他们每一个都要念诵出一句台词来。

♦

方块7

侏儒们坐在宴会厅只顾聊天，小丑猛一拍手，扯起嗓门大声宣布："'丑角游戏'开始！诸位都把自己念诵的一句话，想好了吗?"

"想好了!"侏儒们齐声回答，一时间大厅中充满回音，袅袅不绝。

小丑一声令下："开始念诵你们的句子吧!"

七嘴八舌叽叽喳喳，侏儒们一起念诵各自的句子。五十二个声音交混在一块，吵成一团。几秒钟后，整个大厅突然安静下来，仿佛这场游戏结束了。

"每一次都是这样，"佛洛德爷爷悄声对我说，"大伙儿同时说话，谁也听不到别人在说什么。"

"谢谢各位合作，"小丑说，"从现在开始，每个人念诵一个句子，我们就请方块幺先说吧。"

小公主站起身来，拨开额头上的一绺刘海，开始朗诵她想出的句子："命运有如花椰菜的花冠，向四面八方伸展开。"

说完，她坐回椅子上，一张苍白的脸儿唰地涨红了。

"哦，花椰菜的花冠，这个嘛……"小丑伸手搔搔他的后脑勺，"这个嘛……很别致，很别致。"

方块2嗖地跳起身来，念诵他的句子："放大镜的大小，正好配合金鱼碗的缺口。"

"你说啥？"小丑听得一头雾水，"你如果明确告诉我们，哪一个放大镜配合哪一个金鱼碗，意思就会清楚得多。不过，两位的表现都还过得去，还过得去！毕竟，我们不能把全部真理挤进两张方块牌中，下一位！"

现在轮到方块3："父亲和儿子结伴出门，寻找那个迷失了自己的美丽妇人。"她打个喷嚏，开始号啕大哭。

我记得，刚到岛上时，曾经看到这个姑娘哭泣。方块K安慰她的当儿，小丑说道："她怎么会迷失自己呢？在所有底牌掀开之前，我们不会知道答案。下一位！"

其他方块侏儒一个接一个朗诵他们的句子。

"事实上，玻璃师傅的儿子在开自己幻想的玩笑。"这句话是方块7说的。在玻璃工厂，她曾对我说过同样的一句话。

"魔术师把衣袖一抖，无中生有，活生生蹦跳出好几个小人儿来。"方块9骄傲地念出这句台词。她曾告诉我，她要想出一个难到她想不出来的句子。看来，这点她是办到了。

最后发言的是方块K："纸牌游戏乃是一种家族诅咒。"

"非常发人深省！"小丑赞叹起来，"咱们这场游戏到现在虽然只完成四分之一，但已出现不少重要的讯息。诸位明了其中蕴含的深意吗？"

侏儒们交头接耳，低声讨论起来。小丑说："命运之轮还有四分之三等待我们推动。下面轮到——各位梅花兄弟姐妹！"

梅花幺首先说："命运好比一条饿得吞掉自己的蛇。"

梅花2立刻接口说："金鱼不会揭露岛上的秘密，但小圆面包书会。"我看得出来，他把这句话挂在嘴边已经有很长一段日子，时时反复背诵，生怕忘记。

其他侏儒依序朗诵各自的句子——现在登场的是梅花侏儒，接下来轮到红心，最后是黑桃。

"内盒打开外盒的当儿，外盒打开内盒。"红心么朗声念出她的台词。这句话，跟我在林子里初次遇见她时听到的一模一样。

"一个晴朗的早晨，国王和侍从爬出意识的牢笼。"

"口袋里藏着一副扑克牌，现在摊在太阳下晒干。"

就这样，五十二位侏儒一个一个站起身来，念诵各自的台词，一句比一句荒谬。有些侏儒轻声细语，有些格格笑，有些顾盼自雄，有些低头吸着鼻涕。对于这场混乱嘈杂的表演，我的总体印象是：这简直就是一出闹剧，疯言疯语毫无逻辑和意义。尽管如此，小丑却拿出笔记本，一句一句依序记下侏儒们念的台词。

最后一位登场的侏儒是黑桃K。这位国王睁开两只炯炯有神的眼睛，瞄了瞄小丑，为今天的表演作个总结："看透命运的人必须承受命运的折磨。"

现在回想起来，这是我在那天宴会上听到的最有见地的一句话。小丑显然也有同感。他使劲拍起手来，身上的铃铛叮叮当当响个不停，就像一支单人乐队在演奏似的。佛洛德爷爷坐在一旁只管摇头，显得沮丧。

我们从高高的座椅上爬下来，走到宴会厅中央。侏儒们推推挤挤，在四张餐桌间嬉耍吵闹不停。

我忽然想起刚到岛上时的感受和印象：这座岛屿一定是庇护所，专门收容无可救药的精神病患者。也许，佛洛德原本是个医务人员，后来被病人感染，神经也开始失常。果真如此，那么，医生一个月一次到岛上探望，根本就帮不上什么忙。

佛洛德告诉我的每一件事情——海难、扑克牌、突然活生生从他的幻想中蹦出来的五十二个侏儒——很可能只是一个疯子的胡言乱语。我只有一个确凿的证据，证明佛洛德真的是我的祖父：我祖母的名字真的叫史蒂妮，而父母亲都曾提起，祖父当年曾经从一艘船的桅杆上跌下来，摔伤一只胳臂。

也许，佛洛德真的在这座岛上住了五十年。这并不稀奇，因为我听过类似的海难故事。漂流到岛上时，他身上也许真的有一副扑克牌，但我实在很难相信，那五十二个侏儒真的活生生从他的幻想中蹦出来，进入现实世界。

我知道，这一切都可以从另一个角度来解释——岛上种种荒谬事迹，其实是在我的脑子里进行；换句话说，我自己才是神经突然失常的人。刚到岛上的时候，我在金鱼湖畔吃了几颗浆果，说不定，果子里面含有一些会损害神经的毒素。如今，担心这一切已经太迟了……

一阵铃声骤然响起，打断我的思绪，接着我感到有人伸手扯了扯我身上的水手制服。回头一看，我发现扯我的人是小丑，而那阵"铃声"是他衣服上的铃铛发出的。

"你觉得我们这场扑克牌联欢会办得怎样？"他站在我身旁，一边问一边抬起头来瞅着我，我没回答。

"告诉我，"小丑追问，"当你发现，某人内心里想的东西突然从他脑子蹦出来，在他眼前蹦蹦跳跳，你会不会觉得挺诡异的？"

"当然会觉得诡异啦。"我说，"简直……简直不可思议！太离奇了。"

"没错，太离奇了。"小丑点点头，"可是，这一切看起来又是那么真实。"

"我不懂你的意思。"

"我们现在活生生站在这儿，头上顶着一片青天，浑身洋溢着生命力。"小丑说，"一个人怎么'爬出意识的牢笼'呢？他要使用怎样的梯子，才爬得出来呢？"

"也许，我们一直就活在地球上。"我只想摆脱小丑的纠缠，不能不敷衍他几句。

"确实如此，但你还没回答我的问题。水手，我问你：我们到底是谁？从哪里来的？"

我不喜欢让他这样子黏着我，硬要跟我讨论哲学问题，而且，老实说，对他提出的那些问题我根本就没有答案。

"刚才有个侏儒说，魔术师把袖子一抖，无中生有地把我们变出来。"小丑感叹起来，"多诡异、多离奇啊！水手，你的想法又如何呢？"

这时候我才发现佛洛德已经离开宴会厅。

"他老人家呢？"我问小丑。

"你应该先回答眼前的问题，再提出新的问题啊！"小丑呵呵笑起来。

"佛洛德爷爷到底上哪儿去啦？"我又问。

"他出去透口气啦。每回'丑角游戏'进行到这个阶段，他就得出去透透气。听到侏儒们念诵这些句子，他老人家心里就有气，一气之下就把尿撒在裤子里啦。这个时候，我就会建议他到外面走走。"

突然发现自己被遗弃在宴会厅，孤零零面对一大群侏儒，我顿时感到彷徨无依，不知如何是好。这些侏儒大都已经离开餐桌，穿着五彩缤纷的衣裳在大厅中追逐嬉戏，活像一群参加庆生会的小孩。这场宴会实在太过热闹，干吗要把全村人都请来呢？我心里想。

我仔细观察这帮侏儒，发现这场宴会并不像一般生日派对，反倒像一个化装舞会，宾客们都被要求假扮成一张张扑克牌。进入大厅之前，他们先在门口喝一种神奇的饮料，让他们的身体缩小。这一来，舞池就有足够的空间容纳所有的宾客。我来得太迟，以至于错过了喝神奇"饭前酒"的机会。

"喂，想不想尝尝这玩意儿呀？"小丑笑嘻嘻问我。

他举起手里的一个小瓶子，我不假思索就接了过来，凑上嘴巴喝一口。这玩意尝一口，应该不会有什么问题吧！我心里想。

可是，就那么一小口下肚，我便觉得整个人燃烧了起来。刹那间，我短短的一生中所尝过的各种滋味——还有许多我从没尝过的味道——纷至沓来，涌进我的身体，有如一股欲望的潮水把我整个人淹没。我的脚指头感受到草莓的甘甜滋味，我的头发品尝到香蕉和桃子，梨子汁在我左手肘发酵；各种人间美味蜂拥进我的鼻孔。

我感到舒畅极了，好半天呆呆站着不动。我怔怔看着这群衣装鲜艳、蹦蹦跳跳的侏儒，忽然感到，他们是从我的脑子里蹦出来的。突然，我觉得我迷失在自己的脑子里，可是一会儿我又觉得，一大群侏儒冲出我的脑子，向我提出抗议，因为我把他们拘禁在我那有限的思维空间里。

各种奇妙诡异的念头在我心中涌现，仿佛有一只手在搔我的脑子似的。我发誓，此生绝不离开这只瓶子，我要时时补充它，让它永远装满神奇的饮料。

"这玩意儿……好不好喝啊？"小丑咧开嘴巴，笑嘻嘻问我。

我第一次看到他的牙齿。每回他张开嘴巴笑一笑，衣服上的铃铛就会叮叮当当响起来，仿佛每一个铃铛和每一枚牙齿之间，都有一根神秘的管线相通似的。

"我想再喝一口。"我向小丑央求。

就在这当儿，佛洛德爷爷从外面街上冲进来，一路绊倒好几个侏儒。他伸出手来，从小丑手中抢过那只瓶子。

"你这浑球！"他大声吼起来。

侏儒们纷纷抬起头来望了望佛洛德爷爷，呆了半晌，就又忙着玩他们的游戏去了。

阅读小圆面包书的当儿，我突然看到一缕黑烟从书中升起，紧接着我感到手指灼痛起来，仿佛被火烧到似的。我慌忙丢下书本和放大镜。周遭的游客以为我被一只毒蛇咬到，纷纷围拢过来，看着我。

"没事！"我向他们喊一声，然后捡起地上的放大镜和小圆面包书。

原来，在烈日照射下，我的放大镜变成了一面火镜，引火燃烧小圆面包书。我伸出手指翻了翻书页，发现刚才读的那一页上有一处烧焦的痕迹。

我心头也在焚烧，因为我开始发现，小圆面包书中描述的事迹，有一大部分和我的亲身经验非常契合。

我坐在神殿门前，喃喃地念着魔幻岛的侏儒们在宴会上朗诵的台词。

"父亲和儿子寻找一个美丽的女人，而这个女人迷失了自己……放大镜的大小，正好配合金鱼碗的缺口……金鱼不会泄露岛上的秘密，但小圆面包书会……单人纸牌游戏乃是一种家族诅咒……"

毫无疑问，小圆面包书和我个人的生命之间，存在着某种神秘的关联。怎么会这样子呢？我根本就不知道。神奇的不仅仅是佛洛德的魔幻岛，连这本小书本身也是一件神奇的作品。

我忽然想到，莫非这本书是我在感受周遭世界时幻想出来的？可是，这是一本已经完成的书呀。

天气很热，我的背脊却冒出了冷汗来。

爸爸终于走出高城博物馆。一看见他，我就从坐着的石头上跳起身来，一连问他三四个有关雅典高城和古希腊文化的问题。我得想一些跟小圆面包书没有关系的事情。

◆

方块 8

……像变戏法一样，人类被变出来，然后又被变不见……

我们父子俩又漫步穿过雅典高城壮丽的城门。爸爸站在城门口，好半天只管俯瞰着山脚下的雅典市街。

他伸出手臂，指了指那座名字叫艾里奥帕格斯的山丘。当年，使徒保罗曾登临那座山，面对雅典市民，发表一场伟大的演说，谈论一位并不居住在人造庙宇的神祇。

雅典的古老市集就坐落在山脚下，名为"阿格拉"，意思是"人民会场"。伟大的希腊哲人曾流连在那儿的一排排廊柱间，时而沉思，时而漫步。当年矗立的一幢幢金碧辉煌的神殿、官衙和法庭，如今都已经沦为废墟。这一带硕果仅存的古迹，是坐落在一座小山上的大理石庙宇。它奉祀的是希腊神话中的"火与锻铁之神"海菲斯特斯。

"汉斯·汤玛士，咱们得赶下山去啦，"爸爸说，"对我来说，这一趟旅程就像回教徒的麦加朝圣之旅。只是，我的麦加如今已经变成一片废墟。"

我想，他担心的是，一旦来到他心仪已久的古雅典市集，他会感到非常失望。可是，当我们匆匆赶到那儿，在大理石楼房之间寻幽探胜时，他心中那份对古雅典文化的热爱，刹那间又点燃了起来。他手头上有两三本这方面的书，正好帮助他回顾雅典的历史。

整个市集空荡荡的，难得看见有人走动。山上的高城，每天聚集着数以千计的游客，徘徊不去，但在山下这儿，只有两三个丑角样的人物偶尔出现。

我记得，那时我心里想，如果人真的有前生来世，那么，一千年前爸爸肯定在这座市集广场上走动过。谈起古代雅典市民的生活，他那副口气就仿佛在"回忆"往事。

走着走着，爸爸忽然停下脚步，指着眼前一片残垣断壁对我说："一个小孩坐在沙上建筑沙堡。每建成一座城堡，他就会坐在那儿观赏一会儿，然后举手将它毁掉，重新建立一座新的。同样地，'时间'之神也有一个玩物，那就是我们的地球。世界的历史就在这里写成；人间的重大事件也铭刻在这里——但是，一转眼这些记录就被涂抹掉。人的生命在这儿沸腾，就像在一个巫婆的沸锅里似的。有一天，我们也会被塑造出来——利用跟我们祖先同样的脆弱材料。'时间'如同一阵大风吹袭我们，把我们卷走，跟我们融合在一起，然后又扔下我们。就像变戏法一样，我们人类被变出来，然后又被变不见。我们周遭总是有某种东西潜伏着，伺机取代我们。你知道为什么吗？因为我们并不是站在坚实的地面上——我们甚至不是站在沙上——我们自己就是一团沙。"

爸爸这番话吓坏了我。让我感到震惊的，不单是他在这段话中刻意选用的一些字眼。他那不寻常的激昂口气，也着实让我大吃一惊。

爸爸继续说："你不能逃避'时间'。你可以逃避一个国家的君主，你甚至可以逃避上帝，但你逃避不了'时间'。'时间'亦步亦趋，紧紧跟随着我们。我们周遭的一切事物，如同朝露一般倏忽消失。"

我一个劲点着头，神情十分严肃。爸爸针对"时间的无情威力"这个主题发表的长篇演说，才刚开始呢。

"汉斯·汤玛士，'时间'不会过去，'时间'也不会嘀嗒响。过去的是我们人类，嘀嗒响的是我们戴的手表。就像日出日落那样亘古不变，'时间'穿透整个历史，悄悄地、无情地一步一步蚕食人类的生命。它摧毁伟大的文明、腐蚀古代的遗迹、吞咽一代又一代的人类。这就是'时间的无情威力'。它不断地咀嚼啃啮，而我们人类正好被夹在它的上下颚之间。"

"古时候的哲学家就谈这些事情吗？"我问道。

爸爸点点头，继续说："就那么短短的一瞬间，我们成为芸芸众生的一分子。我们忙着在地球上过日子，把它当作宇宙中唯一实在的东西。你刚才不是看见，一群群蚂蚁在雅典高城上爬来爬去？可是，这一切早晚都会消失啊。它消失后，立刻就会被另一群人类和虫蚁取代，因为永远有新的一群在排队等候空位。各式各样的形体的面具不断冒出、消失；形形色色的新观念不断呈现在人们眼前。主题决不会重复；一篇文章不做第二遍……儿子啊，宇宙间最复杂、最珍贵的东西莫过于'人'，只不过我们却被当作糟粕、垃圾一般对待。"

我觉得爸爸这番话太过悲观了，于是我鼓起勇气问道："情况真的这么悲惨吗？"

"先别插嘴！"爸爸打断我的话，"我们在地球上蹦来跳去，活像童话故事里头的人物。我们互相微笑，互相点头打招呼：'嗨，你好！我们活在同一个时代、同一个现实——同一个神话故事……'汉斯·汤玛士，你不觉得这很不可思议？我们生活在宇宙中的一个星球上，但是，转瞬间我们又会被扫出地球运行的轨道。糊里糊涂莫名其妙，我们就被扫地出门啦，仿佛有人念咒赶走我们似的。"

我坐在一旁，静静瞅着爸爸。他是我这一辈子最熟悉、最敬爱的人，然而，这会儿他站在雅典古老广场上，一面浏览周遭的大理石建筑遗迹，一面滔滔不绝发表评论，整个人仿佛完全变了个样，不像我熟知的那个父亲。我怀疑，他是被阿波罗或其他神魔附身了，才会说出那些怪话。

"如果我们活在另一个世纪，"爸爸继续说，"我们会跟别人分享我们的生命。今天，我们只会向成千上万同时代的人点头、微笑、打招呼：'嗨，你好！我们活在同一个时代，多奇妙啊。'或许有人来敲门，我打开房门，大声打个招呼：'嗨！有灵有肉的人！'"

爸爸伸出双手，表演打开房门迎接灵魂的动作。

"汉斯·汤玛士，你晓得吗？我们现在是活着，但我们只能活这一次。我们张开两只胳臂，向世界宣布我们的存在，但很快就被扫到一旁，扔进历史的深坑里。你知道为什么吗？因为我们人类是那种'用后即可丢弃'的东西啊。在短短的一段时间，我们参与了一场永远进行着的、面具不断变换的化装舞会。可是，汉斯·汤玛士，我们应该获得更好的待遇呀。你我的名字，应该被雕刻在永恒的、不会被时间之流冲刷掉的永恒事物上。"

爸爸找了一块大理石板坐下来，歇口气。现在我才发觉，他早就计划在雅典古老广场上发表这篇演说，而讲辞也老早准备好。他以这种方式，参与古老希腊哲学家的论辩。

这篇演说的对象并不是我，而是那群伟大的古希腊哲学家。爸爸正在对一个早已消失的时代夸夸而谈。

尽管我还不是一个成熟的哲学家，但我觉得我有资格提出一点个人的浅见。

"你不以为，人世间可能有一些事物，并不是时间之流冲刷得掉的?"我质问爸爸。

他转过身子，第一次面向着我讲话。看来，我这个问题威力十足，把他从恍惚的状态中震醒。

"这儿!"爸爸伸出一只手指，戳了戳自己的额头，"这里面的一些东西，不是时间之流冲刷得掉的。"

听他的口气，我真担心他会变成一个妄想自大狂；听了他下面的话，我才知道他指的不光是他自己而已。

"汉斯·汤玛士，思想是不会随波逐流的。你别心急，我的话才说到一半呢。雅典的哲学家们相信，人世间有一个东西是不会跑掉、不会消失的。柏拉图管这个东西叫'理型的世界'。用沙土筑成的城堡，并不是最重要的东西。最重要的是那个孩子在建筑沙堡之前，在脑子里预先想象的沙堡'形貌'。建成一座沙堡后，孩子举手把它敲碎。你知道为什么吗?"

我必须承认，爸爸这篇演说的前半部我比较听得懂，后半部却让我听得一头雾水。爸爸继续说："你是不是曾经想画一样东西，可是画来画去总是觉得不对劲，不能让你满意。你一试再试，不肯放弃。这是因为你脑子里的意象，总是比你用手描绘出来的东西来得完整、圆满。我们周遭的事物也都是这样。我们觉得，人世间一切事物可以变得更美好。你知道我们为什么会这样想吗?"

我一个劲摇头。说到这儿，爸爸神情十分激动，嗓门也变得低沉沙哑起来："这是因为我们脑子里的意象，全都来自柏拉图所说的'理型的世界'呀。那儿才是我们应该归属的地方，而不是在这儿——在这个有如沙堡一般、随时会被时间之流冲刷掉的世界上。"

"这么说，真的有另一个世界啰？"

爸爸点了点头："在进入一个肉身之前，我们的灵魂就栖息在那儿；肉身在时间摧残下腐朽后，它就会回到那个世界去。"

"真的吗?"我抬起头来望着爸爸，感到无比地敬畏。

"唔，柏拉图就是这么想的。我们的肉身就像用沙土建造的城堡，早晚会被时间冲刷掉。这是无可奈何的事。不过，我们确实拥有一些时间摧毁不了的东西，因为它并不属于这个世界。我们必须擦亮眼睛，看清周遭流动的一切事物——它们只不过是幻影而已。"

爸爸说的这番话，我并不全懂；不过，我倒是明白，哲学是一门庞大的学问，而爸爸是一位杰出的哲学家。听了爸爸这篇演说，我觉得自己跟古代希腊人在心灵上贴近了许多。我知道，今天看到的只是希腊人留下的一些有形遗迹，而且多半是世俗的东西，但他们的思想却历久弥新，充满活泼的生命力。

结束演说时，爸爸伸出手臂，指了指苏格拉底当年被监禁的地方。苏格拉底被控煽惑雅典的年轻人，使他们误入歧途，结果被强迫灌下一瓶毒药而身亡。事实上，他是当时整个雅典城唯一的"丑角"。

◆

方块9

……玻璃师傅的儿子在开自己幻想的玩笑……

离开雅典古老的市集和高城后，我们父子俩漫步走下几条商业街，一路逛到国会大厦前的辛达格玛广场。途中，爸爸买了一副挺别致的扑克牌。拿到手里后，他立刻撕开包装，抽出丑角牌，把剩下的牌全都递给我。

广场边有很多酒馆，我们挑了一家，坐下来吃晚餐。爸爸喝下一杯饭后咖啡，然后打算去打听妈妈的下落。我和爸爸追随古代希腊人的足迹，在雅典城里游逛了一整天，两只脚实在疼痛，只好央求爸爸让我坐在酒馆里头等他。于是，爸爸便一个人去打电话，然后造访附近一家模特儿经纪公司。

爸爸走后，我独个儿坐在辽阔的广场上，周遭尽是熙来攘往的希腊人。爸爸刚走出酒馆，我就把他送给我的那副牌全都摊在桌上，试图给每一张牌一句话，然后将所有句子组合起来，形成一个完整的故事。可是，由于手头上没有纸和笔，这种游戏玩起来实在伤脑筋，我只好放弃。

我拿出放大镜和小圆面包书，继续阅读魔幻岛的故事。我知道，故事的高潮即将来临。五十二个侏儒已经念诵完他们的台词，小丑就要把这些支离破碎的句子重新组合起来。然后，我也许就能看出，面包师傅汉斯很久以前告诉艾伯特的那些神奇事迹，跟我到底有什么关联。

小丑让我喝的那一小瓶饮料，一进入我的喉咙，便在我全身各处兴风作浪。我脚下的地板开始摇晃起来。一时间，我仿佛又回到了汪洋中的一艘船上。恍惚中，我听见佛洛德爷爷说："你怎么可以让他喝这种东西呢？"

接着我听见了小丑回答："是他自己要求尝一口的嘛。"

然后，我就迷迷糊糊睡着了。睡梦中，我忽然感觉到有人轻轻踢我的身子。我睁开眼睛，看见佛洛德爷爷低头睨着我。

"你该醒了！"他说，"小丑马上就要解开大谜团了。"

我倏地坐直了身子："什么谜团呀？"

"丑角游戏，记得吗？他准备把侏儒们念诵的所有台词凑合起来，组成一个完整的故事。"

我爬起身来，看见小丑正在忙着指挥五十二个侏儒，要他们依照他规定的次序，重新编队站好。一如先前，他们仍旧排成一个圆圈，但这回不同花色的侏儒全部混杂在一起。我很快就注意到，号码相同的侏儒肩并肩站在一块。

小丑又爬上他的宝座。佛洛德爷爷和我也坐回各自的座椅上。

"杰克！"小丑大声叫嚷，"你们四个快过来，站到四位国王和四个十点中间。四位王后，请你们站在四位国王和四个么点中间。"

小丑伸出手来，一个劲搔着他的后脑勺："梅花9、方块9，你们两个换个位置。"

身材圆胖的梅花9慢吞吞走过来，站在身手矫健、蹦蹦跳跳的方块9旁边。两个人依令交换了位置。

小丑又做了一些更动，然后才满意地点点头。

"这是所谓的布局，"佛洛德爷爷悄声对我说，"首先，你给每一张牌一个意义；接着，你把五十二张牌集合起来，彻底洗一次，再重新发牌。"

迷迷糊糊中，我没听清楚他老人家说什么。这会儿，我感到柠檬的浓烈香味正侵袭我的腿，而一股紫丁香的芬芳，正在挑逗我的左耳。小丑让我喝的饮料，还在我的身体各处作祟。

"每个人都有一句台词，"小丑说，"但是，我们必须把所有句子组合起来，这样我们的游戏才会有意义，因为我们都是同一个家庭的成员。"宴会厅中，侏儒们倏地安静了下来。

"谁先开始呢？"黑桃K问道。

"他每次都很急躁。"佛洛德爷爷悄声说。

小丑张开双臂，郑重宣布："故事的开头，确立整个情节的发展方向。咱们这个故事应该由方块J开头。在玻璃工厂当师傅的杰克，你请开始吧。"

"银色的双桅帆船，沉没在波涛汹涌的大海中。"方块J朗声念出他的台词。

站在他右首边的黑桃K立刻接口说："看透命运的人必须承受命运的折磨。"

"不对，不对！"小丑连连摆手，"咱们这出戏的情节，是顺着太阳的方向进行的。黑桃国王是最后登场的人物。"

佛洛德爷爷的脸色登时凝重起来。"这下糟了！"他喃喃地说。

"怎么啦？"我问道。

"黑桃国王最后才登场。"

我没有工夫回答，因为这时候我正感受到有一股蛋酒的强烈味道向我袭来，让我难以招架。在家乡卢比克，蛋酒可不是天天都有啊。

"我们从头开始吧！"小丑说，"四位杰克最先登场，接着是四个十点，然后是四个九点，依此类推，顺着太阳的方向进行。四位杰克，现在念出你们的句子吧！"

四位杰克一个接一个念诵他们的台词："银色的双桅帆船，沉没在波涛汹涌的大海中。水手漂流到一个不断扩大的岛屿上。他口袋里藏着一副扑克牌，现在摊在太阳下晒。扑克牌上的五十三张图画，陪伴玻璃工厂老师傅的儿子度过漫长的许多个年头。"

"这还可以。"小丑说，"咱们的故事就这样开始。也许这不是什么了不得的开头，但总算是个开始，现在轮到四个十点登场了，你们请吧！"

四个十点接着念道："纸牌褪色之前，五十三个侏儒在孤独水手的脑子里逐渐成形。容貌怪异的人物，在主人的心灵中翩翩起舞。主人入睡时，侏儒们自由自在过活。一个晴朗的早晨，国王和侍从爬出意识的牢笼。"

"好极了！妙极了！"小丑鼓掌欢呼起来，"四个九点，现在该你们登场啦。"

"意象从心灵中跃出，进入外在的世界。魔术师把衣袖一抖，无中生有，活生生蹦跳出好几个小人儿来。出自幻想的人物外表固然美丽，但除了一个之外，全都迷失了心智，只有孤独的丑角看穿这个骗局。"

"对！对极了！"小丑乐得直鼓掌，"真理本来就是孤独的东西嘛！八点，现在轮到你们啦。"

"亮晶晶的饮料麻醉了丑角的知觉。丑角吐出亮晶晶的饮料。不再饮用'诓骗水'的小丑，思路变得更加清晰。五十二年之后，遭遇海难者的孙儿来到这座村庄。"

小丑意味深长地瞄了我一眼。

"四个七点出场!"小丑一声令下。

"真相隐藏在牌中。真相是，玻璃师傅的儿子在开自己幻想的玩笑。出自幻想的人物，对主人发动一场疯狂的叛变。不久主人死了，杀害他的是一群侏儒。"

"太精彩了!"小丑赞叹起来，"六点出场!"

"太阳公主逃到海边。魔幻岛毁于内讧。侏儒们又变成扑克牌。面包师的儿子赶在童话结束之前逃出。"

"唔，还不错。"小丑点点头，"五点，该你们登场念诵你们的台词了。发音一定要正确，咬字一定要清楚啊。发音的一点小差错，可能会造成严重的后果啊。"

我被小丑说的"严重后果"搞糊涂了，以至于没听清楚五点念诵的第一句台词。

"面包师的儿子翻山越岭，逃到一个遥远的村庄定居下来。面包师隐藏魔幻岛的珍宝。未来显现于纸牌中。"

小丑一个劲鼓掌喝彩。

"大伙儿的表现都挺不错。"他说，"咱们这出戏有个特色，那就是，它不但反映已经发生的事，而且还预言未来的事情。我们的戏现在才进行到一半呢。"

我回头望望佛洛德爷爷。他伸出一只手臂，揽住我的肩膀，把嘴巴凑到我耳边悄声说："孙儿，他说得没错。"

"他说的什么没错?"

"我不久于人世。"

"乱讲!"我急了起来,"这不过是一场胡闹的游戏,你老人家干吗要那么认真呢?"

"孙儿,这可不只是一场游戏啊!"

"你不能死!我不准你死!"我叫嚷起来。围成一圈的侏儒们纷纷回过头来,望着我们祖孙两个。

"乖孙啊,不管你准不准,人老了都会死的。"佛洛德爷爷感叹道,"幸好有人接棒,我死也死得安心。"

"说不定我也会死在这座岛上。"我说。

爷爷柔声安慰我:"刚才那个侏儒念的台词,你没听到吗?'面包师傅的儿子翻山越岭,逃到一个遥远的村庄定居下来。'你父亲不是面包店的师傅吗?"

小丑使劲拍了拍手。他身上的铃铛叮叮当当响起来,整个大厅都听得到。

"安静!"他吆喝一声,"四点,你们接着念吧。"

我心里只顾想着佛洛德爷爷刚才那番话,担心他真会死掉。四点朗诵的台词,我只听到梅花4和方块4念的那两句。

"村民们收容孤苦伶仃的小男孩。面包师请他喝亮晶晶的饮料,让他看美丽的金鱼。"

"现在轮到三点了。"小丑下令,"念吧!"

这次我也只听到两句台词。

"水手娶美丽的妇人;她生下小孩后离家出走,跑到南方寻找自己。

父亲和儿子结伴出门，寻找那个迷失了自己的美丽妇人。"

三点念诵他的台词时，小丑一个劲鼓掌欢呼："太妙了！现在我们进入未来的国度啦。"

我回头看看佛洛德爷爷，只见他眼眶中闪烁着泪光。

"他们到底说什么？我全都听不懂。"我感到很困惑。

"嘘！"爷爷压低嗓门说，"孙儿，你一定要好好听一听历史啊。"

"历史？"

"或者说'未来'。其实，未来也是历史的一部分。这个游戏把我们带到未来的好几个时代。这就是小丑所谓的'未来的国度'啦。扑克牌中隐藏的那些玄机，我们不全懂，但后人会把谜团解开的。"

"两点登场！"小丑吆喝一声。

我试图记下每一句台词，但只记住三句。

"侏儒伸出冰冷的手，指示前往遥远村庄的路途，然后拿出一个放大镜送给北方来的男孩。放大镜的大小，正好配合金鱼碗的缺口。金鱼不会泄露岛上的秘密，但小圆面包书会。"

"美妙极了！"小丑击掌赞赏起来，"我早就知道，放大镜和金鱼碗是整个故事的关键……现在该轮到咱们的小幺点登场啦！公主们，请吧。"

我只听到三句台词。

"命运好比一条饿得吞掉自己的蛇。内盒打开外盒的当儿，外盒打开内盒。命运有如花椰菜的花冠，向四面八方伸展开来。"

"王后们，请登场！"小丑嚷道。

我被那杯饮料弄得晕乎乎的，以至于只听清楚王后们念诵的两句台词。

"小圆面包师傅对着神奇的漏斗大声呼叫，声音传到好几百里外。水手吐出浓烈的饮料。"

"咱们这场纸牌游戏，现在接近尾声啦。"小丑宣布，"英明睿智的四位国王请登场！我们洗耳恭听。"

除了梅花K之外，其他三句台词我都听到了。

"纸牌游戏是一种家族诅咒。总会有一个丑角看穿整个骗局。看透命运的人必须承受命运的折磨。"

这是黑桃K第三次提到"承受命运的折磨"。小丑鼓掌致敬，宴会厅中的侏儒们也纷纷拍起手来。

"太精彩了！"小丑扯起嗓门大叫，"大伙儿都应该为这场纸牌游戏感到骄傲，因为每个人都贡献了一句台词。"

侏儒们再一次鼓掌欢呼。

小丑十分开心，一个劲拍着他的胸膛："今天是'丑角日'，让我们赞美小丑吧，因为未来是属于他的！"

◆

方块 10

我从小圆面包书上抬起头来，只觉得脑子里充满各种思绪，乱成一团。

这时，我独个儿坐在雅典城中的辛达格玛广场上，望着周遭那些腋下夹着报纸、手里提着公文包匆匆走过的希腊人，忽然心中灵光一现，猛然醒悟：小圆面包书是一个神谕，把我的旅程和魔幻岛一百五十年前发生的事情，连结在一块。

我把刚才读的那几页，又翻看了一下。

书中的叙事者汉斯，在那场宴会中，虽然并没有听清楚侏儒所念诵的全部预言，但是，各个句子之间，仍然可以看出明显的脉络和关联。

"面包师的儿子翻山越岭，逃到一个遥远的村庄定居下来。面包师隐藏魔幻岛的珍宝。未来显现于纸牌中。村民们收容孤苦伶仃的小男孩。面包师请他喝亮晶晶的饮料，让他观赏美丽的金鱼……"

面包师的儿子显然就是汉斯。佛洛德爷爷已经看出来。遥远的村庄一定是杜尔夫村，而那个孤苦伶仃的小男孩想必就是艾伯特。

接下来的预告，汉斯错过了三点的两句台词，但是，只要我们把三点的其他两句台词，跟两点的四句台词连结在一块，其中的关联还是可以看出来。

"水手娶美丽的妇人，她生下孩子后离家出走，跑到南方寻找自己。父亲和儿子结伴出门，寻找那个迷失了自己的美丽妇人。侏儒伸出冰冷的手，指示前往遥远村庄的路途，然后拿出一个放大镜送给北方来的男孩。放大镜的大小，正好配合金鱼碗的缺口。金鱼不会泄露岛上的秘密，但小圆面包书会……"

这部分相当清楚，但预言中有几句话却让我看得一头雾水，百思不得其解。

"内盒打开外盒的当儿，外盒打开内盒……小圆面包师傅把嘴巴凑到神奇的漏斗上，大声呼叫，声音传到几百里外……水手吐出浓烈的饮料……"

最后那句话，是不是预言爸爸会戒掉长年的酒瘾？如果是的话，我对爸爸和这个古老的预言，就得另眼相看了。

问题是，在全部五十二句台词中，汉斯只听到四十二句。尤其是后面那部分，他觉得很难集中神去聆听。这也难怪，因为预言游戏愈进行到后面，距离汉斯那个时代也愈遥远。这段预言对汉斯和佛洛德爷爷来说，不啻是一本天书，难怪汉斯记不清楚。

现在，除了我之外，一般人也看不透这个古老预言的玄机。只有我知道，手指冰冷的侏儒究竟是谁。也只有我一个人拥有特别的放大镜。别人都不会明了，为什么小圆面包书会揭露岛上的秘密。

汉斯没有把全部五十二句台词都听清楚，我还是感到非常遗憾，因为，由于他的疏忽，预言的一大部分，尤其是牵涉到我们父子的那一部分，恐怕会成为永恒的不解之谜。我判断，其中一个侏儒在预言中很可能提到，我们父子会不会在雅典遇见妈妈，她会不会跟随我们回挪威……

我在广场上翻看小圆面包书的当儿，眼角瞥见一个小矮人从书摊后面探出头来，窥伺着我。最初，我以为那只是一个本地小孩，看见我独个儿坐在广场上，感到好奇而已，但仔细一瞧，却发现他就是我们在修车厂遇见的那个侏儒。这家伙只露了露面，就转身走开。

刹那间，我背脊上冒出一片冷汗来，转念一想，我干吗要怕这个侏儒呢？虽然他一直跟踪我，却没有做出任何伤害我的举动呀。

说不定，他也知晓魔幻岛的秘密。他把放大镜送给我，然后打发我去杜尔夫村，目的也许就是要我揭开这个秘密。如果真是这样，我就不应该责怪他一路跟踪我，查看我的阅读进度，这毕竟是一本难得一见的奇书。

记得爸爸曾开玩笑地说，侏儒是一位犹太魔法师在几百年前创造的假人。当然，爸爸只是说笑，但如果这是真的，那么这个魔法师也许会认识艾伯特和汉斯。

我正想往下翻阅，却看见爸爸大步穿过广场，向我匆匆地走过来。他比一般希腊人高出一个头。我连忙把小圆面包书塞进口袋中。

"让你久等了吧？"他上气不接下气地问道。

我摇摇头。

我决定不把看见侏儒的事告诉爸爸。毕竟，跟小圆面包书描述的那些事情相比，这个跟随我们在欧洲游荡的小矮人，压根儿不值得一提。

"你在干什么呀？"爸爸又问道。

我把扑克牌举在手中让他看。我告诉他，我在玩单人纸牌游戏。

这时侍者走过来，向我收汽水钱。

"好小啊!"他惊叫一声。

爸爸呆了呆,不知所措。

当然,我知道侍者指的是我刚才阅读的小圆面包书。我真担心他会揭穿我的秘密,于是赶紧掏出放大镜,举到他面前说:"小虽小,可是非常管用啊。"

"是,是!"侍者连连点头。

我就这样蒙混了过去。

走出咖啡馆时,我向爸爸解释:"我在检查扑克牌,看看上面有没有印着肉眼看不见的记号。"

"结果呢?"爸爸问道。

"不告诉你!"我故作神秘地摇摇头。

方块 J

◆

……爸爸一向自诩为真正的丑角……

回到旅馆房间，我问爸爸，妈妈的下落究竟查出来没有。

"我去探访一个经纪人。这家伙开设一个联络处，专门替模特儿接洽生意。他告诉我，在雅典工作的模特儿，没有一个名字叫爱妮姐。他的口气很坚定。据他自己说，他认识全雅典的模特儿，尤其是外国妞。"

我失望地沉下了脸来——这会儿，我那张脸孔看起来准像阴雨绵绵的冬天下午。我感觉到眼泪夺眶而出。爸爸看到我这副德行，立刻说："我掏出那张从时装杂志上剪下的照片，拿给他看。这个希腊人眼睛一亮。他告诉我，这个模特儿的名字叫'沙艳阳'。这当然是艺名啦。他又告诉我，这几年来，沙艳阳是全雅典身价最高的模特儿之一。"

"接下来呢？"我抬起头来望着爸爸，眼睛一眨也不眨。

爸爸伸出双手往空中一挥："他要我明天下午打个电话。"

"就这样吗？"

"就这样！汉斯·汤玛士，这种事急不得，必须一步一步慢慢来。今天晚上我们到屋顶瞭望台上坐坐吧。明天，我们开车去比里夫斯港。那儿一定有公用电话。"

238

爸爸提到屋顶瞭望台，我立刻想起一件事。我鼓起勇气对他说："爸爸，别忘了一件事。"

爸爸望着我，一脸迷惑，但我猜他已经晓得我要说什么。

"有一件事你要好好检讨一下。你答应过，这件事你会很快检讨、反省。"我提醒爸爸。

爸爸装出一副男子气概，呵呵大笑，但他的笑声听起来却有点像哀嚎，听得我毛骨悚然。

"哦，那件事!"他说，"汉斯·汤玛士，我的确答应过你，会好好考虑这件事。可是，今天要考虑的事情实在太多了。"

我想出了一个好主意。我跑过去打开他的旅行袋，把手伸进了那堆衬衫和袜子里头，掏摸了半天，找到他喝剩的半瓶威士忌，二话不说就冲进浴室，把酒全都倒进抽水马桶。

爸爸跟在我屁股后面走进浴室，看见我这么干，顿时呆住了，好一会儿只管瞪着马桶发愣。我猜，他心里一定在挣扎：要不要趁着我还没把那半瓶威士忌冲掉，弯下腰去把它喝光。爸爸虽然嗜酒如命，但毕竟还没堕落到那个地步。他转过身子面对着我，一时无法决定，到底应该像老虎那样大肆咆哮呢，还是像哈巴狗那样摇尾乞怜。

"好吧，汉斯·汤玛士，算你赢了。"他终于说。

我们父子俩一块回到卧室，在窗边两张椅子上坐下来。我看着爸爸，他正看着窗外的雅典高城发呆。

"亮晶晶的饮料麻醉丑角的知觉。"我喃喃地说。

爸爸吓了一跳，回头望着我。

"汉斯·汤玛士，你在嘀咕什么？难道你昨晚喝了几杯马提尼鸡尾酒，到现在还没醒酒吗？"

"我早就醒酒了！我只是想提醒你，一个真正的丑角是不喝酒的，因为酒会扰乱他的思路。"

"你这小家伙疯疯癫癫的，真像你老爸！唉，这大概是遗传吧。"

我知道我击中了爸爸的要害，因为爸爸一向自诩为真正的丑角。

为了让他忘记马桶里头的威士忌，我向他提议说："爸爸，咱们现在到屋顶瞭望台去吧！看看他们有哪些不含酒精的饮料，咱们一样一样地喝。你可以喝可乐、七喜汽水、橘子汁、番茄汁、梨子风味的汽水——你也许想把这些饮料全都掺在一块喝吧？你可以在你杯中加满冰块，用长长的一根汤匙搅一搅——"

"够了，够了，别再说了！谢谢你。"爸爸打断我的话。

"我们不是有个协议吗？"

"你放心吧！我这个老水手会永远信守承诺。"

"好极了！为了补偿你，我就告诉你一个怪异的故事吧。"

我们父子俩匆匆赶到屋顶瞭望台上，坐在昨晚那张桌子旁。不久，昨晚那位侍者就走了过来。

我操着英语问他，这儿供应的不含酒精的饮料有哪些。结果，我们要了两个杯子和四瓶不同的饮料。侍者一面摇头，一面嘀咕。他实在不懂这对父子到底是怎么回事——昨晚一块儿喝酒，今夜却又大瓶地喝起汽水来。爸爸告诉他，饮食一定要保持平衡，人世间的道理一定要维持。

侍者走开后，爸爸转过头来对我说："汉斯·汤玛士，你是不是觉得有点诡异呢？咱们来到一个拥有好几百万人口的都市，想在这座巨大的蚁丘里头，寻找一只小小的蚂蚁。"

"这只小蚂蚁可是一只蚁后啊。"我说。

这句评论，我自认为说得挺俏皮、挺有见地。爸爸显然也这么想；他脸上绽出了灿烂的笑容来。

"可是，汉斯·汤玛士，这座蚁丘虽然巨大，却组织得极为严密，你确实可以寻找出编号3238905的那只蚂蚁。"爸爸沉思了好一会儿，才继续说，"事实上，雅典只是一座更庞大的蚁丘里头的一个小小巢穴，而这座蚁丘总共住着五十亿只蚂蚁。可是，如果你想在这五十亿只蚂蚁中，跟某一只蚂蚁取得联系，却也不是什么难事。你只消拿起电话筒，拨个号码，不管这个人身在哪里，阿尔卑斯山上也好，非洲丛林中也好，甚至阿拉斯加或西藏也好，你都可以坐在家里的客厅找到他。汉斯·汤玛士，你晓不晓得，咱们这个星球上有好几亿个电话呢。"

我心中一亮，霍地从椅子上跳起身来。

"小圆面包师傅对着神奇的漏斗大声呼叫，声音传到好几百里外。"我喃喃地念着侏儒在丑角游戏中念的这句台词，骤然间，领悟出了它的含意。

爸爸无奈地叹口气。"你又嘀咕些什么啊?"他问道。

仓猝间，我实在不知道该怎么解释，只好临时编造出这么一段说辞："你提到阿尔卑斯山，我就想起我们路过的那个村子，有个面包师傅送我几个小圆面包，请我喝一瓶汽水。我记得，他店里也装有一个电话。通过这个电话，他可以跟全世界的人联络上，只消打个电话到查号台，他就能要到世界上任何人的电话号码。"

看来，爸爸并不太满意我的回答。好一会儿，他只是静静坐在瞭望台上，望着雅典高城。

"这么说来，你不嫌我成天在你面前唠叨哲学问题啰？"他问道。

我摇摇头。事实上，我脑子里塞满了小圆面包书读来的东西，恨不能泄露一些，跟别人分享。

夜幕低垂，一簇簇水银灯骤然大放光明，照射在雅典高城上。

"爸爸，我答应过要告诉你一个故事。"

"说吧。"

于是我开始讲述小圆面包书中的故事——关于艾伯特、汉斯、佛洛德和魔幻岛的所有事情。我对杜尔夫村老面包师作过承诺，但我不以为自己食言，因为我向爸爸表明过，整个故事是我临时编造的。事实上，其中一小部分情节的确是我捏造的，而且，在讲述过程中我从不曾提到小圆面包书。

爸爸听得津津有味，啧啧称奇。

"汉斯·汤玛士，你的想象力可真丰富啊！看来，你不应该当个哲学家，你应该先尝试写作。"

我又为了一件跟我无关的事情，受到爸爸的赞美。

那天晚上就寝时，我比爸爸先睡着。入睡之前，我在床上辗转反侧了好一会儿，但爸爸比我还晚合上眼睛，我记得看见他爬下床，站在窗前发呆。

第二天早晨一觉醒来，我发现爸爸躺在床上熟睡。我觉得，他睡觉的那副样子活像一只开始冬眠的熊。

我掏出放大镜和小圆面包书，急着想知道，"丑角之宴"举行后，魔幻岛上会发生什么事情。

◆

方块 Q

……小丑终于忍不住放声大哭……

小丑拍拍胸膛，说了几句赞美自己的话后，围成一个大圆圈的侏儒登时一哄而散，各自吃喝玩乐去了。有些侏儒拿起桌上的水果吃，有些则忙着倒饮料。他们一面喝着那亮晶晶、闪闪发光的神奇的饮料，一面扯起嗓门，大声喊出各种香料的名称：

"蜂蜜！"

"薄荷！"

"香莓！"

"环根！"

"禾草！"

佛洛德爷爷坐在一旁瞅着我。他虽然是个白发苍苍、皱纹满面的老头，双眼却仍旧十分锐利，有如两颗晶莹剔透的绿宝石。我不禁想起人们常说的那句老话：眼睛是灵魂之窗。

小丑又使劲拍了拍手。

"这场纸牌游戏隐藏的玄机，各位领悟出来了吗？"小丑大声问道。大厅中的侏儒没有回应，小丑急得伸出双臂，四下挥舞起来："你们难道还不明白，佛洛德就是那个带着一副扑克牌来到岛上的水手，而我们就是那些牌变成的呀。你们这些家伙都是猪脑袋，跟他一样笨！"

厅中的侏儒面面相觑，根本不知道小丑在说什么。对于小丑所说的"玄机"，他们似乎也不太感兴趣。

"哼，这家伙就是喜欢惹是生非！"方块皇后叱责一声。

"是呀，这家伙实在讨人嫌。"另一个侏儒也骂了一句。

小丑高高坐在宝座上，一副愁眉苦脸的模样。过了一会儿，他又问道："难道没有一个人明白吗？"他气得直发抖，以至于身上的铃铛叮叮当当乱响起来。

"我们都不明白！"侏儒们齐声应道。

"你们难道不明白，佛洛德把我们都给耍了，而我自己就是一个傻瓜？"

有些侏儒伸出双手，捂住眼睛和耳朵；有些则大口喝着彩虹汽水。显然，他们都不想了解小丑说的话。

黑桃国王走到一张桌子旁，拿起一瓶亮晶晶的饮料。他把瓶子举到小丑面前，质问他："咱们今天受邀来这儿，是为了猜谜呢，还是为了喝彩虹汽水？"

"咱们今天来这儿，是为了弄清事情的真相。"小丑回答黑桃国王。

佛洛德爷爷突然抓住我的胳臂，把嘴巴凑到我耳朵旁，悄声说："我真担心，这场宴会结束后，我在岛上辛辛苦苦创造出来的一切，会被毁得干干净净。"

"要不要我出面阻止他？"我问道。

佛洛德连连摇头："不要，不要！这场纸牌游戏必须依照他自己的一套规则进行。"

突然，黑桃杰克一个箭步冲上前，把小丑揪下宝座。其他几个杰克纷纷拥上前去。三个杰克按住小丑，让梅花杰克把一瓶彩虹汽水灌进他的嘴巴。

小丑紧紧闭着嘴巴，拼命把被灌进的汽水喷吐出来。

"丑角吐出亮晶晶的饮料。"小丑一面擦拭嘴巴，一面朗诵刚才在游戏中一个侏儒念的台词，"不再饮用'诳骗水'的小丑，思路变得更加清晰。"

他突然跳起身来，一把抢过梅花杰克手中的汽水，将它摔到地板上。然后，他跑到每一张桌子旁，把四张桌子上的瓶瓶罐罐一股脑儿打破。刹那间，整个宴会厅四处飞溅起一簇簇玻璃碎片。尽管玻璃碎片纷纷撒落到侏儒们身上，却没有一个人被割伤，只有佛洛德爷爷挂了点彩儿，我看见一滴血从他手上流淌下来。

亮晶晶的液体在地板上流窜，汇聚成黏黏的一摊。好几个两点和三点侏儒趴到地板上，把舌头伸到那散落一地的玻璃碎片中，舔舐着流失在地上的彩虹汽水。他们把嘴上沾着的玻璃碴随口吐掉，一副若无其事的样子。其他侏儒站在一旁，看得目瞪口呆。

黑桃国王一声令下："杰克听着！你们立刻去把小丑的头颅砍下来！"

四个杰克唰地拔出佩剑，朝向小丑大步走过去。

我不忍袖手旁观，正要出面干预，却感觉到有一双手牢牢抓住我的手臂。

小丑那张小脸顿时吓得皱成一团。

"只有丑角，"他喃喃地说，"没……没其他人……"

哇的一声，小丑终于忍不住放声大哭。

四个杰克吓了一跳，连连后退几步。宴会厅中，伸手捂住耳朵和眼睛的侏儒们也纷纷抬起头来，一脸迷惘困惑，望着坐在宝座上哭泣的小丑。显然，这些年来他们看惯了小丑的恶作剧，却从没看见他哭过。

佛洛德爷爷的眼睛闪烁着泪光。我突然醒悟，这伙人当中，他最关心的就是这个喜欢惹是生非的小家伙。他老人家伸出手臂，揽住小丑的肩膀，柔声安慰他："不要怕，不要怕……"但小丑却把老人家的手推开去。

红心国王走到四个杰克身旁，制止他们对小丑下手。他说："我必须提醒你们，正在哭泣的头颅是不可以砍掉的。"

"真烦！"黑桃杰克哼了一声。

红心国王继续说："此外，根据一条非常古老的法规，在砍下一颗头颅之前，我们必须让它把话说完。现在，既然扑克牌都还没有完全摊在桌面，我命令你们把小丑抬到桌上，然后才砍他的头。"

"恭谢陛下隆恩，"小丑吸了吸鼻涕，"在这场纸牌游戏中，陛下是唯一拥有十三颗善良的心的国王。"

四个杰克遵命将小丑抬到一张桌子上。小丑躺下来，把头枕在两只手臂上，然后弯起一条腿，架在另一条腿上。他以这种姿势发表一场长篇演说。宴会厅中的侏儒纷纷拥上前，围聚在小丑身边。

"我是最后来到这个村子的，"小丑说，"大伙儿都觉得我这个人与众不同。所以，在岛上这些年我一直独来独往，孤单度日。"

小丑这番话扣动了侏儒们的心弦，大家都侧耳倾听。显然，这些年来岛上的侏儒心里都很纳闷，这个小丑为什么跟他们不一样。

"我不属于任何一个家族，"小丑继续说，"我既不是红心、方块，也不是梅花或黑桃。我既不是国王，也不是杰克、八点或爱司。我只不过是混迹在这儿的一个丑角。至于丑角是怎样的一个人，连我自己都不清楚。每回我摇一摇头，身上那些铃铛就会叮当响起来，提醒我，我是一个没有家的人。我没有号码，也没有职业。我不能到玻璃工厂，跟方块侏儒一起吹制玻璃器皿，也不能进入面包坊，跟红心姑娘一块做面包。梅花侏儒个个是莳花种菜的能手，而我对园艺却一窍不通。黑桃汉子个个肌肉发达，而我却手无缚鸡之力。我永远袖手旁观站在外头看你们干活。可是，就因为这样，我反而比你们更能看到事情的真相——旁观者清，当局者迷呀。"

小丑躺在桌子上，一面说一面摇荡着他的腿，身上的铃铛叮叮当当响个不停。

"每天早晨你们出门干活，但从来没有真正清醒过。当然，你们天天看到太阳和月亮，看到天空中的星星，看到地面上一切会动的东西，但你们视若无睹。身为丑角的我却不一样，因为我是带着一个缺陷来到这个世界；我看得太深，也看得太多。"

听到这儿，方块王后不耐烦地打断他的话："小丑，有话就直说吧！如果你真的看清了一些我们没看清的事情，尽管说出来好了。"

"我看清了自己！"小丑说，"我看见自己匍匐爬行在花园的树叶间。"

"你能够从天空俯瞰在地上爬行的自己？"红心2问道，"难道你的眼睛像鸟儿那样，长着一对会飞的翅膀？"

"没错，可以这么说。"小丑回答，"光是从口袋里掏出一面小镜子照照自己，是不管用的——就像咱们村子的四位王后那样。她们太在意自己的容貌，每天忙着照镜子，以至于忘掉了生活的真正目的。"

"这家伙说得太过分了！放肆！"方块王后叱喝了一声，"我们就这样任由他猖狂下去吗？"

"我不光是说说而已。"小丑继续说，"我内心里深深感受到这点啊。我觉得自己是一个充满……充满生命的形体……一个不寻常的生物……有皮肤、头发和指甲……一个活生生的、清醒的傀儡，跟橡皮一样任人搓弄摆布……身为丑角的我忍不住要问：这个橡皮人是从哪儿来的？"

"我们就任由他胡说八道吗？"黑桃国王气冲冲地说。红心国王点点头，附和黑桃国王的看法。

"我们活着！"小丑挥舞着手臂欢呼起来。他身上的铃铛叮当乱响。"我们生活在一个神奇的童话故事里头。我得不时捏一捏自己的手臂，以确定自己真的活着。"

"常常捏自己，会痛吗？"红心3柔声问道。

"每回听到身上的铃铛响起来，我就察觉到自己还活着。"小丑说，"而我只消动一动身体，铃铛就会响起来。"

小丑伸出一双胳臂使劲挥舞起来。侏儒们吓得往后退出好几步。

红心国王清了清喉咙，问道："小丑，你知道橡皮人们从哪里来的吗？"

"这个谜团，你们已经猜过了，但你们一知半解，没法子彻底弄清个中的玄机。你们的心智十分薄弱，以至于连最简单的问题，你们也得聚在一起研究半天。你们知道为什么吗？因为你们喝太多彩虹汽水呀。身为丑角的我说，我是一个神秘的傀儡；其实你们也跟我一样神秘，只是你们没察觉到。你们不但没察觉到，甚至也没感觉到，因为当你们喝彩虹汽水时，你们只尝到蜂蜜、薄荷、草莓等的滋味。你们从不曾意识到自己的存在，就像一个尝尽世间百味的人，却忘记自己有一张嘴巴。你们是一群贪喝彩虹汽水、忘记自己是神秘傀儡的人。丑角一直想告诉你们真相，你们却充耳不闻。你们的所有知觉，包括你们的视觉，都被苹果、梨子、草莓和香蕉阻塞住了。当然，你们都有一双眼睛，但你们成天只知道找彩虹汽水来喝，眼睛对你们又有什么用呢？丑角敢这么说，因为只有丑角知道事情的真相。"

侏儒们面面相觑，一个个都听呆了。

"橡皮人，你到底从哪里来的呀？"红心国王再次问道。

"我们全都是佛洛德幻想出来的东西。"小丑又挥舞起手臂来。

"有一天，他脑子里的意象变得格外鲜明活泼，结果一个个蹦跳了出来，进入这个世界。丑角大叫一声：不可能，就像太阳和月亮那样不可能！可是，太阳和月亮是真实存在的呀。"

侏儒们满脸惊愕，呆呆地瞪着佛洛德爷爷，老人家紧紧抓住我的手腕。

"还有更耐人寻味的呢，"小丑说，"佛洛德到底是谁？他也是一个充满生命的奇异傀儡。这一类傀儡，岛上只有他一个；事实上，他是属于另一副扑克牌。没有人知道，那副牌中到底总共有几张牌；也没有人晓得，发牌的人究竟是谁。丑角只知道一件事：佛洛德也是一个傀儡——某一天早晨，他不知从哪里突然蹦出来，活生生出现在这个世界上。他到底从哪一位神祇的额头蹦出，丑角很想知道。丑角会一直追查下去，直到找到答案为止。"

侏儒们纷纷骚动起来，仿佛刚从漫长的冬眠中苏醒。红心2和红心3找到一把扫帚，开始打扫起地板来。

四位国王勾肩搭背围成一圈，咬着耳朵，悄悄商议事情。过了好一会儿，红心国王才转过头来对小丑说："我代表村中四位国王沉痛地宣布，我们认为，小丑刚才说的是事实。"

"陛下听闻事实，为何感到沉痛？"小丑问道。他依旧躺在桌子上，但这会儿是侧身躺着，用一双手肘支撑住身子，抬起头来望着红心国王。

这回轮到方块国王发言："小丑把事实告诉我们，我们感到十分悲哀，因为这意味着主公非死不可。"

"为何主公非死不可呢？"小丑恭谨地问道，"死刑的宣判，必须依据法规。"

梅花国王回答："真相大白后，如果我们任由佛洛德在村上走动，一看到他，我们就会想到，我们这群侏儒都是他创造出来的虚假东西。因此，佛洛德必须死在四位杰克的宝剑下。"

小丑从桌上爬下来。他伸出手臂，指着佛洛德爷爷对四位国王说："主人和他创造出来的东西，本来就不应该住在一起，因为彼此会觉得对方讨厌，愈看对方愈不顺眼。佛洛德的想象力太过丰富鲜明，以至于到后来他幻想的人物一个个都蹦出他的脑子，进入真实的世界。不过，如果我们因此责备佛洛德，那就有失公平了。"

梅花国王伸出手来，把他头顶上的小王冠扶正，然后说道："人人都有幻想的自由和权利，但是，他也有责任提醒他幻想出来的人物，他们只不过是他的幻想而已。否则的话，他就是存心戏弄他们；在这种情况下，他们有权处死他。"

窗外，太阳被一堆云层遮蔽住了，整个宴会厅一下子阴暗下来。

"杰克，你们听到我们的话了吗？"黑桃国王咆哮起来，"快去把主公的头砍下来！"

我从座椅上跳起身来。就在这个时候，我听见黑桃杰克说："不必我们动手。陛下，主公已经死了。"

我转过身子，回头一看，只见佛洛德爷爷一动不动躺在地板上。我以前看过死人，如今一见爷爷那个样子，我就知道，从此他再也不会用他那双锐利的眼睛看我了。

刹那间，我感到无比的彷徨、孤独。在这座岛上，我变成了孤零零的一个人，一群活蹦乱跳的扑克牌围绕着我，但没有一个是像我那样的真人。

侏儒们推推挤挤，围在佛洛德爷爷身边。他们的脸孔木无表情。昨天我刚到岛上时，他们脸上的神色也没现在那么呆滞。

我看见红心幺把嘴巴凑到红心国王耳朵上，悄悄讲了几句话，然后，她就跑出宴会厅，转眼消失无踪。

"现在，咱们总算可以堂堂正正做人了！"小丑宣称，"佛洛德死了！他创造的人物杀了他。"

我感到伤心又愤怒，大步走到小丑身边，一把揪住他的身子，使劲摇撼。他身上铃铛叮叮当当乱响起来。

"是你杀了他！"我尖声叫嚷起来，"是你打开佛洛德爷爷的橱柜，偷窃彩虹汽水！揭露扑克牌秘密的人也是你！"

我把小丑摔到一旁。黑桃国王宣布："我们的贵宾刚才说得很对，因此，我们必须砍掉小丑的脑袋。我们永远不能真正摆脱戏弄我们的人，除非我们杀掉他的小丑。杰克听令！马上把小丑的笨脑袋砍下来！"

小丑拔腿就逃，他推开挡在他前面的七点和八点侏儒，蹿出宴会厅的大门，就像刚才红心幺那样，转眼消失不见。我知道我在岛上的旅程也该结束了，于是，我跟在小丑身后走出大厅。金黄色的晚霞照耀着村中的房屋，但我再也看不到小丑和红心幺的踪影。

♦

方块 K

……他们要求我们在脖子上挂一个铃铛……

我还没读完佛洛德死亡的那一段，爸爸就开始翻身子，准备起床了。我手里捧着小圆面包书，正看得津津有味，一时舍不得放下它来，直到爸爸喉咙里发出咕噜声，我才匆匆忙忙把书塞进口袋。

"睡得好吗?"爸爸一从床上坐起来，我就问他。

"好极了!"他睁开眼睛，"我做了个诡异的梦。"

"梦见什么呢?"我问。

他坐在床上，仿佛担心一下床那个梦就会消失。

"我梦见你在屋顶瞭望台上告诉我的那些侏儒。尽管他们都活着，但是，只有你和我意识到自己活着。梦里有个老医生。他突然发现，所有的侏儒脚指甲下面有一个小小的记号。但你必须用放大镜或显微镜，才看得见它。记号由一个圆徽和一个号码组成——圆徽是扑克牌的花色，号码从一开始到数百万。譬如说，其中一个侏儒脚指甲下刻着'红心'标志和'728964'号码，另一个侏儒刻着'梅花'和'60143'，第三个侏儒刻着'方块'和'2659'。我梦见他们举行人口普查，结果发现没有两个侏儒的号码是相同的。这些人就像一场大规模的纸牌游戏。可是，说也奇怪——我现在说到重点了——这群侏儒中只有两个人没有号码，而这两个人就是你和我。其他侏儒知道这件事后，就对我们父子俩产生戒心，时时防备我们。为了掌握我们的行踪，他们要求我们在脖子上挂一个铃铛。"

这真是一个怪异的梦，但是，它显然是从我告诉爸爸的那个故事延伸出来的。

爸爸最后说："我们常有奇怪的想法和念头，可是，只有在睡梦中，最深沉的思想才会蹦出来。"

"那也得少喝酒呀。"我乘机进言。

听到我的规劝，这回爸爸并没有反唇相讥，只是笑一笑瞅着我，我们下楼去吃早餐时，他嘴巴上也没叼一根香烟，这也很不寻常。

我们住的这家"擎天神旅馆"，供应的早餐虽然简单，却十分可口。早餐中有几样便宜食物是免费供应的——事实上，它的价钱已经算在房租里头。此外，他们还供应丰盛的自助餐，菜色非常精致，只要你付得起，尽可大快朵颐。

爸爸的食量一向不大，但今天他却点了果汁、优酪乳、蛋、番茄、火腿和芦笋，我也乘机饱餐一顿。

"你说得对，我应该少喝酒。"爸爸一面剥蛋壳一面说，"我每天喝得醉醺醺，几乎已经忘记早晨的阳光有多灿烂。"

"可是，戒酒以后你还会不会讨论哲学问题呢？"我问道。

我一直怀疑，爸爸是靠酒精激发他的灵感，因此我担心，戒掉酒瘾的他会丧失他的哲学智慧。

爸爸抬起头来望着我，满脸惊讶。

"你怎么会那样想？我当然还会讨论哲学问题呀！不但会，而且更凶狠、更尖锐呢。"

我松了一口气。果然爸爸又滔滔不绝谈起哲学来。"在这个世界上，大多数人每天浑浑噩噩过日子，对周遭的事物一点也不感到好奇，你知道为什么吗？"

我摇摇头。

"对这些人来说，世界已经变成了一种习惯呀。"爸爸一面说一面把盐撒在鸡蛋上，"我们瞧瞧儿童吧！他们对身边一切事物都感到强烈的好奇，眼睛永远睁得大大的；不管走到哪里，他们那双手总是指指点点，他们的嘴巴总是问东问西。我们大人就不同了。人世间的事物，我们已经看过太多次了，结果我们就把眼前的世界视为当然。"

我们坐在餐桌旁边，慢慢吃着奶酪和火腿。盘中的食物都送进"五脏庙"后，爸爸说："汉斯·汤玛士，我们父子来订个约好不好？"

"那得瞧订的是什么约。"我回答。

爸爸眯起眼睛瞅着我："我们约定，在离开这个世界之前，我们一定要设法找出两个问题的答案——我们到底是谁？从何处来？"

"同意。"我伸出手来，隔着桌子和爸爸握一握。

"首先我们必须找到妈妈，"我说，"找不到她，其他一切都免谈。"

第 五 部

红 心 牌

♥

红心 A

……我把牌翻过来一看，发现它就是红心么……

我们钻进车子，准备出发前往雅典附近的比里夫斯港时，爸爸突然变得烦躁不安，整个人紧张兮兮的。我不晓得，这是因为要去比里夫斯港，还是因为他跟那个模特儿经纪人约好，今天下午打个电话给他，说不定他会告诉我们哪里可以找到妈妈。

我们在这座滨海大镇的市中心停好车子，然后步行到港边的国际码头。

"十七年前，我们的船曾经停泊在这儿。"爸爸告诉我。他指着港中的一艘俄国货船感叹道："人的一生就是不停地循环。"

"你什么时候打电话给那个人？"我问道。

"三点以后。"

爸爸瞄了瞄手表，我也看了一下我的手表。现在才十二点半。

"命运有如花椰菜的花冠，向四面八方伸展开来。"我脱口而出，念起魔幻岛侏儒的台词来。

爸爸气得直挥手臂："汉斯·汤玛士，你胡诌什么呀？"

我看得出来，他是因为马上要跟妈妈会面，才变得神经兮兮的。

"我饿了。"我连忙向爸爸解释。

其实我并不饿，只是想找个理由，说明我刚才为什么会提到花椰菜。结果，我们父子俩来到有名的"米克罗里玛诺"小艇补给站，找一家餐馆吃午饭。

路上，我们看见一艘正要驶往桑托里尼岛的船。爸爸告诉我，在史前时代这座岛屿比现今大得多，但经过一场剧烈的火山爆发后，大部分岛屿已经沉入海中。

午餐我们吃希腊羊肉馅饼。爸爸一直默不作声，只淡淡地说，餐馆下方有几个渔夫在修补渔网。不过，我们倒是看了三四次手表。我们都偷偷地看，尽量不让对方发现。

爸爸终于说，他该打电话了。现在是两点四十五分。临走前，爸爸替我叫了一大份冰淇淋。我趁着冰淇淋还没送来，赶忙从口袋中掏出放大镜和小圆面包书。

这回，我把小书藏在桌子边缘的下方，偷偷阅读，不让任何人发现。

我爬上山丘，拼命向佛洛德爷爷的小木屋跑去。我感觉到脚下的土地在颤动，发出隆隆的响声，仿佛随时会崩裂似的。

跑到木屋门前时，我回头朝山脚下的村庄望去，只见一大群侏儒冲出宴会厅，群聚在街道上。

其中一个侏儒扯着嗓门大声叫嚷："杀死他！"

"把他们两个都杀了！"另一个侏儒跟着叫嚣。

我使劲推开木屋的门。里头空荡荡的——我知道佛洛德爷爷从此不会再回来了。膝头一软，我在一张板凳上坐下来，拼命喘着气。

过了好一会儿，我看见前面桌子上有一个玻璃缸，里面有一条小金鱼在游动。于是我站起身来。我又发现屋角放着一个白色的袋子，看来是用六足怪兽的皮缝制成的。我拿起玻璃缸，把金鱼和水倒进窗边桌上一只空瓶子里，然后小心翼翼，将瓶子和玻璃缸一起放进白色的袋子中。接着我从门框上拿下空的木盒，塞进袋子里头——佛洛德爷爷刚到岛上时，就是用这个木盒装他那副扑克牌的。我正要拿起六足怪兽的玻璃塑像，忽然听见屋外响起铃铛的叮当声，说时迟那时快，小丑一头冲进门里来。

"我们必须马上逃到海边去！"他一面喘气一面说。

"我们？"我感到很迷惑。

"对，你和我两个人！快上路啊，水手！"

"为什么？"

"魔幻岛毁于内讧。"小丑念出刚才宴会游戏中一个侏儒朗诵的台词。

我把袋口的绳子拉紧。小丑则忙着打开橱柜，寻找一件东西。他转过身时我看见他手里握着一只闪闪发亮的瓶子，那是半瓶彩虹汽水。

"这个也带走。"小丑说。

我们跑出前门往下一看，顿时吓呆了。整群侏儒正在往山上爬，有的步行，有的骑着六足怪兽。带头的是四个挥舞着宝剑的杰克。

"这边走！"小丑说，"快呀！"

我们跑到木屋后面，沿着一条羊肠小径，冲进一座俯瞰整个村庄的树林中。这时，第一批侏儒已经爬上山丘。

小丑蹦蹦跳跳跑在我的前头，模样儿活像一只山羊。我心里想，这只山羊不该把铃铛挂在身上，因为那一路响个不停的叮当声，会使我们的行藏败露，招引来敌人。

"面包师的儿子必须找到通往海边的路。"小丑一面跑一面尖声叫嚷。

我告诉他，刚到岛上时，我曾经穿越一个大草原，看到一群体形庞大的蜜蜂和六足怪兽，然后又遇见在田里干活的梅花2和梅花3。

"唔，应该往这个方向走。"小丑伸出手臂，指了指左边的一条小路。

我们钻出树林，站在一座悬崖上，俯瞰山下的平原。我刚到岛上时，就是站在那儿遇见第一批侏儒。

小丑正要爬下崖壁，一个不留神却绊倒在一堆乱石上，摔了一跤。他衣服上挂着的铃铛顿时叮叮当当响起来，在山壁间引起一阵阵回音。我还以为他受了伤，不料他却跳起身来，挥舞着胳臂开怀大笑。这个小丑身上压根儿没挂彩。

我则步步为营，如履薄冰，慢慢爬下山崖。抵达山脚时，我感觉到脚下的土地开始颤动。

我们穿过山谷中的平原。记忆中，我刚来岛上时看到的平原，似乎比现在这个平原辽阔得多。没多久我们就看见蜜蜂。比起德国家乡的蜜蜂，这儿的蜜蜂体形大得多，但比起我当时看到的，却似乎缩小了许多。

"我想，我们应该往那边走。"我伸出手臂，指了指前面那座高山。

"我们一定要爬上去吗？"小丑浑身颤抖起来。

我摇摇头："我是从山壁上的一个缝隙中钻出来的。"

"那我们现在就去找那个缝隙呀，水手。"

小丑伸出手臂，指着平原对面那群正朝我们冲来的侏儒。带头的是八九只六足怪兽，他们载着侏儒骑士，六蹄翻飞，扬起一堆一堆的尘土。

这时我又听到一种奇异的声音——仿佛远方响起一阵雷声，却又不像是从六足怪兽蹄下发出的。同时我又发现，这个平原比刚才似乎缩小了一些。

眼看六足怪兽就要追上我们了，幸好就在这当口，我看到了山壁上的缝隙。

"找到啦!"我大喊一声。

我使尽力气挤进山洞中。小丑随后爬进来——他个头虽然比我小得多,我却得抓住他的两只胳臂,连拖带扯,把他拉进洞窟。汗流浃背,我全身几乎都湿透了,但小丑的身体却冰凉得像这座山。

我们听见六足怪兽奔驰到洞窟前,一张脸孔出现在缝隙口——原来是黑桃国王驾到。说时迟那时快,他正要探进头来窥望,山壁却合了起来,缝隙消失不见。我和小丑坐在洞窟中,看着黑桃国王在最后一秒钟抽出他的手。

"我感觉到,这座岛好像正在缩小。"我压低嗓门悄声说。

"毁于内讧,"小丑说,"我们得赶在整座岛沉没之前逃出去。"

我们从洞窟中跑出去,没多久就来到山另一边的幽谷。青蛙和蜥蜴依然在谷中蹦跳爬行,但体形似乎缩小很多,不像兔子那么大了。

我和小丑沿着山谷奔跑。感觉上,每跑一步就跃过一百米的距离;不管怎么说,我们很快就跑进黄玫瑰丛中。一群群蝴蝶仍在谷中四处飞翔,但除了几只巨大的变种,体形却比我当初所见小许多。它们嘴里发出的嗡嗡声,我也没听见。这也许是因为小丑身上的铃铛叮当乱响吧。

没多久,我们就爬到了山顶上。遭遇海难后的那个早晨,我曾站在这儿观看日出。感觉上,整座岛屿在我们脚底下漂荡。山的另一边,我看到了我曾跟彩虹金鱼一块游泳的湖泊。比我记忆的那个湖,似乎也缩小了许多。现在我们终于看见大海,远处,白花花的浪头一波一波不断卷上岸来。

小丑开始蹦跳起舞,快活得像个小孩。

"那就是海吗?"他兴奋地问道,"水手,你看到大海了吗?"

我还没来得及回答他，就感到整座山丘在我们脚底下一阵摇晃，发出雷鸣一般的响声。我们听到嘎吱嘎吱的声音，仿佛有人在啃咬石头似的。

"这座山想把自己吃掉！"小丑叫嚷起来。

我们冲下山去，来到湖边——我曾在这个湖里游泳，如今看来却小得有如一口池塘。成群金鱼仍在湖里游来游去，但显得比以前拥挤。看起来，就好像有一道彩虹从天上坠落，在这个小小的池塘里燃烧沸腾。

小丑东张西望的当儿，我解开肩上背着的白色袋子，小心翼翼掏出玻璃缸，用它来装金鱼。我正拿起搁在湖边的玻璃缸，它却突然倾倒了。我根本没碰它，不知怎的，它却自己摔倒下来。也许是缸中的金鱼作怪吧。我发现玻璃缸上出现了一个裂缝。这时小丑转过身来催促我："水手，我们得赶快逃命！"

他帮我重新把金鱼装进玻璃缸。我撕下衬衫，用它包扎玻璃缸，然后把袋子背在肩上，双手紧紧搂住缸。

骤然间，我们听到一声巨响，整座岛屿仿佛正在崩裂中。我们在棕榈丛中没命狂奔，不久就来到两天前我登陆的那个礁湖。我一眼就看见我留下的那艘小船，它静静躺在两株高耸的棕榈树中间，没被移动过。回头一望，我发现这座岛屿只不过是汪洋中的一个蕞尔小岛；透过海边的一排棕榈，我望得见岛屿另一边的海洋。这个小礁湖跟我当初看到的一样平静，只不过水边开始冒出一簇簇泡沫般的水花。我发觉，整座岛屿正在沉没中。

从眼角望出去，我看见一件黄色的衣裳飘荡在一株棕榈树下。那是红心幺的衣裳。我把袋子和金鱼碗搁在船上，然后朝她走去。这时小丑正绕着小船翩翩起舞，快活得有如一个小孩。

"红心幺？"我压低嗓门，悄声问道。

她转过身子瞅着我，眼瞳中流露出一股深情的渴望。我担心她一时把持不住，会扑过来搂住我的脖子。

"我终于找到逃出迷宫的路啦！"她说，"我现在晓得，我属于另一个海岸……你听得见海浪拍打海岸的声音吗？它是那么的遥远、那么的悠久……"

"你到底在说什么呀？"我听得一头雾水。

"一个小男孩正在思念我呢，"她自顾自说下去，"我在这儿找不到他……但也许他会找到我。你瞧，我现在离他不知有多远啊！我漂荡过一个又一个海洋，攀爬过一座又一座高山，忍受各种情绪和思虑的煎熬，可是，有人把纸牌重新洗一遍……"

"他们来了！"小丑突然尖叫起来。

回头一望，我看见成群侏儒穿过棕榈树丛朝我们奔跑过来。带头的是四只六足怪兽，骑在他们身上的是四位国王。

"把他们抓起来！"黑桃国王下令，"把他们抓回族群中！"

岛屿深处突然传出一声巨响，我吓得险些儿摔一跤。有如变魔术一般，六足怪兽和侏儒刹那间全都消失无踪，如同太阳照射下的露珠。我回头看看红心幺，发现她也消失了。我跑到她先前倚着的那株棕榈树下，看见地面上搁着一张扑克牌。我把牌翻过来一看，发现它就是红心幺。

我的眼泪忍不住夺眶而出，心中感到莫名地悲愤。我冲到六足怪兽和侏儒们刚才闯过的棕榈树丛，忽然，迎面刮起一股旋风，把一整副扑克牌卷到空中。我手上已经有那张红心幺，现在又得到其余五十一张牌。这些牌全都破旧不堪，牌上的花色隐约可辨。我把五十二张牌全部塞进口袋中。

我低头望望地面，只见四只白色的甲虫，每一只都有六条腿。我正要伸手去抓，它们却都钻进一块石头下，消失无踪。

岛内又发出一阵阵轰隆巨响；一股大浪从我脚底下冲刷上来。回头一看，我发现小丑操着桨坐在船上，正准备将船划离小岛。我赶忙涉水追赶他，海水浸到我的腰际时，我奋力爬到船上。

"面包师的儿子到底还是决定跟我走啰，"小丑说，"否则我只好一个人离开这儿了。"

他把一支桨递给我，我们使尽力量一面划，一面眼睁睁望着小岛沉没到大海中。海水绕着一株株棕榈树不住旋转冒泡，最后一株树隐没在波浪中时，我看到一只小鸟从树梢凌空而起，振翅高飞。

岛屿消失在大海之际，我们必须拼命划船，才不致被回头浪淹没。等我们把船划到安全的地点，停下来歇息时，我的两只手已经划得流出血来。小丑划得也很卖力，但他的手却一直保持干净洁白，如同前天我在佛洛德的小木屋前跟他握手时那样。

没多久，太阳就沉落到海平面之下。我们已经在海上随风漂流了一整个晚上和一整个白天。好几次我借故跟小丑攀谈，但他总是笑嘻嘻坐在船上，不怎么搭理我。

第二天黄昏，我们被艾伦达尔镇开来的一艘大帆船救起。我们告诉船上的人，我们原本搭乘"玛莉亚"号，但这艘船在数天前沉没，而我们可能是仅有的生还者。

大帆船正驶向法国马赛港。在漫长的航程中，小丑一直保持沉默，难得吭声，就像他在救生艇上时那样。船上的人大概都把他看成一个怪胎，但谁也没有表示什么。

船一抵达马赛港，小丑就不告而别。他从船篷间溜走，消失得无影无踪。

　　那年年尾，我来到瑞士杜尔夫村。这一阵子我经历的事情实在太过离奇，我得花下半辈子好好思考它的意义，杜尔夫村是理想的隐居地点。说来也巧，屈指算来，我正是五十二年前来到杜尔夫村的。

　　我发现村里没有做面包的师傅，于是就定居下来开一间小面包店。到海上讨生活之前，在家乡卢比克，我原本就是面包师的学徒。此后，我就一直住在杜尔夫村。

　　我从没把我经历过的那些事情告诉别人；反正，说了别人也不会相信。

　　当然，有时连我自己也怀疑魔幻岛的故事，但我在马赛港下船时，肩上确实背着那个白色的袋子。这些年来，我一直小心翼翼保存着袋子和里头的东西。

♥

红心 *2*

……她可能伫立在一个辽阔的海滩上，眺望大海……

我从小圆面包书上抬起头来，时间已经是下午三点半，而我那客冰淇淋也早已经溶化了。

骤然间，我心中涌起一个可怕的念头：佛洛德说过，魔幻岛上的侏儒不会像人类那样衰老；果真如此，那么，小丑这会儿想必还在人间四处游荡吧。

记得，在雅典城中那座古老的广场，爸爸跟我谈论过岁月的无情，可是现在看来，时间的威力对岛上那群小矮人似乎发挥不了什么作用。他们充满生命，活蹦乱跳，就像真实的人类和动物，但他们毕竟不是血肉之躯。

小圆面包书好几处提到，侏儒不会受伤。在岛上那场盛宴中，小丑大闹宴会厅，把瓶子和水壶摔得四处乱飞，却没有一个侏儒被玻璃片割伤。逃避侏儒们的追捕时，小丑从山崖上一头栽下来，身上连一点皮肉之伤也没有；后来搭乘救生艇划出沉没中的小岛，小丑划了一天一夜的船，他那两只手却依然完好如故。此外，汉斯也提到过，侏儒们的手沁凉如冰……

想到这点，我忍不住缩起脖子打个寒噤。

在旅途上一直跟踪我的那个侏儒，他的手也是冰凉的呀！

路过瑞士时，我们父子俩在一家修车厂遇见的小矮人，莫非就是一百五十多年前，在马赛港下船后逃遁的那个侏儒？把放大镜送给我，然后指引我前去寻找小圆面包书的侏儒，莫非就是魔幻岛上的小丑？

在科摩游乐场、威尼斯桥梁、开往帕特拉斯港的轮船、雅典辛达格玛广场上突然出现的侏儒，难道就是小丑？

这种想法实在太离奇、太可怕，以至于一看到桌上那客已经溶化的冰淇淋，我就忍不住感到恶心。

我抬头望望四周——那个小矮人若是在比里夫斯港这儿突然冒出来，我也不会感到惊讶。就在这个时候，爸爸从餐馆后面山坡上的街道蹦蹦跳跳跑下来，打断我的思绪。

我一眼就看出，爸爸寻找妈妈的希望并未破灭。

不知怎的，我突然想起小圆面包书提到，在变成一张纸牌之前，红心幺仂伫立在沙滩上眺望着大海。那时，她告诉汉斯，她来自一个在时间和空间上都距离这儿非常遥远的海滩。

"今天下午就可以知道她的下落了。"爸爸说。

我点了点头，神情十分肃穆。我们父子俩眺望着大海。

"这会儿，她可能伫立在一个辽阔的海滩上，眺望着大海。"我告诉爸爸。

爸爸在我对面坐下来。"没错，她很可能就在那样的一个地方。但你怎么晓得呢？"

我耸耸肩膀。

爸爸告诉我，妈妈现在人在爱琴海边一个海岬上，忙着拍摄照片。

那个地方叫苏尼安岬，位于雅典南方五十里的希腊半岛上。

"那个海岬的山崖上，到现在还存留着波塞冬大神殿的遗迹。"爸爸说，"波塞冬是希腊的海神。他们准备在神殿门前，给爱妮妲拍几张照片。"

"来自远方的小伙子，在古老的神殿邂逅一位美丽的姑娘。"我说。

爸爸叹了一口气，显得很无奈。

"你到底又在胡扯些什么呀？"

"德尔菲神谕啊。"我说，"你忘了，你在德尔菲神殿扮演阿波罗的女祭司琵西雅？"

"哦，我当然没忘记！但我刚才想的是雅典高城。"

"你想的是雅典高城，阿波罗可不是那样想的啊！"

爸爸忸怩地笑起来，我不晓得他为什么要那样笑。

"我这个琵西雅糊里糊涂，连自己传达过的神谕都差点儿忘了。"爸爸终于招认。

这趟漫长的穿越欧洲之旅，有很多事情我回想不起来了，但我一辈子忘不了苏尼安岬那段旅程。

一路上爸爸开着车子，风驰电掣，穿过雅典南方一座又一座度假小镇。没多久，眼前豁然开朗，蔚蓝的地中海壮阔地展现在我们车子右边，一路伴随着我们。

我们父子俩心中都想着跟妈妈会面的情景，但是，爸爸却一直跟我聊些完全不相干的事情。我猜，他这样做的目的，是防止我对这趟旅程抱太高期望。路上他一再问我，这次跟他出门旅行，玩得到底快不快乐。

"我实在应该带你去南美洲的合恩角或非洲的好望角，"爸爸说，"不过，到希腊的苏尼安岬去看看，也不错嘛。"

这段旅程不长，中途爸爸只停车一次，下来抽根烟。我们伫立在海边一块凸出的崖石上，四周景色有如月球般荒凉。悬崖下波浪起伏，溅起一簇簇水花。两三只海豹躺在光溜溜的石坡上、看起来好似希腊神话中的水中仙子。

海水是那么的湛蓝清澈，看着它，我的眼睛几乎忍不住迸出泪水来。我猜这儿的海水至少二十米深，但爸爸说只有八到十米深。

之后，我们父子俩都没再吭声。在整个旅程中，爸爸不时停车抽根烟，但这回可能是最安静的一次。

抵达目的地之前，我们远远就望见矗立在右边一座海岬上的海神庙。

"你觉得呢？"爸爸问我。

"觉得什么？她会不会在那儿吗？"我反问爸爸。

"对。"爸爸说。

"我知道她会在那儿，"我回答爸爸，"我也知道她会跟我们回挪威。"

爸爸哈哈大笑起来："这可没那么容易啊，汉斯·汤玛士。我想你也明白，一个离家出走八年的女人，可不会随便让你拉回家的。"

"她没有选择的余地。"我说。

我们都不吭声了。十五分钟后，爸爸把车子停到海神庙山门下的停车场。

我们钻出车子，从两辆游览车和四五十个意大利游客之间穿梭过去。爸爸掏出一两百块希腊币，买了两张门票，假装成参观神殿的游客。路上，爸爸掏出一只梳子，然后把头上那顶模样古怪的遮阳帽脱掉。那顶帽子是在德尔菲买的。

♥

红心 3

……历时两百多年的一段情缘……

接下来的事情，发生得十分快速，如今回想起来，我只觉得自己的记忆乱成一团。

首先，爸爸看到两三个摄影师和一群人聚集在海岬另一头，一看就知道不是普通游客。走近一瞧，我们看见一个打扮得花枝招展的女人。她头上戴着一顶宽边帽，鼻梁上架着一副墨镜，身上穿着一袭鲜黄色长裙。大伙儿都瞅着她。

"她果然在这里！"爸爸说。

他整个人都僵住了，我却径直朝她走去。

"你们现在可以休息了，待会儿再拍吧！"我大声嚷起来。那两个希腊摄影师吓了一跳，慌忙转过身子，虽然他们根本听不懂我讲什么。

我只记得，当时我很生气。这帮家伙实在太过分了，他们寄生在我妈妈身上，从各种角度拍摄她的躯体，而我们父子俩却有八年的时间没看过她一眼。

这时妈妈整个人也僵住了。她摘下太阳镜，低头看了看我，又抬头望了望我爸爸。她站在十几米外，视线在我们父子身上来回移动。

妈妈一时惊慌失措。

我心中百感交集。我想的是，这个妈妈我觉得十分陌生，但不知怎的，我一眼就看出这个女人是我亲生妈妈。母子天性，谁也抹煞不了。在我心目中，妈妈是个大美人。

以后的事情就像一部慢动作电影。妈妈虽然一眼就认出爸爸，她却向我跑过来。我为爸爸感到难过，因为别人会误以为妈妈比较关心我。

妈妈一面朝我跑来，一面脱掉头上那顶花哨的帽子，扔到地上。她想把我抱起来，却抱不动，毕竟这八年间我长大了许多。她伸出两只胳臂，把我紧紧搂进怀里。

我记得，我闻到她身上的幽香，心里感到无比快乐。这种快乐不是口腹之欲的满足所能比拟的。我觉得我整个人都酥软了。

"汉斯·汤玛士，汉斯·汤玛士！"她一个劲呼唤着我的名字，然后就不再说话了，只不停地啜泣。

妈妈从我身上抬起头来时，爸爸才朝我们母子俩走过来。"我们父子找遍整个欧洲，总算找到你了。"妈妈立刻扑上前去，伸出两只胳臂紧紧搂住爸爸的脖子，伏在他肩膀上哀哀哭泣起来。

目击这个悲喜交加场面的，不只是那两个摄影师，好几个游客站在一旁，呆呆望着我们一家三口。他们根本不知道，这一场夫妻母子会，是历时两百多年的一段情缘促成的。

妈妈忽然停止哭泣。她把眼泪一抹，又回复她那模特儿的身份。她转过身子，操着希腊语对摄影师说了几句话。他们耸耸肩膀，不知说了些什么，顿时把妈妈给惹火了，双方于是展开一场激烈的争论。那两个摄影师一看苗头不对，只好开始收拾摄影器材，赶紧开溜，心不甘情不愿地跑下神殿去了。其中一个甚至还弯下腰来，捡起妈妈扔掉的那顶帽子。从海神庙山门绕出去时，其中一个回过头来，指着手表，操着希腊语，大声说了几句话，神情甚是粗鲁。

别人都走了，我们一家三口反而觉得尴尬起来，一时不知说什么才好。离别多年，亲人重逢，度过乍见那一刻的惊喜后，你往往手足无措，不晓得接下去该怎么办。

太阳已经沉落到古老的海神庙山形墙下方。沿着短墙矗立的一排廊柱，在海岬上投下长长的阴影。我发现妈妈衣裳左下角绣着一颗红心，但不知怎的，我并不感到惊讶。

我不记得，那天黄昏我们一家三人绕着神殿究竟走了几圈，但我晓得，我和妈妈需要时间重新认识彼此，而爸爸这个来自艾伦达尔镇的老水手，面对一个长年居住在雅典、说着一口流利希腊话的模特儿，一时间也不会感到很自在。身为模特儿的妈妈，也同样感到不自在吧。尽管如此，妈妈还是跟爸爸谈论海神庙的事迹，而爸爸则跟妈妈提起当年的海上生活。多年前，爸爸的船在开往伊斯坦布尔途中，曾经从苏尼安岬绕过。

太阳沉落到地平线之下，神殿古朴的轮廓阴森森耸立在海岬上。我们开始朝海神庙山门走下去。我跟在父母亲身后，让他们两个大人去决定，这究竟是场短暂的聚会呢，还是长期分离的结束。

无论如何，妈妈得跟我们父子同车回雅典，因为那两个希腊摄影师没在停车场等她。爸爸毕恭毕敬，打开他那辆菲亚特小轿车的车门，仿佛那是一辆劳斯莱斯大轿车，而妈妈是一位公主似的。

车子才启动，我们三人就争着讲起话来。一路驱车回雅典，经过第一个村子后，我被任命为仲裁人。

回到雅典，我们把车子寄放在旅馆车库，然后沿着步道往上走到旅馆的大厅。我们站在门口，好一会儿没吭声。离开海神庙后，我们一路聊个不停，但谁也没有提到我们这趟旅程的真正目的。

我受不了这种别扭的沉默，说："爸爸，妈妈，我们该为我们一家的未来作个打算了。"

妈妈伸出一只手揽住我，爸爸则说一些不着边际的话，譬如"一切顺其自然"，听得我直想呕吐。

支吾了一阵后，我们一家三口来到旅馆屋顶的瞭望台，喝点清凉的饮料庆祝团圆。爸爸把侍者招呼过来，为我们父子叫两杯不含酒精的饮料，为妈妈叫一瓶最高品级的香槟。

侍者伸手搔了搔他的后脑勺，叹口气说："头一晚，这两位男士在这儿痛饮，喝得烂醉。第二晚他们开始节制。今晚呢，是女士的大日子吧?"

爸爸和我都没搭理他。侍者记下我们点的饮料，迈着沉重的步伐走回吧台去了。妈妈对前两晚发生的事情一无所知；她一脸困惑地望着爸爸。爸爸摆出他那张小丑脸孔，狠狠瞪了我一眼。妈妈看在眼里，感到更加迷惑。

一家三口坐在屋顶，天南地北地闲扯了一个钟头，还是没有谈论到触及大伙儿心中所想的那个问题。妈妈叫我先回房睡觉。离家出走八年后，她总算开始关心儿子的教养了。

爸爸瞄了我一眼，仿佛对我说："听妈的话。"我突然领悟，由于我在场，他们两个大人没法子好好谈一谈他们之间的问题。毕竟，分居的是他们，而我只会把整个事情弄得更加复杂。

我伸手抱了抱妈妈。她把嘴唇凑到我耳朵旁，悄悄告诉我，明天她会带我去城里最好的点心店，好好吃一顿。我心里也有一大堆悄悄话要告诉她。

回到旅馆房间，我脱掉外衣，拿出小圆面包书，一面读一面等爸爸回来。这本小书只剩下几页还没读。

♥

红心4

……到底谁是庄家？谁在发牌？……

面包师傅汉斯呆呆眺望着天空。谈论魔幻岛的时候，他那双湛蓝的眼瞳一直闪烁着异样的光芒，然而，故事讲完后，他眼中的神采仿佛也跟着消失了。

夜已经深了，房间里十分阴暗。黄昏时烧起的一堆火，如今只剩下一丝微光。汉斯站起身来，拿一根火棍子撩拨壁炉里的灰烬。炉火又燃烧了一会儿，摇曳的火光闪照着房间里的金鱼缸和各种稀奇古怪的摆设。

这一整个晚上，我全神贯注，聆听老面包师讲述魔幻岛的事迹。他一开始谈论佛洛德的扑克牌，我整个人就被吸引住，听到精彩处，我忍不住张开嘴巴，一副目瞪口呆的模样儿。我让他一口气把故事讲完，从没打断他。佛洛德和魔幻岛的传奇，汉斯虽然只讲述一次，但我确信每一个细节我都牢牢记住了。

"佛洛德终于回欧洲来了。"汉斯最后说。

这句话我听不出究竟是对我还是对他自己说的。我只知道我不太懂他的意思。

"你是指那副扑克吗？"我问道。

"对，那副牌。"

"因为那副牌现在就存放在阁楼上？"

老面包师点点头。然后他站起身来，走进卧房，捧出一个细小的纸牌盒。

"艾伯特，这就是佛洛德的扑克牌啰。"

他把盒子搁在我面前的桌子上。我把整副扑克牌从盒里拿出来，放在桌上，只觉得自己一颗心怦怦跳个不停。这沓纸牌中，最上面的一张是红心4。我小心翼翼翻看每一张牌，发现大部分已经褪色了，图案很难辨认，但有几张还挺清晰——方块J、黑桃K、梅花2和红心么。

"就是这些牌……在岛上四处走动吗？"我鼓起勇气问道。

老面包师又点了点头。

感觉上，我握在手里的每一张纸牌都是活生生的人。我把红心K拿到火堆前瞧了瞧，想起他在魔幻岛上说过的话。我在心中对自己说：很久很久以前，他曾经是一个活力充沛的小矮人，成天在一座大花园里嬉耍蹦跳。接着，我又把红心么拿在手里，凝望良久。记得她曾说过，她不属于这场纸牌游戏。

"这副牌只缺一张丑角牌。"我把整副牌点数一遍，发现只有五十二张。

面包师傅汉斯点点头："他跟我一块参加一场大规模的纸牌游戏。这个意思你明白吗，小伙子？我们都是活生生的侏儒，而我们也都不知道到底谁是庄家、谁在发牌。"

"你是说……那个小丑还在世界上？"

"当然还在世界上，小伙子，"老人说，"这个世界没有任何东西能够伤害小丑。"

面包师傅汉斯站在壁炉前，背对着火光；他那巨大的身影笼罩着我。我突然感到害怕起来。那时我才十二岁，父亲这会儿可能在家里大发脾气，因为我三更半夜不回家，还待在老面包师的屋子里，其实我也不必太担心，父亲这会儿八成已经喝得酩酊大醉，正躺在城里某个地方睡觉呢，才不会待在家里等我回来。面包师傅汉斯是唯一真正关心我、值得我依靠的人。

"那个小丑现在一定很老很老啰。"我半信半疑。

老面包师使劲摇摇头："难道你忘记了？小丑跟我们人类不一样，他是不会衰老的。"

"你们结伴回欧洲后，你有没有再见到他？"我问道。

老面包师点点头："只见过他一次……在六个月前吧。有一天，我突然看见一个小矮人从铺子门前跳过去，我赶忙跑出去一瞧，发现他已经消失了。艾伯特，你就是在这个时候走进我生命的。同一天下午，我看见一群小瘪三欺侮你，便跑到街上把他们揍一顿，替你出口气，那一天……那一天正好是佛洛德的小岛沉没在大海中的五十二周年纪念日。我算了又算几乎可以确定这一天是魔幻岛上的'丑角日'。"

我听得傻了，呆呆瞪着老面包师。

"那套老历法现在还有效吗？"我问道。

"看来还有效啊，小伙子。就在那一天我发现你是没有母亲、无依无靠的孤儿。所以，我就请你喝亮晶晶的汽水，让你看美丽的金鱼啦。"

我整个人顿时愣住了。现在我才想起，在那场"小丑之宴"中，魔幻岛的侏儒们也曾谈到我的事情。

我吞下一泡口水。

"以后……以后的故事呢?"我问道。

"可惜的是，在魔幻岛那场宴会中，我没把侏儒们讲的每一句话都记起来。不过，我们人类总会把听到的话都贮存在内心里，即使一时记不起来。总有一天，它会突然冒出来的。刚才我跟你讲魔幻岛的故事，就突然想起，方块4说'请小男孩喝亮晶晶的汽水，让他看美丽的金鱼'后，红心4接着说的话。"

"红心4到底说了什么呢?"

"男孩渐渐老了，头发变白了，可是在他去世之前，一个不幸的士兵从北方的国度来到村里。"

我呆呆坐着，眼睛盯着壁炉里的火。刹那间，我对生命起了敬畏之心，而这种感觉一直保持到今天。我的一生被概括在一句话里面。我知道，面包师傅汉斯不久就要死了，而我将是杜尔夫村的下一任面包师。我也明白，把彩虹汽水和魔幻岛的秘密传到下一代的责任，即将由我承担。我将在这间小木屋度过一生，等待那一天的来临——那一天，一个不幸的士兵会从北方的国度来到村里。我知道这个日子还很遥远；下一任面包师抵达杜尔夫村，将在五十二年后。

"我现在饲养的金鱼，也是一代一代从岛上带出的金鱼繁衍下来的，"面包师傅汉斯继续说，"有几只只活了两三个月，但大都活了很多年。每回看到一条金鱼在玻璃缸里断了气，不再游来游去，我就会觉得很难过。因为在我心目中，它们每一条都是不同的。艾伯特，这就是金鱼的秘密啊——连小小的一条鱼儿都是无可取代的个体。所以，它们死后，我都会把它们的尸体埋葬在林子里一株树下，给它们竖立一块小小的白石碑，让它们的生命有个永久的见证。"

面包师傅汉斯把魔幻岛的故事告诉我之后，再过两年，他就去世了。我父亲是前一年过世的。他死后，汉斯收养我，于是我就成为汉斯所有财产的继承人。临终时，这个我一生最敬爱的老人叫我附过耳朵去，悄悄告诉我一个秘密："那个士兵并不知道，头发被剃光的姑娘生下一个漂亮的男娃娃。"这是老面包师死前说的最后一句话。

我晓得，这句话是一个侏儒在小丑之宴中说的，汉斯一时忘记，临终才突然想起。

午夜时分，我正躺在床上胡思乱想，爸爸敲门了。

"她到底会不会跟我们回艾伦达尔?"爸爸前脚还没跨进门槛，我就叫嚷起来。

"这咱们可得走着瞧啰。"爸爸回答。我发现他脸上闪过一抹暧昧的笑容。

"妈妈答应过我，明天早上带我去点心店。"我有信心，妈妈这条鱼儿迟早会钻进我网中的。

爸爸点点头："明天上午十一点钟，她在旅馆大厅等你。明天的其他活动，她全都取消了。"

那天晚上我们父子俩躺在床上，眼睛直直瞪着天花板，好久才睡着，爸爸说的最后一句话——不知是对我还是对自己说的——是："一艘全速行驶的帆船，总不能说停就停啊。"

"也许吧。"我说，"但我相信，命运之神站在我们这一边。"

♥

红心5

……现在我得硬起心肠来步步进逼，直到获得全面胜利……

第二天早晨一觉醒来，我试图回想面包师傅汉斯临终时所讲的话，它牵涉到一个头发被剃光的姑娘。正在想着，却看见爸爸在床上翻滚起来。我知道他准备起床了。

早餐后，爸爸带我到旅馆大厅跟妈妈会合。然后，爸爸就得独个儿回到旅馆房间，因为妈妈坚持只带我一个人去点心店。我们跟爸爸说好，两个小时后再见面。

离开旅馆时，我悄悄向爸爸眨了眨眼睛，感谢他昨天找到妈妈。我通过眼神告诉他，我会设法让妈妈清醒过来，回到他身边。

在点心店坐定后，妈妈替我叫了一些吃喝的东西，然后眼睛直视着我说："汉斯·汤玛士，你还小，不会了解我离开你们父子的原因。"

我不想让这样的开场白搅乱我原定的计划，于是我不动声色地反问她："你的意思是说，你知道原因啰？"

"唔，不完全知道……"她倒很坦白。

这种吞吞吐吐的回答，我是不会满意的："你根本就不知道，你为什么会突然收拾行囊，离开你丈夫和儿子，消失得无影无踪，让我们看不到你，除了在希腊时装杂志上出现的几张妖媚的照片。"

　　侍者端来一盘看来挺可口的糕饼点心、一杯咖啡和一瓶汽水，放在桌子上。妈妈想用这些东西贿赂我，我可不上当，于是我继续说："整整八年，你这个做母亲的人连明信片也不寄一张给儿子，而你竟敢说你不知道原因。那我现在如果对你说谢谢，然后拂袖而去，让你一个人在这儿发愣，你心里会有什么感受呢？"

　　妈妈摘下太阳镜，开始揉眼睛。我看不到一滴眼泪，也许她正在努力挤出一两滴来吧。

　　"汉斯·汤玛士，事情可没那么简单啊！"她的嗓门开始颤抖了，眼泪随时会夺眶而出。

　　"一年有三百六十五天，"我继续说，"八年就是两千九百二十天，还不包括闰年的二月二十九号呢。这八年中一共有两次闰年，两个二月二十九日，我却连母亲都见不到一面。事情就这么简单！我的数学挺不错的啊。"

　　我特意提到闰年的日子，对妈妈简直就是致命一击，因为那一天正是我的生日。她再也忍不住了，两行眼泪扑簌簌滚下脸颊来。她伸出双手，紧紧握住我的手。

　　"汉斯·汤玛士，你能原谅妈妈吗？"她问道。

　　"看情形，"我说，"你有没有想过，在八年中，一个男孩子能玩几场单人纸牌游戏？我没数过，但我想那一定很多。到头来，扑克牌变成了家庭的替代品。可是，每次看到红心幺这张牌，就会让我想起母亲，这不是很奇怪吗？"

　　我故意提到红心幺，想看看妈妈的反应，但她却显得非常困惑，一脸茫然。"红心幺？"她颤抖着嗓门问道。

"是呀，红心幺。你昨天穿的那件衣裳，不是绣着一颗红心吗？我想知道的是，这颗心到底为谁跳动啊？"

"哦，汉斯·汤玛士！"

妈妈这下可真的惊慌失措了。也许她以为，她离家那么多年，把儿子扔在家里，结果儿子想妈妈想疯了，变得语无伦次。

"问题的症结是，"我继续说，"由于这个红心幺一时鬼迷心窍，离家出走去寻找自己，结果我们父子两个无法完成这场家族纸牌游戏，解不开其中的谜团。"

现在的妈妈可是一副楚楚可怜、弱不禁风的样子。

我只管说下去："我们在希索伊岛上的家里，收藏有一整抽屉的丑角牌。但有什么用呢？我们父子两个得跑遍整个欧洲，寻找一张红心幺。"

一听我提起丑角牌，妈妈顿时微笑起来。

"你爸爸还在收集丑角牌吗？"

"嘿，他自己就是一个丑角呀。"我回答，"我不认为你了解这个人。他自己就是一张牌，可是他最近却忙得晕头转向，费尽力气，想把红心幺从时装童话故事中解救出来。"

妈妈倾身向前，伸手想拍我的腮帮，但我立刻扭开脸去。现在我得硬起心肠来步步进逼，直到获得全面胜利。

"你讲的关于红心幺的那些事，我想我了解。"妈妈说。

"好极了，"我说，"可是，千万别告诉我，你真的了解你离家出走的原因啊！这个谜团的答案，在两百年前的一副神奇纸牌里头。"

"你到底说什么呀？"

"我是说，那副牌早就预言，你会跑到雅典去寻找自己。这一切，都跟一个罕见的家族诅咒有关系。在吉卜赛女人的预言和阿尔卑斯山村一个小圆面包里头，可以找到这件事的线索。"

"汉斯·汤玛士，你在愚弄我。"妈妈说。

我装模作样地摇摇头，转过脖子，望望点心店里的其他客人，然后倾身向前，压低嗓门悄声说："事实是，早在祖父和祖母在佛洛兰结识之前，大西洋中一座非常特别的岛屿上，发生了一件奇怪的事，而你跟这件事脱离不了干系，你跑到雅典寻找自己，也不是一件意外的事。你是被自己的倒影吸引到那儿去的。"

"你说，我的倒影？"

我拿出钢笔，在餐巾上写下妈妈的名字"爱妮妲"（Anita）。"这个名字，你能不能倒转过来念？"我问妈妈。

"雅汀纳（Atina）……"她大声念出来，"哦！听起来就像希腊文中的雅典（Athinai）嘛！我从没想到这点。"

"你当然不会想到啦，"我神气十足地说，"还有好些事情你没想到呢，但那些事情现在都不重要了。"

"汉斯·汤玛士，现在什么事情最重要呢？"

"现在最重要的事情是，你马上收拾行囊跟我们回家。"我回答，"爸爸和我等你回家，可以说已经等了两百多年了。我们父子现在开始失去耐性啰。"

就在这时候，爸爸从外面的街头踱进来。

妈妈瞧了他一眼，甩甩手，脸上显露出一副十分无奈的神情。"你是怎么管教这个孩子的？"她质问爸爸，"他满口胡言，话不好好地说，尽在打哑谜。"

"他的想象力太丰富了。"爸爸伸手拉过一把空椅子坐下来,"其他方面都还好。"

爸爸这个回答挺恰当。爸爸并不知道,我到底使用了哪一种哄骗战术,促使妈妈跟我们一块回艾伦达尔的家。

"我还没讲完呢,"我说,"我还没告诉你,我们穿过边界进入瑞士后,一个神秘的小矮人一路跟踪我们。"

妈妈和爸爸意味深长地互相瞄了几眼。爸爸说:"汉斯·汤玛士,这件事以后再谈吧。"

这天相聚,到了傍晚时分,一家三口终于领悟,我们这一家人实在不应该再离散。我这个做儿子的,总算把妈妈的天生母性给唤醒了。

在点心店的时候,妈妈和爸爸就已经搂搂抱抱,耳鬓厮磨,亲昵得像一对初恋的情侣;离开点心店后,两口子那股亲热劲儿更不必说了。晚上分手前,他们两个竟然当着我的面热吻起来。我很能体谅他们这种行为,毕竟,这对夫妻分离了八年多啊,但偶尔为了礼貌,我也会转开脸去。

长话短说,我们父子俩终于把妈妈弄进那辆菲亚特小轿车,一路驱车北上,直奔家园。

爸爸也许会感到纳闷,妈妈怎么那么轻易就改变心意呢,但不知怎的,我早就料到,一旦我们父子俩在雅典找到妈妈,那八年的痛苦分离就会结束。可是,连我也没想到,妈妈会以那么快的速度收拾行囊。二话不说,她把一份模特儿合约撕毁了;在阿尔卑斯山以南的地区,这可是挺严重的一桩罪行。爸爸说,以妈妈的条件,在挪威很容易找到模特儿的工作。

忙乱了几天，我们踏上归途，一路驱车穿越南斯拉夫国境，前往意大利北部。跟南来时一样，我坐在车子后座，但这回北返，前面坐着两个大人。这样一来，我要找机会把小圆面包书读完，可就不容易了，因为妈妈会不时突然回过头来，看看我在后座干什么。若是让她看到杜尔夫村面包师傅送我的这本小书，我实在不敢想象，她会有什么反应。

那天深夜我们抵达意大利北部，住进一家旅馆。爸妈让我单独住一个房间。这样一来我就可以尽情阅读，不受任何干扰。我一直读到天蒙蒙亮，才把小圆面包书放在膝盖上，呼呼大睡。

♥

红心 6

……像日月星辰一样真实……

　　一整个晚上，艾伯特不停地诉说魔幻岛的故事。我一边聆听，一边在心中想象，十二三岁时的艾伯特会是什么模样。

　　他坐在壁炉前，凝视着那一堆燃烧了整个夜晚、如今渐渐化为灰烬的烈火。讲述故事的过程中，我从没打断过他——整整五十二年前，他自己就曾坐在这儿，聆听面包师傅汉斯诉说魔幻岛和佛洛德的事迹。我站起身来，走到窗前，望了望对面的杜尔夫村。

　　天蒙蒙亮。一缕缕晨雾飘漫过小小的山村，华德马湖上笼罩着滚滚彤云。山谷的另一边，朝霞正沿着山壁洒落下来。

　　我心中充满疑问，但一时又不知从哪里问起，所以就干脆不开腔。我走回壁炉前，在艾伯特身旁坐下来。这位老面包师心肠真好——刚到杜尔夫村时，心力交瘁的我倒卧在他的小木屋门前，他二话不说，就敞开家门收容我。

　　炉中的灰烬飘袅起一缕缕轻烟，就像屋外的晨雾。

　　"卢德维格，你会在杜尔夫村住下来。"老面包师艾伯特对我说。他的口气既像邀请又像命令，或者两者兼有吧。

"当然。"我回答。我已经心里有数，我会成为杜尔夫村下一任面包师。我也知道把魔幻岛的秘密传留给后人的责任，将转移到我的肩上。

"我心里想的不是这个问题。"我说。

"孩子，你心里在想什么呢？"

"我在想，侏儒们在'丑角游戏'中念诵的台词——如果我真的是那个来自北方的不幸士兵……"

"那又怎样呢？"

"那么，我知道——我在北方有个儿子。"我再也忍不住，伸手遮住脸庞哀哀啜泣起来。

老面包师伸出一只胳臂，揽住我的肩膀。

"没错，你有个儿子。"他开始念诵侏儒的台词，"'那个士兵并不知道，头发被剃光的姑娘生下一个美丽的男娃娃。'"

艾伯特让我哭个痛快，然后才说："有件事情我不明白，也许你能告诉我发生了什么事。"

"什么事？"

"那个可怜的姑娘，头发为什么会被剃光？"

"我一直不知道她的头发被剃光，"我回答老面包师，"我没想到他们对她这样残酷，但我听说过，大战结束后，解放区的老百姓用这种方法惩罚跟敌兵交往的女孩，让她们失去头发，也失去尊严。所以……所以，大战结束后我一直不敢跟她联络。我想她可能已经忘了我。我也担心，跟她联络会让她受到更大的伤害。我原以为不会有人知道我们之间的交往，但我想得太天真了。她肚子里怀了个孩子，想瞒人也瞒不住啊。"

"我了解。"老人说，然后瞪着空荡荡的壁炉，不再吭声了。

我站起身来，在房间里来回踱步，心里想：这一切事情都是真实的吗？在村子里的华德马酒馆，大伙儿不都在悄悄议论说，艾伯特这个老头是疯子？

想着想着，我猛然醒悟：没有证据显示，艾伯特告诉我的是事实。他跟我讲的那些有关汉斯和佛洛德的故事，每一句都可能是痴呆老人的胡言乱语。我从没看过彩虹汽水，也没摸过佛洛德的神奇纸牌。

我的唯一线索是"来自北方的士兵"那几句话，但这也可能是艾伯特捏造的。可是，他又提到"头发被剃光的姑娘"——这就不由我不相信了。不过这也可能是我说的梦话，被艾伯特偷听到。我在睡梦中谈一个头发被剃光的女孩，并不值得奇怪，因为我实在太思念我在战时结识的姑娘丽妮。我担心，跟我交往一阵子后她可能怀孕。唔，我明白了，艾伯特把我讲的那些零零碎碎的梦话串连起来，添油加醋，编造成一个故事。难怪，他对"剃头姑娘"的事很感兴趣……

只有一件事我敢完全确定：艾伯特整晚没睡，坐在这儿跟我讲故事，目的绝不只是为了戏弄我。他相信他讲的每一句话，然而，这可能就是问题的真正所在。村民们在背后讲的闲话，说不定是真的。艾伯特可能心智不正常，离群索居，活在自己的一个小小的世界里，生活上和心灵上都非常孤独。

我一来这个村庄，他就管我叫"孩子"。也许，那就是艾伯特编造这个神奇故事的动机。他需要一个儿子，来继承他在村里开设的面包屋。于是乎，他就下意识地编造出一个荒诞不经的故事。这类精神案例，我以前听说过。听说，有些疯子在某些特殊的领域可能是杰出的天才。艾伯特的才华，应该是属于说书讲古这方面的。

我在屋子里不停地来回踱步。屋外，早晨的阳光不断地从山壁上洒落下来。"孩子，你怎么一副心事重重、坐立不安的样子？"老人打断我的思绪。

我在他身边坐下来。这时我想起，昨晚的机缘是怎么开始的。前一天晚上，我坐在华德马酒馆，听村民安德烈谈起艾伯特家中的金鱼。据说，他饲养很多金鱼，但我只看过一条，而我觉得一个孤独的老人养一条金鱼做伴，不值得大惊小怪。可是，昨天晚上我回家时，却听见艾伯特在阁楼上来回走动，于是我就追问他——然后，我们两个人就在这儿，展开了漫长的一夜。

"那些金鱼……你刚告诉我，汉斯从魔幻岛上带回一些金鱼，"我说，"它们还在杜尔夫村吗？难道……难道你只养一条金鱼？"

艾伯特回过头来，眼睛直直盯着我说："孩子，你对我没什么信心啊。"

说着他的眼神沉黯了下来。

我已经失去耐性，而且，由于思念丽妮，我的脾气变得急躁起来，于是就用比平常尖锐的口气对老人说："那就回答我啊！那些金鱼到底怎么啦？"

"跟我来吧。"

他站起身，走进他那间窄小的卧房，从天花板上拉下一个梯子——就像他小时候，面包师傅汉斯带他上阁楼之前，从天花板上拉下梯子那样。

"卢德维格，咱们要上阁楼去啰。"他压低嗓门说。

他先爬上梯子，我跟在后头。我心里想：如果佛洛德和魔幻岛的故事是艾伯特一手捏造的，那他一定是鬼迷心窍的人。

我把头探进天花板的活门，往阁楼里面一望，立刻就确定，艾伯特花了一整晚告诉我的那些事情，全都是真的——像天上的日月星辰一样真实。阁楼上，只见四处摆着玻璃缸，里头饲养着一条条五彩斑斓的金鱼，不停地游来游去，有如一道道活动的彩虹。屋里堆满各种奇珍异宝。我认出佛像、六足怪兽雕像、各种长短剑。此外，还有艾伯特小的时候就已陈列在楼下的许多器物。

"太……太不可思议了！"一踏进阁楼，我就禁不住结结巴巴起来。除了金鱼，屋里的所有东西都让我看得瞠目结舌。我不再怀疑魔幻岛的故事。

蓝色的曙光洒进阁楼窗口，要到中午时分，太阳才会照射到山谷的这一边，但是，这会儿，阁楼弥漫着金色的光芒，而这种光并不是从窗口照射进来的。

"你看那边！"艾伯特悄声说。他伸出手臂指了指倾斜的天花板下的一个角落。

那儿，我看见一只古旧的瓶子。瓶子发射出的光芒，亮晶晶地照耀着所有的金鱼缸、排列在地板上的各种器物、板凳、橱柜。

"孩子，那就是彩虹汽水啰！"艾伯特说，"五十三年来，没有人碰过它。今天我们要把它带到楼下去。"

他弯下腰，从地板上捧起那只古旧的瓶子。瓶身一阵摇晃，里头装着的液体闪闪发亮，美丽得让我泫然欲泣。

我们正要转过身去，爬下梯子，进入艾伯特的卧房，突然，我看到了装在木盒里的一副老旧扑克牌。

"我能……看一看吗？"我问道。

老人郑重地点点头。我小心翼翼拿起那一沓破旧不堪的扑克牌。我还辨认得出红心6、梅花2、黑桃Q和方块8。我把整副牌数了一遍。"只有五十一张！"我惊叫起来。

老人望望阁楼四周。

"那儿!"他指了指躺在老旧板凳上的一张牌。我弯下身捡起那张牌,放在整副牌顶端。这张牌是红心么。

"她还是喜欢到处乱跑,常常迷路,"老人说,"我总是在阁楼的某一个角落找到她。"

我把整副牌放回原处,然后跟老人爬下梯子。

艾伯特拿出一只小酒杯,放在桌上。"你知道我们马上要做的事情。"他直截了当地说。我明白,这回轮到我喝彩虹汽水了。在我之前——整整五十二年前——艾伯特坐在这个房间喝这瓶神秘的饮料;在他之前——五十二年前——面包师傅汉斯在魔幻岛上喝彩虹汽水。

"记住!"艾伯特板起脸孔说,"你只能喝一小口。然后,经历一整场纸牌游戏后,你才能再打开瓶盖。这样一来,这瓶彩虹汽水就能传承好几代。"

他把一小滴汽水倒进小酒杯。

"喝吧!"他把杯子递到我手里。

"我不晓得,我敢不敢喝。"

"你晓得,你非喝不可。"艾伯特说,"这滴汽水如果不能让你尝尽天下美味,那么你尽可以告诉别人,艾伯特不过是一个精神不正常的老头子,闲极无聊,拉着一个小伙子彻夜讲故事。可是,我告诉你啊,我这个老面包师可不是个老疯子。你明白吗?即使你现在不怀疑我讲的故事,总有一天你还是会怀疑的。所以,你必须用你整个身体,'尝一尝'我跟你讲的故事,这样你才能成为杜尔夫村的下一任老面包师。"

我举起酒杯,一饮而尽。刹那间,我的整个躯体变成了一个马戏班,让全世界的滋味竞相表演各种绝活。

感觉上，我正在周游世界各地的市场。一会儿我身在汉堡的市集，把一枚番茄塞进嘴巴；下一刻，我忽地来到卢比克，咬一口甜滋滋的梨。在慕尼黑，我一口气吃掉整串葡萄；在罗马城，我口嚼无花果。杏仁和腰果在雅典等我品尝；充满东方风情的开罗市集，以辣子奉客。各种各样的美味横扫过我的五脏六腑。有些是我生平第一次尝到。我遨游在魔幻岛的庄园中，采集那儿的奇花异果。恍惚间，我又回到挪威的艾伦达尔镇。我一面尝越橘，一面嗅着丽妮的发香。

我不知道，我究竟在壁炉旁坐了多久。我只顾默默品尝人世间的各种美味，没跟艾伯特说一句话。老人终于站起身来，对我说："我这个老面包师可要去睡觉啰。上床之前，我得把这个瓶子放回阁楼上——提醒你啊，我会把天花板的活门给锁上的。阿兵哥，你现在是个大人啰。水果和蔬菜固然营养丰富、滋味美好，但你也要提防自己变成植物人啊。"

今天回想起来，我不敢确定，老人这番话我究竟有没有记错。

我只晓得，老人临睡前对我提出一些忠告，而他的告诫，似乎跟彩虹汽水和魔幻扑克牌有关。

♥

红心 7

……小圆面包师傅对着神奇的漏斗大声呼叫……

一直等到第二天早上睡醒，我才突然醒悟，我在杜尔夫村遇见的那位老面包师，其实就是我的亲祖父，而那个头发被剃光的姑娘，想必就是住在挪威家乡的祖母了。

这点我毫不怀疑。在魔幻岛那场宴会上，侏儒虽没明说，头发被剃光的姑娘就是我祖母，也没指明杜尔夫村面包师就是我祖父，但是，在挪威，名字叫"丽妮"而且有德国男朋友的女孩，怎么数都不会很多。

然而，事情的整个真相到现在还是一团谜。魔幻岛"丑角游戏"中侏儒们念诵的台词，有许多是汉斯已经忘记的，一辈子都回想不起来，因此也从没告诉艾伯特或其他人。有朝一日，我们能不能把这些台词寻找全，让这一场纸牌游戏圆满结束呢？

魔幻岛沉入大海中以后，一切线索都跟着消失无踪，就连汉斯生前也没法子探听到更多讯息。如今，我们更不可能把生命注入佛洛德的扑克牌，让侏儒们复活，请他们告诉我们，在一百五十年前的一场牌戏中，他们到底说了些什么。

破解整个谜团，如今只剩下一个线索：魔幻岛的小丑如果还活在这个世界上，那么，他也许还记得岛上那场游戏。

我必须说服爸妈，在回程中绕道前往杜尔夫村一趟，尽管这个村子坐落在偏僻的山区，而爸爸的假期已经所剩不多。同时，我必须小心翼翼，不让爸妈看到小圆面包书。

我真想走进杜尔夫村那家小面包店，对老面包师说："我回来了——我从南方的一个国家回来，带来我的父亲。他就是你老人家的亲生儿子。"

吃早餐时，我和爸妈一直在谈论祖父。我决定等爸妈快吃完早餐，才揭露这个重大的、惊人的秘密。我知道，由于我口没遮拦，不小心透露了太多小圆面包书的讯息，爸妈已经把我看成一个怪胎，不太相信我讲的话。唉，我只好忍耐一下，让他们好好吃完一顿早餐再说。

妈妈去拿第二杯咖啡时，我直直瞅着父亲，一个字一个字地说："我很高兴，我们终于在雅典找到妈妈，可是，在这场纸牌游戏中，有一张牌到现在还没找到，因此这场游戏还不能圆满结束。不过，我已经找到了那张牌。"

爸爸回头望了妈妈一眼，一脸很无奈的样子。然后他瞅着我问道："汉斯·汤玛士，你身上哪一根筋又不对劲啦?"

我只顾瞪着爸爸："你记不记得，我们开车南下，经过杜尔夫村时，那个老面包师请我喝一瓶汽水，送我四个小圆面包，而那个时候，你正坐在华德马酒馆里头，跟几个本地人一块喝阿尔卑斯山白兰地酒?"

爸爸点点头。

"那个老面包师就是你的亲生父亲呀!"我说。

"胡扯!"

他从鼻孔里哼出一声来，模样儿活像一匹劳累的老马，但不管怎样，他都得面对事实。

"我们不必现在就在这儿讨论这个问题，"我说，"但你应该知道，我讲的话是百分之百的事实。"

妈妈端着一杯咖啡回来。当她听说我们父子又在讨论祖父的事，忍不住深深叹出一口气来，满脸无奈。爸爸的反应跟妈妈差不多，但我们父子毕竟相处多年，比较了解对方的想法。他知道，在探明事情真相之前，最好不要把我的话当成无稽之谈。他也晓得，我跟他一样也是个丑角，而这种人心中有时会灵光一现，看到一些重大的事情。

"你凭什么认定那个人是我父亲？"爸爸问我。

我不可能告诉他，这件事记录在小圆面包书上，白纸黑字清清楚楚。幸好，昨天晚上我已经想好了一套说辞。

"首先，他的名字叫卢德维格。"我开始解释。

"在瑞士和德国，这是很普通的名字。"爸爸说。

"这个名字也许很普通，但老面包师告诉我，大战期间，他在格林姆镇待过。"

"他是这样讲吗？"

"唔，他不是用挪威话讲的。"我说，"我告诉他，我是从艾伦达尔镇来的。他一听就叫了起来。他也在那个格林米斯达特待过。我想，他讲的是艾伦达尔镇附近的格林姆镇。"

爸爸摇摇头："格林米斯达特？在德文中，这话的意思是那个可怕的城市。他可能是指艾伦达尔镇……是呀，在第二次世界大战的时候，挪威南部有很多德国兵。"

"没错，"我说，"但只有一个是我祖父呀。这个德国兵后来跑去瑞士杜尔夫村，当起面包师傅来。人生就是这么一回事嘛。"

爸爸决定打个长途电话，给远在挪威家乡的祖母。我不晓得他打这通电话的真正原因：是受我一番话的影响呢，还是为了尽人子的责任，打电话禀告老母，他在雅典找到了她老人家的媳妇。祖母家中没人接电话，于是爸爸又打到英格丽姨妈家里。姨妈告诉他，祖母突然决定到阿尔卑斯山旅行，现在已经启程了。

听到这个消息，我忍不住吹起口哨来。

"小圆面包师傅对着神奇的漏斗大声呼叫，声音传到好几百里外。"我念诵的是侏儒的一句台词。

爸爸愣住了，脸上尽是讶异迷惑的神情。

"这句话，你以前不是说过吗?"他问道。

"说过，"我回答，"那个老面包师终于领悟，他遇见的那个小男孩就是他的亲孙子。这不是不可能的啊。而且，他也亲眼见过你啊。爸爸，血浓于水啊! 也许，他突然想到，经过了那么多年，他不妨打个电话到挪威问问看，出现在他店里的那个艾伦达尔男孩，到底是谁家的孙子。电话一接通，老两口就旧情复燃啦，就像爸妈你们两位在雅典那样啰。"

结果，我们一家三口驱车北上，直奔瑞士杜尔夫村，爸妈都不相信，那个老面包师就是祖父，但他们也晓得不陪我到杜尔夫村走一趟，我绝不会让他们耳根清净的。

抵达科摩时，我们住进上回住过的那家迷你旅馆。游乐场已经拆除了——替我算过命的吉卜赛女人也走了——但这回我单独住一个房间，算是一个小小的补偿。赶了那么长的一段路程，我觉得非常疲累，但临睡前我还是决定读完小圆面包书。

♥

红心 8

……面对如此神妙的奇迹，我们不知道该笑还是该哭……

　　我站起身来，走出小木屋，一路摇摇晃晃，因为这会儿人世间各种美味正在我身体中四处乱窜。草莓冰淇淋的甜美，流窜过我的左肩；红葡萄干柠檬的混合芳香，袭击我的右膝。千百种滋味不断地、飞快地在我身上互相追逐，我实在没法子一一加以辨认。

　　此刻，全世界不知有多少人正在吃东西——正在品尝千百种不同的滋味，而我就仿佛同时出现在每一家的餐桌旁，分享他们桌上的珍馐。

　　我漫步走进屋子后面山坡上的树林。人间美味的争奇斗妍，逐渐在我体内消退了；我对世界开始产生崭新的感受，而这份感受将永远存留在我心中。

　　我回过头去，望望山脚下的村庄；生平头一遭，我发现世界竟是如此神妙。我不禁惊叹起来：人类怎么可能出现在这个星球上呢？我正在感受一个全新的世界，但是，事实上，这个世界在我孩提时代早就已经存在，而且一直展现在我的眼前。这些年来我一直在沉睡；迄今我在地球上的生活，说穿了只是一场漫长的冬眠。

　　现在我苏醒了，活转过来了！我觉得自己浑身迸发着活力。生平头一遭，我真正体会到了做人的感觉。同时我也领悟，如果我继续饮用那瓶神奇的饮料，这种感觉会逐渐消散，终至完全消失。品尝这个世界应该适可而止，否则就会被它吞噬，跟它合而为一。那时，我不会再有生存的任何感觉。我会变成一颗番茄或一株梅花树。

我坐在一根树桩上歇息的当儿，一只獐鹿出现在树林间。这种景象并没什么不寻常的地方；在杜尔夫村山上的林子里，成天都有野生动物出没。但我以前从没注意到，一只动物竟是一个活生生的奇迹。当然，我以前看过獐鹿，几乎每天都看见他们，但我从来没想过，每一只獐鹿代表宇宙间一个深不可测的奥秘。现在我总算弄清问题的症结了——我从不曾好好花些心思，体会一下野生动物的奥秘，因为我太常看见他们了。

对其他事物，甚至对整个世界，我们的态度何尝不也是如此。孩提时代，我们有能力体验周遭的世界，然后，随着年岁的增长，我们对这个世界逐渐习以为常。长大，就是沉醉在感官经验中。

如今我终于明白，魔幻岛上的侏儒究竟出了什么问题。他们没有能力体验人生最深层的奥秘。也许，那是因为他们从不曾当过儿童吧。为了弥补这个缺憾，他们拼命喝威力十分强大的饮料——彩虹汽水，结果一个个被周遭的世界吞噬。现在我才体会出，当初佛洛德和小丑弃绝彩虹汽水，确实需要莫大的意志和勇气。

獐鹿站在树木间，静静瞅着我，过了一会儿才蹦蹦跳跳跑开去。整个林子陷入深沉的寂静中，然后一只夜莺开始引吭高歌。那么细小的一个身子，竟能发出如此繁复美妙的乐音，委实是一桩奇迹。

我心里想：这个世界是一个无比神妙的奇迹；面对它，我们实在不知道应该感动地哭泣，还是兴奋地开怀大笑。也许，我们应该又哭又笑吧，虽然那并不容易。

我不期然想起村里一位农夫的太太。她只有十七岁，但有一天却带着一个两三个星期大的女娃儿走进面包店。我一向不怎么喜欢小孩子，可是，当我探头往婴儿篮里瞧一瞧时，却发现这个女娃娃眼瞳中闪烁着一股神采，对周遭的世界充满好奇。我没再想这件事，可是现在坐在林子里一根木桩上，聆听着夜莺的歌唱，眺望着山谷对面田野上那一片灿烂的阳光，我忽然想到，这个女娃如果会讲话，她一定会告诉我们，这个世界是多么奇妙哇。那天在面包店，基于礼貌，我曾向那位年轻妈妈道贺，祝贺她生下一个千金，但事实上那个娃娃才是我真正应该祝贺的对象。每一位婴儿呱呱坠地、成为世界新公民时，我们都应该俯身向他或她道贺："小朋友，欢迎光临这个世界！能到人间走一遭，是很大的福气啊。"

我坐在林子里想：人类真是可悲，竟然会对那么神奇美妙的人生，逐渐习以为常。长大后，突然有一天我们把"生存"这件事视为当然，不再去想它，直到我们准备离开这个世界的时候。

这时，我感到一股强烈的草莓滋味涌上我的胸膛，它的滋味当然迷人，但也太过强劲浓郁，差点让我呕吐出来。不需任何人劝告，我自己会弃绝彩虹汽水。我已经醒悟：在林子里以野浆果为食，以獐鹿和夜莺为伴，此生我已无需求。

我坐在林子里沉思的当儿，忽然听到身旁的树枝沙沙响了起来，抬头一看，我发现一个小矮人从树木间探出头来，朝我窥望。

原来是小丑！我的心突地一跳。

他往前走出两三步，隔着约莫十几米的距离，对着我伸出舌头舔嘴唇："好喝！好喝！看样子，你已经喝过那瓶甜美的饮料啰？好喝！好喝！

小丑我尝过那种滋味。"

我刚听过艾伯特讲述魔幻岛的故事，所以并不感到害怕。乍见小丑时的震惊，很快就消散了。感觉上，我们是属于同一类的人——我也是一副扑克牌中的丑角牌。

我从树桩上站起身来，朝他走过去。他身上穿的，不再是那件缀着铃铛的紫色小丑服，而是一套黑色条纹的咖啡色西装。

我向他伸出一只手："我知道你是谁。"

他握握我的手。这时我听见一阵轻微的叮当声，原来，他只是在小丑服外面套上一件西装。他的手跟晨露一样沁凉。

"能够跟北方国度来的士兵握手，我感到莫大的荣幸啊！"小丑说。他诡秘地微笑起来，露出两排珍珠似的闪闪发亮的小牙齿。接着他又说："现在该轮到杰克日子了。兄弟，祝你生日快乐！"

"今天……今天不是我的生日啊。"我结结巴巴地说。

"嘘——"小丑制止我，"只出生一次是不够的。昨天晚上，老面包师收容的年轻人又出生了一次，小丑我看在眼里，所以今天特地前来向他道贺，说声生日快乐。"

他的嗓门又尖又细，说起话来像个会说话的洋娃娃。我放开他的手，说道："我……我听过……你和佛洛德跟侏儒们的所有事情……"

"当然，"小丑说，"因为今天是魔幻岛历法上的'丑角日'啊，小伙子。从明天起，一个全新的周期就要展开。下一个丑角日来临，可要等到五十二年后啰。到了那个时候，北方国度来的小男孩也早已经长大了；不过，在那一天之前，他会前来杜尔夫村走一遭。幸好，在旅途中，有人送他一个放大镜。小丑我说，那可是一个神奇无比的放大镜啊，是用最上等的钻石玻璃做的呢。古老的金鱼缸打碎后，你就可以把东西放进口袋啦。你挺聪明，丑角小伙子，但我得告诉你，这个杰克可要承担起最艰巨的任务啊。"

小丑喋喋不休只顾诉说，我却压根儿听不懂他在说什么。他挨近我身边，压低嗓门悄声说："记住，把佛洛德扑克牌的故事写成一本小书，然后把这本书塞进一个小圆面包，因为'金鱼不会泄露岛上的秘密，但小圆面包书会'。这是小丑我说的。够了！"

"可是……佛洛德扑克牌的故事太长了，塞不进一个小圆面包。"我提出异议。

小丑哈哈大笑起来："小伙子，这得瞧你的小圆面包有多大，或者这本书有多小。"

"魔幻岛的故事……还有其他事情……实在太长了，必须写成一本大书，"我又提出异议，"我们得制造一个超级大圆面包，来容纳这本书。"

小丑狡黠地瞅了我一眼："做人不可以那么武断，那是坏习惯啊，这是小丑我说的。把书里头的字写得小一点，就不需要那么大的面包了嘛。"

"字写得再小，也不能小到那种程度啊，"我还是坚持自己的看法，"就算有人写出这种小字书，也不会有人读它的。"

"别啰唆，尽管写吧！这是小丑我说的。你不妨先打草稿，等时机成熟时再写成一本小字书。到时候，有放大镜的人就能读它。"

我抬起头来，眺望整个山谷。金黄的朝晖已经洒在整座村庄上。

回头一看，我发现小丑已经走了。我望望四周，不见小丑的踪影。这个小矮子出没在树林中，脚步就像獐鹿一般轻巧，来去无踪。

我拖着疲累的身躯，走回小木屋。途中，我正要踏上一块石头时，一股强烈的樱桃滋味猛然蹿上我的左腿，险些儿让我摔一跤。

我想起村中的朋友们。他们若知道这件事，心里不知会怎么想呢。今晚他们又会在华德马酒馆碰面，就跟往日一样。喝酒得找个话聊聊，而最现成的一个话题，就是独个儿住在山中一间小木屋的老人。在村民的心目中，他是个怪老头，神经有点不正常。村民们并不晓得，他们自己也属于宇宙间最大的一个奥秘，而这个奥秘就存在于他们周遭，只是他们视若无睹，眼明心盲。也许，艾伯特真的拥有一个大秘密，但人世间最大的秘密是我们的这个世界。

我知道，从今以后，我不会再到华德马酒馆喝酒了。我也晓得，总有一天我会成为村民们讲闲话的对象。再过几年，我就会成为村子里唯一的丑角。

回到小木屋，我扑倒在床上呼呼大睡，直到傍晚才醒来。

♥

红心 9

……世上的人还没有成熟到，可以聆听佛洛德扑克牌的故事……

　　我感觉到，小圆面包书的最后几页在挑逗我的右手食指。现在我发现，这几页是用寻常大小的字体写成。我把放大镜搁在床边桌子上，不再需要用它来阅读这本小书。

　　我的孙子，不久之后你会来到杜尔夫村，接受佛洛德扑克牌和魔幻岛的秘密。艾伯特那晚告诉我的每一件事情，就记忆所及，我都已经写下来。讲完故事之后的两个月，老面包师就过世了，我成为本村的下一任面包师。

　　听完彩虹汽水的故事后，我立刻将它记录下来，而且决定用挪威文写。这样你就会看得懂，而且可以防止本地人阅读这本书。只是，多年没用挪威文，我已经忘了不少。

　　我一直不敢到挪威探望你们，一来是因为我不知道丽妮会怎么看待我，二来是因为我没有勇气违抗前人的预言。根据这个预言，将来有一天你会到这个村庄来。

　　这本书我是用普通打字机写成的。字体再小的打字机，怎么找都找不到。幸好，几个星期前，我听说村里的银行有一台奇妙的机器。这台机器能够复印——每复印一次，字体就会缩小一些。我把稿子复印了八次，字体就缩小到可以容纳一本细小的书。孩子，小丑不是已经送你一个放大镜了吗？

我应该把故事完整地记录下来，但是，魔幻岛那场宴会中侏儒们吟诵的台词，汉斯只记住一部分。幸好昨天我收到一封信，里头附着一张单子，上面记载着"丑角游戏"的全部台词。不用说，这封信是小丑寄来的。

你来到杜尔夫村后，我会立刻打电话给丽妮。也许有一天，我们一家人会团聚。

哦！我们这几个杜尔夫村面包师，或多或少都是丑角，都有一个神奇的故事要讲。但是，这个故事永远不会像别的故事那样广为流传。然而，就像所有的丑角——不管是在一场大规模还是一场小格局的纸牌游戏上——我们有责任告诉人们，这个世界是一则不可思议的童话故事。我们知道，要让人们睁开眼睛好好看一看这个巨大、神奇的世界，并不是一件容易的事。擦亮眼睛以前，对他们来说，存在于他们周围的世界是一个谜团。世上的人还没有成熟到可以聆听佛洛德扑克牌的故事。

有朝一日，在未来的国度，全世界的人都会听到我这本小圆面包书讲的故事。在那一天来临之前，每隔五十二年，就会有一个人尝一尝彩虹汽水。

有一件事，你千万不要忘记：小丑还活在世界上。尽管在一场惊天动地的纸牌游戏中，所有的牌都瞎了眼睛，小丑依旧相信，有些人的眼睛是雪亮的。他的这份信念永远不会动摇。

孙子，祝你平安。愿你们父子在南方的国度找到你的母亲。你长大后，一定要来杜尔夫村。

这本小圆面包书的最后几页，是小丑所做的笔记，里头记录着许多年前，魔幻岛的侏儒们在"丑角游戏"中吟诵的全部台词。

丑角游戏

银色的双桅帆船，沉没在波涛汹涌的大海中。水手漂流到一个不断扩大的岛屿上。他口袋里藏着一副扑克牌，现在摊在太阳下晒。扑克牌上的五十三张图画，陪伴玻璃工厂老师傅的儿子度过漫长的许多个年头。

纸牌褪色之前，五十三个侏儒在孤独水手的脑子里逐渐成形。容貌怪异的人物，在主人的心灵中翩翩起舞。主人入睡时，侏儒们自由自在过活。一个晴朗的早晨，国王和侍从爬出意识的牢笼。

意象从心灵中跃出，进入外在的世界。魔术师把衣袖一抖，无中生有，活生生蹦跳出好几个小人儿来。出自幻想的人物外表固然美丽，但除了一个之外，全都迷失了心智。只有孤独的丑角看穿这个骗局。

亮晶晶的饮料麻醉了丑角的知觉。丑角吐出亮晶晶的饮料，不再饮用"诳骗术"的小丑，思路变得更加清晰。五十二年之后，遭遇海难的孙儿来到这座村庄。

真相隐藏在牌中。真相是，玻璃师傅的儿子在开自己幻想的玩笑。出自幻想的人物，对主人发动一场疯狂的叛变。不久主人死了，杀害他的人是一群侏儒。

太阳公主逃到海边。魔幻岛毁于内讧。侏儒们又变成扑克牌。面包师的儿子赶在童话结束之前逃出。

回到祖国，小丑从肮脏的船篷后面溜掉。面包师的儿子翻山越岭，逃到一个遥远的村庄定居下来。面包师隐藏魔幻岛的珍宝。未来显现于纸牌中。

村民们收容孤苦伶仃的小男孩。面包师请他喝亮晶晶的饮料，让他看美丽的金鱼。男孩老了，头发白了，可是在他去世前，一个不幸的士兵从北方的国度来到村里。那个士兵守护魔幻岛的秘密。

那个士兵并不知道，头发被剃光的姑娘生下一个漂亮的男娃娃。男娃娃长大后被逼跑到海上讨生活，因为他是敌人的儿子。水手娶美丽的妇人；她生下孩子后离家出走，跑到南方寻找自己。父亲和儿子结伴出门，寻找那个迷失了自己的美丽妇人。

侏儒伸出冰冷的手，指示前往遥远村庄的路途，然后拿出一个放大镜送给北方来的男孩。放大镜的大小，正好配合金鱼缸的缺口。金鱼不会泄露岛上的秘密，但小圆面包书会。小圆面包师傅就是北方来的那个士兵。

有关祖父的事隐藏在纸牌中。命运好比一条饿得吞掉自己的蛇。内盒打开外盒的当儿，外盒打开内盒。命运有如花椰菜的花冠，向四面八方伸展开来。

男孩发觉，小圆面包师傅是自己的亲祖父，同时小圆面包师傅也发觉，北方来的男孩是自己的亲孙子。小圆面包师傅对着神奇的漏斗大声呼叫，声音传到好几百里外。水手吐出浓烈的饮料。寻找不到自我的美丽妇人，却寻找到心爱的儿子。

纸牌游戏是一种家族的诅咒。总会有一个丑角看穿整个骗局。一代又一代，地球上永远游荡着一个绝不会被岁月摧残的小丑。看透命运的人必须承受命运的折磨。

♥

红心 10

……地球上永远游荡着一个绝不会被岁月摧残的小丑……

读完小圆面包书的最后几页，躺在巴拉德洛迷你旅馆的房间里，我的心情起伏不已，久久不能入睡。这家"迷你"旅馆仿佛变得不再那么狭小，它跟周围的科摩市区连接在一块，形成一个无比辽阔的世界的一部分。

小丑离开魔幻岛后的行踪，我早就料到。我们父子在路旁修车厂遇见的侏儒，就是那个溜出马赛港船篷的狡黠家伙，而此后他就一直游荡在世界各地，从没在任何地方定居过。这一天他会出现在这座村庄，隔天他就会跑到另一座城市去了。遮盖他真实身份的东西，就是他身上那套薄薄的西装，但在西装下面，他依旧穿着那件缀着铃铛的紫色小丑服。这样的装扮，他又怎能搬进一个寻常的社区居住呢？他若在一个地方住太久，十几二十年，甚至一百年都没搬迁过，那不就会引人疑窦丛生吗？

小圆面包书提到，在魔幻岛上时，小丑即使成天奔跑、划船，也不会像寻常人那样感到疲累。根据我的判断，我们父子在瑞士边界遇见他后，他就一路尾随我们。他随时可以跳上一列行驶中的火车。

我敢说，自从逃离魔幻岛那场小型纸牌游戏后，小丑就一直参与一场大规模的、世界性的纸牌游戏，玩得不亦乐乎。在岛上时，他有特殊任务要完成。如今，在我们这个世界上出没奔波，他也担负了一个重大的使命：他得时时提醒人类，他们是造物主的宠儿，充满蓬勃的生机，但太不了解自己。

这一年他居住在阿拉斯加或高加索；下一年，说不定他会迁居到非洲或西藏。这个星期，他出现在马赛的海港旁，下周他可能在威尼斯的圣马可广场露面。

现在，"丑角游戏"的台词总算凑齐了。眼看汉斯遗忘的那些台词组成一个奇妙的整体，多令人欣慰啊！

扑克牌四个国王中有一个的台词，汉斯没听到："一代又一代，地球上永远游荡着一个绝不会被岁月摧残的小丑。"我恨不得让爸爸读一读这句话，因为爸爸总觉得岁月无情，时间的威力横扫人世间的一切，没有人能够幸免。事实并不那么悲观——人世间确实有些东西是时间摧毁不了的。佛洛德扑克牌中那张丑角牌，化为人身，在人间出没游荡，经历过不知多少世代，连一枚乳齿也没有掉过。

我终于领悟，人类对"生存"的喜悦和好奇永远都不会消失。这颗赤子之心也许只是少数人所有，但绝不是时间毁灭得了的。只要人类和历史继续存在，让小丑尽情游戏，这颗赤子之心就会不时显露在人间。古代的雅典有苏格拉底；现在的艾伦达尔镇有我们父子两个。毫无疑问，其他时代和其他地区还有其他小丑，尽管我们这种人不会很多。

在"丑角游戏"中，汉斯听到最后一句台词是黑桃国王说的——这位国王脾气太过急躁，把台词一连吟诵三遍："看透命运的人必须承受命运的折磨。"

这句话也许是针对小丑说的，因为他必须熬过一个又一个世纪的流浪生涯。但是，在阅读小圆面包书的漫长过程中，我也逐渐看到我的命运。其他人不也一样可以看到自己的命运？我们在地球上的生命，固然十分短暂，但维系我们的却是一个共同的、超越个别生命的历史。他们来人间走一遭，不单是为自己的生命而活。探访雅典或德尔菲古城时，我们四处走动，感受得到前人的生活。

从旅馆窗口望出去，只见后院黑漆漆一片，但我脑子里却是一穹灿烂的星空。此刻的我，仿佛刚接受过人类历史的洗礼。这就是一场伟大的纸牌游戏。如今，在我们家族的纸牌游戏中，只剩下一张还没找到。

我们会不会在杜尔夫村见到祖父呢？祖母会不会已经赶到杜尔夫村，跟老面包师重聚呢？

蓝色的曙光开始照进阴暗的旅馆后院。我终于倒在床上，和衣而睡。

红心 J

……因为我没守秘密……

第二天早晨，我们一家三口开车上路，直奔杜尔夫村。途中没人再提起祖父，直到妈妈抱怨说，这整个事情都是小孩子调皮捣蛋，编造出来的，天下哪有这么巧合的事。

爸爸显然也不相信，杜尔夫村那个老面包师就是他父亲，但他现在却极力替我辩解，让我十分感激。

"我们只不过循原路回家而已，顺便在杜尔夫村买一大袋小圆面包，在路上吃个饱，不是很好吗？"爸爸对妈妈说，"至于小孩调皮捣蛋，这些年你又不在家中，还抱怨些什么呢？"

妈妈伸出一双手臂，揽住爸爸的肩膀："我可没抱怨什么啊。"

"别动手动脚嘛，我在开车。"爸爸压低嗓门说。

妈妈转过头来对我说："汉斯·汤玛士，你别在意妈妈讲的话啊！可是，如果你发现这个面包师傅跟你爷爷扯不上半点关系，你也不要太失望。"

我们得等到深夜抵达杜尔夫村时，才能吃到小圆面包，但这会儿我们三人肚子都饿了，于是，傍晚时，爸爸把车子开进贝林左纳镇，停留在两家餐馆中间的后巷里。

就在我们一家三口大嚼通心粉和烤小牛肉时，我犯下整趟旅程中的错误，我忍不住把小圆面包书的事告诉了爸妈。

也许是因为，这么大的一个秘密，我一个小孩子实在无法再守下去了……

首先，我告诉爸妈，在老面包师送我的一个小圆面包里头，找到一本字体非常细小的小书。巧而又巧，在这之前，我和爸爸开车经过一家修车厂时，有个侏儒送我一个放大镜。接着，我把小圆面包书的内容摘要告诉爸妈。

回到挪威后，我一直责问自己，我怎么会那么沉不住气，就在距离杜尔夫村只有几个小时的车程时，违背我对老面包师作出的承诺，把小圆面包书的秘密告诉第三者。现在我想我知道答案了：我太希望那个居住在阿尔卑斯山小村庄的老人就是我祖父，我也太希望妈妈相信这件事，所以，忍不住就泄了底啦。只是，我这样做反而把事情弄得更糟。

妈妈瞅了爸爸一眼，然后回过头对我说："你的想象力很丰富啊，那也没什么不好，只是，想象力也应该有个限度嘛。"

"那晚在雅典旅馆屋顶瞭望台上，你不也告诉过我同样的事吗?"爸爸插进嘴来，"记得，听完你的故事后，我还挺羡慕你的想象力呢。可是，我不得不同意你妈妈的看法——小圆面包书这档子事，太过荒唐了!"

不知怎的，我一听爸爸这番话就哇哇大哭起来。这些日子来，我小小一个人承受那么大一个秘密，现在总算鼓起勇气向爸妈吐露，希望他们替我分担，没想到他们都不相信我的话。

"你们等着瞧吧，"我抽抽噎噎说，"待会儿回到车上，我会把小圆面包书拿给你们看。虽然我答应爷爷保守秘密，但现在我也管不了那么多了。"

我们匆匆吃完晚餐。我希望，在查明真相之前，爸爸至少应该保持开放的胸襟，不要全盘否定我的话。

爸爸抽出一张面额一百瑞士法郎的钞票，放在餐桌上，也不等着找钱，就带着我们母子冲出餐馆。

走进车子时，我们看见后座有一个小矮人在翻动我们的行囊。直到今天，我们还是不明白，这个家伙究竟是怎么打开车门的。

"喂，你!"爸爸大叫起来，"别乱翻我们的东西!"

爸爸一面叫喊，一面冲向我们那辆红色的菲亚特轿车，那个家伙上半身正探进车子里，听见爸爸的呼叫，倏地一抽身，绕过街角跑掉了。我发誓，我听见这个人身上传出铃铛的叮当声。

爸爸一路追过去，他的脚步一向很快。我陪着妈妈站在车子旁，等爸爸回来。约莫半个小时后，我们才看见他拖着沉重的脚步，绕过街角慢吞吞走回来。

"他突然消失不见了，就好像钻进了一个地洞似的。"爸爸说。

"这个小妖怪!"

我们开始检查行李。

"我的东西都在，一样都没少。"妈妈说。

"我也没遗失任何东西，"爸爸把手伸到仪表板下摸了摸，"我的驾驶执照、护照、皮夹和支票簿都还好好地放在这儿。他连我搜集的那些丑角牌都没翻动。看来，这个家伙只想找一瓶酒喝。"

爸爸和妈妈进车子前座。爸爸打开后车门，让我上车。

我想起，下车前我把小圆面包书藏在一件毛线衣底下，如今它却不见了！我心里一沉。

　　"他偷了我的小圆面包书！"我忍不住哭了起来，"一定是那个侏儒偷走的，因为我没守秘密。"

　　妈妈爬到后座，伸出一双手臂揽住我的肩膀，久久不放。

　　"可怜喔，我的小心肝宝贝汉斯·汤玛士，"妈妈一再呼唤我、抚慰我，"这都是我的错。别难过啊，妈妈带你回家。你现在合上眼睛睡一睡吧。"

　　我倏地坐起来："我们现在是不是去杜尔夫村。"

　　爸爸把车子开上高速公路。

　　"是啊，我们是去杜尔夫村啊，"爸爸向我保证，"放心，水手是绝不会食言的。"

　　睡着之前，我听见爸爸低声对妈妈说："事情有点奇怪。车门我都锁上了，他是怎么进来的？而且，他的身材真的非常矮小。"

　　"那个小丑能够穿墙而过，因为他是个假人。"说完，我就躺在妈妈膝头上呼呼大睡。

♥

红心 Q

……突然，一位老太太走出那家古老的酒馆……

在后座睡了约莫两个钟头后，我猛然醒过来，睁开眼睛一望，发现爸爸已经把车子开进阿尔卑斯山的崇山峻岭中。

"你睡醒了？"爸爸问道，"再过半个钟头，我们就抵达杜尔夫村啰。今天晚上我们在华德马旅馆过夜。"

不久，车子驶进了村庄——对于这座村子，我比车中任何人都熟悉。爸爸把车子停到小面包店门前。两个大人悄悄互望一眼。我瞧在眼里，却装作没看见他们那暧昧的眼神。

铺子里空荡荡的不见人影。一片死寂中，只见一条小金鱼在玻璃缸里游来游去。这只玻璃缸破了，上面有个不小的缺口。

我觉得自己就像玻璃缸里的一条金鱼。

"瞧！"我把手伸进牛仔裤口袋，掏出放大镜，"你们难道没看见，放大镜的大小跟金鱼缸缺口的大小刚好一样？"

这是我手头上唯一的具体证据，证明我跟爸妈讲的那些事，并不是我异想天开捏造出来的。

"哇，真不可思议！"爸爸惊叹起来，"可是，老面包师怎么不在铺子里呢？要找他可不容易啊。"

从他的口气中，我听不出他说这句话的真正用意。也许，内心深处，他已经相信我所说的一切。如今，他千里迢迢赶到这间面包店来，却看不见他的父亲，一时间难免感到非常失望吧。

我们一家三口钻出车子，朝华德马酒馆走过去。路上，妈妈一个劲盘问我，在艾伦达尔镇家乡，我每天都跟谁家的孩子玩在一块。我听得有点心烦。老面包师和小圆面包书的故事，可不是孩子们玩的游戏。

突然，一位老太太走出那家古老的酒馆。看见我们，她立刻快步走过来。

那是祖母！

"妈！"爸爸大叫起来。

这一声令人心碎的呼唤，天上的天使一定会听到的。

祖母伸出两只胳臂，把我们三个人搂在一起。妈妈一时手足无措，显得很尴尬。祖母把我揽进她怀抱中，紧紧搂着，哇的一声哭出来。

"乖孙，我的乖孙啊！"她老人家哭着呼唤我。

"到底……到底……怎么啦……"爸爸的舌头打结了。

"他昨晚过世了。"祖母一脸哀戚，望着我们三人。

"谁过世了？"妈妈问道。

"卢德维格过世了。"祖母压低嗓门，悄声说，"上个星期他打电话给我，邀我到这儿来共度几天。他告诉我，有个小男孩到他的面包店里来过。男孩走后，他才忽然发觉，这个男孩可能是他的孙儿，而那个开红色轿车的男人可能是他儿子。这些年的聚散离合，想起来多么辛酸啊，可又多么奇妙啊。能够再见到他，我实在太高兴了。可是，相聚才几天，他的心脏病就突然发作了。我把他送到村中的医院，然后他……他躺在我怀里合上眼睛。"

这下轮到我放声大哭了。刹那间，我感到我是世界上最最不幸、最最可怜的人。三个大人一个劲安慰我，但我的眼泪却不听使唤，径自流淌下来。

伤心欲绝的我，只觉得整个世界随着祖父消失了。他不能够帮助我证实，我对爸妈讲的彩虹汽水和魔幻岛的故事，都是确实曾经发生过的事。也许——也许结局本来就应该如此吧。祖父毕竟是一个老人，而那本小圆面包书是我向人家借来的，理当物归原主。

几个钟头后，当我们一家人坐在华德马旅馆那间只有四张桌子的小餐厅里，我的心情才渐渐平复。

旅馆那位胖太太不时走过来探问："你就是汉斯·汤玛士，对不对？"

"说来真奇妙，他竟然知道汉斯·汤玛士就是他的亲孙子，"祖母说，"他连自己有个儿子都不知道呢。"

妈妈点头表示同意："实在太不可思议了！"

可是，对爸爸来说，事情可不那么简单。"我觉得最不可思议的是，汉斯·汤玛士竟然知道老面包师就是他的祖父。他到底是怎么知道的呢？"

三个大人全都把眼睛瞄向我。

"男孩发觉，小圆面包师傅是自己的亲祖父，同时小圆面包师傅也发觉，北方来的男孩是自己的亲孙子。"我念出一句魔幻岛侏儒的台词。

大人们都睁大眼睛瞪着我，脸上显露出忧虑的神情。

我不理会他们，只顾念诵下去："小圆面包师傅对着神奇的漏斗大声呼叫，声音传到好几百里外。"

爸妈原本不相信我讲的故事，现在他们还有什么话可说呢？我也晓得，此后再也没有人跟我分享小圆面包书了。

♥

红心 K

……往事渐渐飘离它的创造者，愈飘愈遥远……

　　我们一家人驱车北归。车上总共有四个人，比起南来时多了两个。这场纸牌游戏的结局还算不错，但不知怎的，我老觉得缺了一张牌——红心国王。

　　途中，我们又经过那家只有一个加油器的修车厂，我看出，爸爸很想再见一见神秘的小矮人。可是，这个小丑已经消失得无影无踪。我并不感到惊讶，但爸爸却失望得破口大骂起来。

　　我们向街坊邻居打听小丑的行踪，但他们都说，七十年代能源危机发生后，这家修车厂就已经关闭了。

　　这段漫长的哲学家故乡之旅，就此宣告结束。我们父子俩在雅典找到妈妈，也在阿尔卑斯山一座小村庄遇见祖父。但是，我也觉得自己的灵魂受了伤，而伤口源自欧洲历史深处。

　　回家后好久好久，祖母才悄悄告诉我，我的祖父卢德维格把他名下的所有财物全都交给我继承。她还告诉我，祖父曾开玩笑说，总有一天我会到杜尔夫村，接管那间小面包店。

　　自从我们父子俩离开艾伦达尔镇，千里迢迢，结伴到雅典寻找迷失在时装童话故事中的妈妈，已经好几年过去了。可是，在我的感觉中，一切仿佛发生在昨天似的。我记得挺清楚，一路上我都坐在我们那辆破旧的菲亚特轿车后座，我也绝不会忘记，在瑞士边界，有个小矮人送我放大镜。这个放大镜到现在我还保存着，爸爸也可以帮我证实，它的确是路旁修车厂的侏儒送给我的。

我敢发誓，祖父在杜尔夫村的面包店里真的有一条金鱼，而且大伙儿都曾看见它。爸爸和我都记得，在杜尔夫村那间小木屋的后山上，有人用白色石头装饰一座小小的坟场。时间的流逝改变不了一个事实：杜尔夫村一位年老的面包师傅，曾经送我一袋小圆面包。直到今天，他请我喝的那瓶汽水的梨子味依然留存在我身体里头，而我也没忘记，祖父曾说，有一种饮料比汽水好喝得多。

可是，小圆面包里头真的藏着一本小书吗？我真的坐在汽车后座，阅读彩虹汽水和魔幻岛的故事吗？有没有可能，这一切都是我坐在车中幻想出来的呢？

随着岁月的流逝，往事渐渐飘离它的创造者，愈飘愈遥远，而我心中的疑惑也愈来愈深。

小圆面包书既然被小丑偷走了，我只好依靠记忆把魔幻岛的故事写下来。至于我的记录是否正确无误——是否有添油加醋的地方，也只有德尔菲的神谕晓得。

一定是魔幻岛的古老预言，使我猛然醒悟，我在杜尔夫村遇见的老面包师就是我祖父。在雅典找到妈妈之前，我根本不知道我遇见的老人是谁。可是，祖父又怎么发觉我是他的孙儿呢？

我只有一个答案：祖父自己就是写小圆面包书的人，自从第二次世界大战结束后，他一直就知道这个古老的预言。

也许，最大的奥秘是我们祖孙相会的地方——瑞士一座山村里的一间小面包店。我和爸爸怎么会到那儿？一个双手冰冷的侏儒，指示我们绕道而行。

归途中，我们在同一座村庄遇见祖母她老人家，或者，这才是最大的奥秘？

归根究底，最大的奥秘可能是，我们竟然把妈妈从时装童话故事中解救出来。人世间最伟大的东西就是爱。时间能使记忆消退，却摧毁不了爱情。

如今，我们一家四口住在挪威希索伊岛上，过着幸福的日子。我说一家四口，因为我现在有了个妹妹。她正在屋外的马路上，踩着落叶和七叶树的果实行走。她的名字叫东尼·安吉莉卡，马上就要满五岁了。这小妮子每天叽叽喳喳，好像有说不完的话。说不定，有一天她会成为伟大的哲学家呢。

随着时间的流逝，我渐渐长大成人了。时间也在腐蚀古老的神殿，甚至使更古老的岛屿沉没在大海中。

袋子装着四个小圆面包，其中最大的一个里头真的藏有一本小书吗？我心中经常出现这个疑问。就像苏格拉底说的，我只知道一件事，那就是我不知道任何事。

但我确信，一个小丑依旧在世界各地游荡出没。他到处骚扰世人。不时，他会突然跃现在我们眼前，身上穿着那件缀着铃铛的小丑装，头上戴着长长的两只驴耳朵。他会瞪着我们问道：你是谁？你从哪里来？

（京权）图字01-2021-4755

图书在版编目（CIP）数据

纸牌的秘密（新版）/（挪威）乔斯坦·贾德著；李永
平译. -- 北京：作家出版社，2017.8 （2025.7重印）
书名原文：The Solitaire Mystery
（苏菲的世界系列）
ISBN 978-7-5063-9337-9

Ⅰ.①纸… Ⅱ.①乔… ②李… Ⅲ.①长篇小说－挪威－
现代 Ⅳ.①I533.45

中国版本图书馆CIP数据核字（2017）第045832号

THE SOLITAIRE MYSTERY by Jostein Gaarder.
Copyright © 1990 by H. Aschehoug & Co（**W. Nygaard**），**Oslo**
Published by arrangement with Oslo Literary Agency
Simplified Chinese translation copyright ©（**2017**）
by The Writers' Publishing House Co., Ltd.
ALL RIGHTS RESERVED

纸牌的秘密（新版）

作　　者：［挪威］乔斯坦·贾德
译　　者：李永平
责任编辑：陈晓帆　苏红雨
装帧设计：任凌云
出版发行：作家出版社有限公司
社　　址：北京农展馆南里10号　　邮　　编：100125
电话传真：86-10-65067186（发行中心及邮购部）
　　　　　86-10-65004079（总编室）
E-mail:zuojia@zuojia.net.cn
http://www.zuojiachubanshe.com
印　　刷：三河市北燕印装有限公司
成品尺寸：139×205
字　　数：235千
印　　张：10.75
印　　数：89001－93000
版　　次：2017年8月第1版
印　　次：2025年7月第15次印刷
ISBN　978-7-5063-9337-9
定　　价：34.00元

图书在版编目 (CIP) 数据

……

ISBN 978-7-5063-9337-9

纸牌的秘密（新版）

JOSTEIN GAARDER

苏 菲 的 世 界 系 列